타오르는 강

완결판

타오르는 강 3

—

초판 1쇄 발행_ 2012년 2월 25일
초판 2쇄 발행_ 2014년 9월 15일
초판 3쇄 발행_ 2024년 2월 1일

—

지은이_ 문순태
펴낸이_ 박성모
펴낸곳_ 소명출판
출판등록_ 제1998-000017호
주소_ 서울시 서초구 사임당로14길 15 서광빌딩 2층
전화_ 02-585-7840
팩스_ 02-585-7848
전자우편_ somyungbooks@daum.net
홈페이지_ www.somyong.co.kr

—

값 20,000원
ⓒ 2012, 문순태
ISBN 978-89-5626-667-1 04810
ISBN 978-89-5626-664-0 (전9권)

—

문·순·태·장·편·소·설

완결판

타오르는 강

3

30년 만에 완간된 恨의 민중사

강은 저절로 길을 찾아 흐른다. 높은 곳에서 세상의 가장 낮은 곳으로, 인간의 삶과 역사와 함께 흐른다. 사람의 간섭을 거부하며 저절로 흐르는 강은 건강하게 살아있다. 생명과 역사와 문화가 공존하는 강의 세상. 강은 물속과 물 밖의 존재들과 조화롭게 어울리며 흐른다. 강과 사람, 강과 땅, 강과 생명 있는 존재들과 끊임없이 교섭하고 어울리면서 건강한 공생관계를 유지한다. 강은 본디 모습 그대로 인간이 살아가는 터전이 되고 또 다른 생명과 교섭하면서 힘의 원천이 된다.

전라도 사람들 마음속에는 영산강이 흐른다. 전라도 사람들의 핏줄과도 같은 영산강은 한과 희망을 안고 흐른다. 슬픔과 기쁨, 절망과 희망, 빛과 그림자를 안고 흘렀고 지금도 그렇게 흐른다. 그래서 영산강은 꺾일 줄 모르는 전라도의 힘이 되었다. 영산강과 함께 흘러온 전라도 사람들의 한은 좌절과 체념의 한숨이나 패자의 넋두리가 아닌, 삶의 의지력이고 생명력이며 빛나는 희망인 것이다.

영산강은 이 강을 끼고 살아온 사람들에게 소중한 삶의 터전이 되었다. 그러나 영산강을 삶의 터전으로 가꾸고 지켜온 사람들은 오랫동안 지배세력의 핍탈에 시달려왔다. 특히 일제 강점기에 영산강은 개화의 통로이자 수탈의 통로가 되었다. 1897년 목포 개항 이후 모든 개화문물이 영산강을 통해 들어왔다. 그런가 하면 일제는 호남평야에서 생산된 쌀, 면화 등 농산물을 영산강을 통해 대량으로 본토로 실어갔다. 이 과정에서 목포항에서는 부두근로자들의 쟁의가 그치지 않았다. 뿐만 아니라 일제는 영산강 유역의 기름진 농토를 무제한으로 차지하였고 농민들은 일본인들의 소작인으로 전락하였다. 일제 강점기에 일어난 궁삼면(宮三面) 농민운동 사건은 소작인으로 전락한 농민들이 자기 땅을 찾기 위해 투쟁한 대표적인 농민운동이다.

1886년부터 3년 동안에 걸친 큰 가뭄에 폐농을 한 3개면 농민들은 굶어죽지 않으려고 대처로 흘러 다니며 유랑걸식을 했다. 고향에 돌아와 보니 3년치 세금을 내지 않았다는 이유로 그들의 농토가 모두 엄상궁의 궁토가 되어버린 사실을 알게 되었다.

1886년 노비세습제가 폐지되자 종문서를 받아들고 형식상 자유의 몸이 된 수많은 노비들은 살 길이 막막했다. 이들은 홍수 때문에 버려진 땅을 찾아 영산강으로 몰려들었다. 그들은 영산강변에 집단으로 모여 살면서 물과 싸우며 삶의 터전을 일구려고 했다. 그러나 그들은 생활의 바탕이 마련되지 않은 데다가, 지방 관속들과 힘 있는 양반들의 핍탈이 그치지 않아, 실질적으로 노비의 상태는 계속된 것이나 마찬가지였다. 이들이 수마와 싸우며 일군 강변의 토지는 과거 상전들한테 다시 빼앗기거나 일제에 의해 수탈당하고 말았다.

굶주리면서도 제방을 쌓고 홍수로 버려진 땅을 일구어 비로소 삶

의 터전을 만들었으나 이 땅이 궁토에서 다시 동양척식회사 소유가
되자, 이들은 일제에 항거하여 투쟁을 계속했다.

　피와 땀과 눈물로 일구어, 난생 처음 가져 본 생명과도 같은 땅을
지키기 위해 죽음을 두려워하지 않고 싸웠다. 이들은 하나하나 떼어
놓으면 무지렁이 종들에 지나지 않지만 , 여럿이 모여 한덩어리가 되
었을 때 큰 힘을 발휘했다. 민중의 한은 역사를 바꾸었다. 영산강 유
역의 농민들이 식민지 수탈에 항거해온 민족정신은 의병전쟁과 광주
학생독립운동의 씨앗이 되었다.

　나는 이 소설에서 강의 흐름을 통해 한의 민중사를 추적해보고 싶
었다. 노비출신인 이들은 하나하나 떼어놓으면 무력한 무지렁이에
지나지 않지만 하나로 뭉뚱그려질 때 큰 힘을 발휘했다. 이 소설은 노
비세습제가 풀린 1886년부터 동학농민전쟁, 개항, 1905년 을사늑약,
1910년 치욕적인 강제 한일병합조약, 3.1만세운동을 거쳐 1929년 광
주학생독립운동까지의 우리민족의 수난사를 중심으로 펼쳐지고 있
다. 그러면서도 역사 속에 드러난 인물을 주인공으로 내세우지 않았
다. 모든 민초가 주인공인 셈이다. 또한 나는 이 소설에서 사장되어버
린 순수 우리말을 최대한으로 살려보려고 했다. 작가는 언어의 채굴
자이고 특히 죽어있는 언어의 활용도를 높여 다시 살려내는 작업을
해야 한다고 생각한다. 특히 전라도 토박이말을 원형대로 살려보려
고 노력했다. 그리고 가급적 당시 서민들의 삶의 풍속을 그대로 되살
리려고 했다. 영산강변을 터전으로 살아온 민초들의 본디 생활사를
민속적 관점에서 보여주고 싶었다.

『타오르는 강』은 1981년『월간중앙』에 연재를 시작하였고 1987년 '창작과비평사'에서 7권으로 발간되었었다. 7권까지는 노비세습제가 풀린 1886년부터 1911년까지의 이야기이다. 나는 당초에 1929년에 일어난 광주학생독립운동까지를 포함하여 10권 분량으로 완간하려고 했었다. 그러나 그때까지만 해도 광주학생운동의 객관적 서술이 자유롭지가 못했다. 장재성 등 광주학생독립운동 주동자가 사회주의자라는 이유로 6.25직전에 처형되어, 오랜 세월 역사의 그늘 속에 가려져 있었다. 일제 강점기 독립운동을 주도했던 대부분 사람들이 그랬던 것처럼, 광주학생독립운동 중심인물 역시 민족주의·사회주의 노선이었다. 다행히 참여정부로부터 이들의 역사적 공적을 인정받게 되어 활발한 연구가 이루어지기 시작했으며 객관적 서술이 가능해졌다.

　87년 '창작과비평사'에서 7권이 발간된 지 25년 , 1981년『월간중앙』에 연재를 시작한 후 31년 만에,『타오르는 강』이 비로소 광주학생독립운동을 포함하여 9권으로 다시 묶어져 나오게 되었다. 내 오랜 문학적 숙원이었던『타오르는 강』이 9권으로 완간을 한 것이다. 나는 2권으로 추가된 8, 9권에서 광주학생독립운동은 한일 간 학생들 사이에 우발적으로 일어난 단순사건이 아니라는 것을 밝히고자 했다. 1920년대 초 동경유학생들에 의해 광주지역에 사회주의가 유입되면서, '광주 흥학관'의 광주청년학원과 광주고보를 비롯한 학생들이 '성진회', '독서회' 등을 조직하여 사회과학교육을 통해 오랫동안 치밀하고 조직적으로 준비해온 사건임을 밝히고 싶었다.

이번 완간하는 과정에서, 1권에서 7권까지의 소설적 흐름은 손을 대지 않았으나 잘못 표현된 부분이나 역사적 오류나 모순된 내용을 부분적으로 바로잡았다. 시대적 사건을 자연스럽게 연결시켰고 개정된 우리말 바로쓰기에 맞췄으며 새로 찾아낸 전라도 토박이말들을 추가했다. 특히 광주학생독립운동 부분에서는 자료조사에서 밝혀낸 실명을 그대로 사용했다.

30년 만에 완간이 되고 보니 참으로 오랫동안 버겁게 지고 있던 큰 짐을 땅에 내려놓은 것처럼 홀가분한 심정이다. 돌이켜보니 나는 1974년 작가가 된 후 지금까지 40년 가까이 오로지 『타오르는 강』을 붙들고 씨름하듯 낑낑대온 것 같은 기분이다. 『타오르는 강』의 완간을 계기로 영산강을 중심으로 살아왔던 우리나라 노비들의 삶에 대해 관심을 가져주었으면 싶다. 그리고 일제강점기 빼앗긴 땅을 되찾기 위해 얼마나 많은 민초들이 죽어갔는가를 상기해주었으면 한다. 역사 속에서 영산강이 되살아나기를 바란다. 진정으로 강의 세상이 오기를 기다린다. 강은 자생력이 있기 때문에 내버려두어도 스스로 살아나지만, 강과 함께 만든 삶의 역사는 누구인가 붙잡아 건져주지 않으면 그대로 흘러가버린다.

이 책을 내주신 소명출판 박성모 사장님과 책이 나올 수 있도록 애써주신 국민대 정선태 교수께 가슴 깊이 고마움을 간직한다.

2012년 정초에
문순태

타오르는 강 3

逆流

1

　영산강을 덮은 아침 안개가 능구렁이처럼 서서히 똬리를 풀기 시작
했다. 가을 안개는 납작하게 땅에 엎드려 있는 봄 안개와는 달리 스멀
스멀 나무 위로 기어올라 하늘을 향해 물방울 같은 혀를 널름거린다.

　영산강에 가을 안개가 자욱한 날 아침에는 금성산 일곱 골짜기마
다 는개가 부옇게 출렁인다. 강변에 사는 사람들은 안개가 낀 날 아침
이면, 어느 날보다 눈부시게 떠오를 햇살을 기다리게 마련이다. 그러
나 좀처럼 해는 떠오르지 않고 안개의 빛깔이 당근꽃처럼 더욱 맑아
진다. 안개 낀 영산강이 바람에 출렁이는 당근 밭처럼 보인다.

　꼭두새벽부터 집 뒤 층층나무 가지에 앉아 울어대는 개똥지빠귀
새 소리에 잠이 깬 웅보는 돈단으로 나와 꿈틀거리는 영산강의 안개
를 보고 숨을 크게 들이마셨다.

　영산강을 덮은 안개는 수구막을 통해 웅보가 서 있는 돈들막의 중
턱, 지난해 봄에 심어놓은 참오동나무와 대추나무에까지 기어오르고
있었다. 강변에 오래 살면서도 강안개가 그렇게 높게 기어 올라온 것

은 처음 보았다. 안개가 두껍게 깔린 것을 보니 가을 날씨가 오래도록 해맑을 모양이라고 생각하면서 웅보는 안개가 스멀거리는 돈단의 중턱까지 내려갔다.

안개에 잠긴 참오동나무는 웅보가 딸 오동네를 낳은 기념으로 심어놓았다. 훗날 오동네가 커서 시집을 가게 되면 그것을 베어 장롱을 해줄 생각에서였다.

참오동나무 옆에는 대추나무 두 그루도 심었다. 한 그루는 노루목 유 씨 부인의 소생을, 그리고 다른 또 한 그루는 양 진사 씨받이였던 막음례의 소생을 각각 기념하는 나무였다. 비록 두 아기를 떳떳이 자식이라 부르지는 못할지언정, 틀림없는 그의 핏줄을 받고 태어난 바에야 자식은 자식이라는 생각에서, 혼자 마음속으로 그 두 아기도 잘 자라기를 비는 마음에서 그렇게 심어둔 거였다.

참오동나무 옆에 대추나무 두 그루를 심을 때, 그의 처 쌀분이가 왜 대추나무를 심는 게냐고 묻자 당황한 그는 "앞으로 대추방맹이 같은 아들 두 놈만 더 낳게 해주라고 심은 거여!" 하고 대답을 하면서도 괜히 마음이 켕겼다.

웅보는 안개에 휘감긴 참오동나무와 대추나무들을, 마치 살아있는 자식들의 머리를 쓰다듬듯 어루만져보았다.

웅보네가 양 진사 댁에서 속량을 하여 영산강을 건너 새끼내로 온 뒤로 여태껏 만나보지 못한 막음례는, 풍문에 들려온 소리로 그녀의 친정에 빌붙어 살며 웅보한테서 받은 아들을 기르고 있다고 하였다. 그러니 막음례한테서 난 아기가 맏이 되는 셈이고, 유 씨 부인 소생이 둘째이며, 그의 처 쌀분이한테서 낳은 오동녜가 셋째가 되었다.

웅보 생각에 유 씨 부인 소생은 세상 사람들이(그의 부모와 쌀분이까지도) 모두 양 진사의 핏줄로 믿고 있는 터이므로, 그의 자식이 될 수 없겠지만 막음례한테서 낳은 아들만큼은 어느 때고 쌀분이의 마음을 다독거려 데려오리라 궁그렸다.

웅보는 갑자기 강가로 나가고 싶어졌다. 강가에 나가서 안개 속에 파묻히고 싶었다.

그가 어렸을 때, 이마에 불도장 찍힌 그의 할아버지는 안개가 끼는 날 아침이면 서둘러 강가로 나가곤 하였다. 안개를 많이 들이마시면 해수병이 낫는다면서, 해가 떠올라 안개가 보이지 않는 물방울이 될 때까지 강변에 서서 숨을 크게 내쉬곤 하였다. 안개가 끼는 날이면 웅보는 할아버지를 따라 영산강에 나갔다.

똬리를 풀듯 안개 낀 영산강이 꿈틀거리는 것을 보고 강이 허물을 벗는 것 같다고 했더니, 할아버지는 허물을 벗는 게 아니라 숨을 쉬는 것이라고 하였다. 그러면서 귀를 기울이면 영산강 숨 쉬는 소리가 들린다고 하였다.

어느 날 할아버지는 웅보를 쪽배에 태우고 안개에 덮인 영산강 깊숙이 내려간 일이 있었다. 안개가 걷히면 추수를 하기 위해 들에 나가야 하기 때문에 해가 뜨기 전에 돌아와야 했다.

안개가 너무 두껍게 깔려 있어 어디가 어디인지조차 분별할 수 없었는데도 할아버지는 조금도 겁내지 않고 잠을 청할 때의 편안한 얼굴로, 쪽배가 흐르는 대로 가만히 앉아 있기만 하였다. 그러면서 할아버지는 안개 속에서 영산강이 말하는 소리가 들린다고 하였다. 그러나 웅보 귀에는 아무 소리도 들리지 않았다. 그는 흰 당근꽃가루 같기도 하고, 어찌 보면 이슬방울 같기도 한 안개의 혀가 쪽배를 핥아대는 고물 쪽에, 할아버지처럼 고개를 꺾고 숨을 죽이며 귀를 기울여보았지만, 들려오는 것은 언제나 똑같은 바람 소리뿐이었다.

웅보는 할아버지에게 영산강이 누구와 말을 하느냐고 물어보았다. 그랬더니 할아버지는 "거야 이 할애비재 뉘겨?" 하고, 그것도 모르고 있느냐는 투로 큰 눈을 더욱 크게 부릅떠 보이는 것이었다. 웅보는 다시 영산강이 안개 속에서 할아버지에게 무슨 말을 하는 게냐고 물어보았다.

"할애비의 소원을 말해보라고 허는구나. 할애비가 소원을 말하면 영산강이 성취시켜준다는구나."

할아버지는 갑자기 슬픈 얼굴을 하고 속삭이는 목소리로 말했는데, 웅보는 그런 할아버지의 슬픈 얼굴을 바라보고 있기가 무서웠다. 웅보는 할아버지한테 무슨 소원을 말하고 싶으냐고, 되도록이면 할아버지의 얼굴을 쳐다보지 않으려고 고개를 돌린 채 물었다.

"할애비 소원은 냉큼 죽는 것이란다. 죽어서 종의 신세를 면허는 것이란다."

할아버지 말에 웅보는 가슴이 철렁 내려앉았다. 할아버지가 안개 낀 강물 속으로 뛰어들 것만 같았기 때문이었다. 웅보는 그만 쪽배를 돌려 돌아가고 싶었다. 그는 금성산을 바라보면서 그들이 얼마만큼 흘러왔는가를 어림해보려고 하였으나, 골짜기마다 는개가 수액처럼 피어오르고 그나마 산꼭대기에 구름이 감겨 있어 쪽배가 어디쯤 떠 있는지 알 수가 없었다.

웅보는 할아버지에게 그만 돌아가자는 말 대신 곧 해가 떠오르겠다고 하였다. 해가 뜨면 할아버지는 들에 나가야 하기 때문이었다. 그러나 할아버지는 쪽배를 돌릴 생각은 하지 않고 "안개가 뱃속에 빵빵하게 차두록 숨을 크게 쉬거라. 그래사 네눔도 영산강 모양으로 억세진다" 하면서 숨을 크게 들이마셨는데, 할아버지가 숨을 길게 들이마셨다가 내뿜고 할 때마다 안개의 혀들이 춤을 추듯 널름거리는 것 같았다.

얼마 후 쪽배는 팽나무가 서 있는 강변에 닿았다. 웅보는 팽나무 밑에 널려 있는 들돌들을 보고서야 그들이 기껏 노루목의 아래턱에 와 있음을 알았다. 쪽배에서 내려 들돌들이 널려 있는 팽나무 밑으로 걸어가던 할아버지는 오랜만에 영산강 안개를 배가 터지게 마셔서 한 십 년쯤 더 살 것 같다는 말을 하였다. 그 말에 웅보는 싱긋이 웃었다. 조금 전 쪽배 안에서 할아버지의 소원이 무엇이냐고 물었을 때 빨리 죽는 것이라고 대답해놓고는, 이제 십 년쯤 더 살 것 같다면서 철쭉꽃에만 모여 사는 사향제비나비가 날개를 접듯 얼굴을 활짝 펴는 모습을 보였으니 말이다.

할아버지의 그 말에 웅보는 마음이 놓였다. 이제 해가 떠오른다고 해도 서둘러 돌아가고 싶지가 않았다.

할아버지는 팽나무 밑으로 뚜벅뚜벅 걸어가더니, 여러 개의 둥근 들돌 중에서 중간 크기의 하나를 두 손으로 불끈 들어 배 위에 올려놓는 것이었다. 웅보는 할아버지가 들어 올리는 것을 보고 환성을 올렸다. 그는 여태껏 할아버지가 들돌을 들어 올리는 것을 한 번도 본 일이 없었다.

둥글게 생긴 들돌은 모두 세 개가 있었으며, 마을 청년들이 이곳에 나와 힘자랑들을 하였다. 들돌을 들어 올리는 데에는 두 손으로만 잡아 들기, 가슴 붙여 들기, 배때기 붙여 들기, 들고 허리 펴기, 들고 일어서기, 땅에서 떼기, 들고 걷기 등이 있었는데, 가장 큰 들돌을 들고 가슴과 허리를 완전히 펴고 걸음을 떼어 옮기는 사람이 가장 힘이 센 것으로 치고 있었다.

만일 외방 청년들이 이 마을 앞을 지나다가 들돌이 큰 것을 보면 이 마을 청년들 힘이 세다고 겁을 먹게 되고, 들돌이 작으면 이것도 들돌이냐며 들돌을 개천으로 굴려버리게 마련이었다. 그러기에 마을마다 큰 들돌을 가져다 놓아두었다. 노루목에서도 돌확만한 큰 들돌을 가져다 놓기는 했지만, 그것은 노루목 청년들의 힘이 세다는 것을 위세하기 위한 것일 뿐, 웅보가 알기에 아무도 그 들돌을 들어 올리지 못하였다.

노루목 앞을 지나는 외방 청년들은 아무도 이 큰 들돌에 앉지 못하였다. 만일 외방 청년들이 이 들돌에 앉았다가는 노루목 청년들이 당장 깔고 앉은 들돌을 들어보라고 다그치게 되고, 만일 들어 올리지 못하면 반죽음이 되게 얻어맞게 마련이었다.

"웅보 네 눔이 커서 이 중 젤 큰 들돌을 들어 올려야 한다. 그럴라면 영산강 안개를 많이 마시고 힘을 키워야 헌다."

할아버지가 들돌을 쿵하고 땅에 울리도록 내려놓으며 말했다.

할아버지는 다시 웅보를 쪽배에 태우고 영산강 하류로 내려갔다. 그날따라 해가 산 너머에서 기어오르다가 가시 많은 큰 꾸지뽕나무에 걸렸는지 하늘에 떠오르는 시간이 더디었다.

할아버지는 말없이 앉아 있었다. 웅보는 쪽배가 강물을 따라 흘러내려가는 것이 아니고, 안개에 실려 하늘로 날고 있는 듯한 기분이었다. 강 위에 두껍게 깔린 안개는 뭉얼뭉얼 하늘로 솟아오르는 것만 같았다. 웅보는 할아버지와 함께 쪽배를 타고 있는 것이 너무 즐거워 온종일 해가 떠오르지 않았으면 하고 마음속으로 빌었다. 웅보는 아주 멀리 가고 싶었다. 할아버지와 함께라면 어디라도 가고 싶었다. 순간 웅보는 어쩌면 할아버지가 안개를 틈타서 옛날처럼 다시 도망을 치고 있을지도 모른다는 생각이 칼날처럼 뇌리에 찍혀왔다. 그런 생각이 들자 두려움은커녕 되레 신이 났다. 그는 할아버지가 죽는 것 외에는 아무것도 무서울 것이 없었다.

웅보는 한참 동안 입안에서만 뱅뱅 굴리다가 더 참을 수가 없어서, 지금 도망을 치는 게 아니냐고 물어보았다. 그랬더니 할아버지는 강 위를 덮은 안개가 출렁거릴 만큼 큰 소리로 한바탕 웃더니 "이 눔아, 도망쳤다가 잽히는 건 무섭지 않다만, 네 마빡에 이 할애비처럼 노자 불도장이 찍히면 으쩌게!" 하며 웅보의 이마를 만지는 것이었다. 웅보는 할아버지처럼 불도장이 찍히고 싶다고 하였다. 할아버지처럼 이마에 찍힌 불도장을 자랑하고 싶다고 하였다. 그랬더니 할아버지는 덥석 웅보를 안았다. 그 바람에 하마터면 쪽배가 뒤집힐 뻔했다.

"이 자슥이 으쩌면 그리 이 할애비를 닮았느냐. 이눔아, 이번에 이 할애비가 도망을 치면 네 애비헌티 불도장을 찍겠다고 나리마님허고 약조를 했다. 그러니 네 애비 불쌍해서 도망은 못 간다. 네 애비는 웅보 네 눔보다 겁도 많고, 또 불도장을 자랑할 만한 위인이 못되거든! 그러니, 네 애비 뒈진 뒤에나 도망을 가자."

할아버지 말에 웅보는 우울해졌다. 아버지가 죽을 때까지 기다린다는 것은 너무 아득한 일이었다. 더구나 그때까지 할아버지가 살아 있을 것 같지가 않았다. 그러나 웅보는 할아버지가 영산강 안개를 더 많이 마시면 아버지보다 더 오래 살지도 모른다는 기대를 가져보았다. 그래서 그는 할아버지한테 안개를 많이 마시라고 졸라대기까지 하였다.

얼마 후에 쪽배는 황토벼랑 밑 큰 바위에 닿았다. 황토벼랑 위에는 소나무가 듬성듬성 서 있고, 그 소나무들 속에 뱀신을 모시는 토산당이 있다고 했다. 웅보가 토산당에 올라가보고 싶다고 하자 할아버지는 쪽배의 노를 저어서 심은 지 얼마 안 되는 미루나무숲 쪽으로 갔다. 둘이는 쪽배에서 내려 때죽나무며 개옻나무들이 서 있는 산등성이의 가파른 길로 올라갔다. 토산당까지는 안개가 기어오르지 못했다.

토산당에 올라온 할아버지는 웅보에게 토산당 뱀신 이야기를 해주었다.

옛날 금성산에는 커다란 귀가 달린 뱀이 살고 있었다고 하였다. 그런데 이 뱀의 조화로 인해서 나주 고을에 목사가 부임을 해오기만 하면 죽고 말았다. 마침내 조정에서 나주 목사를 임명하면 부임하기를 마다하고 사표를 내곤 하였다. 이를 크게 걱정한 임금은 누구든지 나주 목사를 원하는 사람이 있으면 당장 제수를 하겠노라고 광고를 하였다.

이 광고를 본 나주 사는, 무식하지만 뱃심 좋고 힘이 센 농사꾼이 지망을 하고 나섰다. 임금은 곧 그를 나주 목사에 제수하였다.

나주 목사가 된 그는 부임하자마자 성을 한 바퀴 돌고 나서 금성산 밑에 이르렀다. 그런데 목사가 뱀바위 아래 이르렀을 때, 견마를 잡을 하인이 목사한테 하마하라고 하였다. 그러자 신임 목사는 나주 고을 안에서 자기보다 높은 사람이 없거늘 어찌하여 말에서 내리라고 하느냐고 되레 견마잡이를 호통 쳤다. 그러자 견마잡이는 금성산에 누만 년 된 토주관(土主官)이 있다고 하였다. 그러나 신임 목사는 가소로운 일이라며 말에서 내리지 않고 그냥 갈 것을 명하였다. 그러자 말이 울면서 움직이지 않았다. 순간 뱀바위에서 큰 뱀 한 마리가 나와서 갈 길을 막았다. 목사는 활로 뱀을 쏘아 죽이고 세 토막으로 잘라 불태웠다.

그런 일이 있은 뒤부터 나주 목사는 무사하게 되었다. 그후 어느날 갑자기 영산강에 물살이 드세어져서 아무도 강을 건널 수가 없었다. 나룻배가 강을 건너기만 하면 난데없이 물살이 밀어닥쳐 나룻배를 뒤엎는 바람에 사람이 빠져죽고 말았다.

나주 사람들은 이는 죽은 뱀신이 해코지를 한 것이라고 믿었다. 그래서 토산마루에 토산당을 짓고 뱀신을 위로하는 제사를 올렸다. 그 뒤로부터 영산강이 잠들어 나룻배가 건너다닐 수 있게 되었다고 하였다.

아직도 토산당 제사를 소홀히 지내면 죽은 금성산 뱀신이 노하여 홍수를 불러와 강을 한바탕씩 뒤집곤 한다고 하였다.

할아버지한테서 토산당 뱀신 이야기를 들은 뒤부터 웅보는 영산강이 큰 뱀처럼 보였다.

강이 흘러오는 쪽 하늘에 해가 떠오르기 시작하자 할아버지는 서둘러 토산당에서 내려가 쪽배에 올라탔다.

해가 떠오르고 영산강이 허물을 벗듯 안개가 시나브로 사그라지자 웅보는 서둘러 집으로 돌아왔다.

"아니, 여태껏 으디를 그리 싸질러 댕기다가 이제야 오신다요? 오늘 강 건너 노루목에 안 갈라요?"

웅보가 돈단을 올라 마당 안으로 들어서자 물동이를 이고 나오던 쌀분이가 툴툴거렸다.

"안개 귀경 좀 허느라고!"

"뜬금없이 안개 귀경은 또 뭣이라요?"

"할아부지랑 모셔왔으면 참 좋을 것인듸……."

"이녁 넋이 나갔소? 옛날 옛날에 돌아가신 할아부님을 어뜨케 모셔온다고 그러요?"

"클씨 말이여. 안개 귀경을 허니께 뜬금없이 돌아가신 할아부지 생각이 나는구만!"

"이녁두 참! 냉큼 정신 채리고 강 건너갈 채비나 해요."

쌀분이가 또아리 끈을 물고 물을 길러 돈단 아래로 내려간 뒤에도 웅보는 잠시 우두커니 서서, 서서히 안개가 벗겨지고 있는 영산강을 내려다보았다. 그렇게도 영산강 안개를 좋아하여 안개만 끼면 강가로 나와서 안개를 마시곤 했던 할아버지였는데, 웅보가 철이 들기도 전에 세상을 뜨고 말았다.

　이슬 묻은 바짓가랑이를 털고 방으로 들어서자 난초가 오동네를 업고 방을 쓸고 있었다. 난초는 하루가 다르게 얼굴이 환하게 피어나는 것만 같았다. 처음 대불이가 데려다놓았을 때까지만 해도 어린 태를 완연히 벗어나지를 못했었는데, 이제 열네 살밖에 안 되었는데도 얼굴이 보송보송하게 탐스러워지고 얄캉한 몸매에도 제법 엉덩판이 반반하게 넓어지는 듯싶었다.

　난초는 일 년 전까지만 해도 자기를 데려다 준 대불이 아저씨는 언제 돌아오느냐, 대불이 아저씨가 돌아오지 않으면 자기도 새끼내를 떠나겠다면서 징징대더니, 이제는 대불이 말은 입에 떠올리지도 않았다. 아마 대불이가 주모인 말바우 어미와 함께 반봇짐을 싼 것을 알고, 그 반봇짐이 무엇을 뜻하는 것이라는 것을 어림하게 되면서부터 대불이를 잊기로 작정을 한 것인지도 모를 일이었다.

　웅보는 대불이가 영산포를 떠난 연유가 어디에 있는가를 잘 알고 있었다. 대불이는 억울하게 관가에 끌려간 새끼내 사람들을 위해 마음에도 없는 큰일을 저지른 것이 분명했다. 대불이가 그의 친구들과 함께 세곡선에 불을 지르고 떠난 뒤 웅보와 다른 새끼내 사람들은 누명을 벗고 풀려났다. 대불이는 그렇게 새끼네 남정네들을 위해서 스스로 죄를 만들어 뒤집어쓰고 자취를 감추어버린 것이었다.

　웅보는 난초를 볼 때마다 울컥울컥 대불이 생각에 목울대가 뜨거워졌다. 풍문에 실려 온 바로는 장성 어디에선가 주막을 내고 있다고들 하는데, 한 번 새끼내를 떠난 뒤로는 기별이 끊기고 말았다.

하기야 아직도 관가에서는 대불이와 방석코를 잡지 못하여 안달이었고, 세곡선에 불을 놓은 일을 꾸민 양 진사가 관아 사람들보다 더 눈에 핏발을 세우고 대불이를 찾고 있는지라, 새끼내에 얼굴 나타낼 처지가 아니었다.

대불이가 세곡선에 불을 지르고 잠적을 해버린 뒤로 양 진사의 서슬이 어찌나 댕돌같은지, 양 진사 댁 행랑채에 빌붙어 사는 아버지 어머니가 고개조차 제대로 못 들고 죽어 사는 판이었다. 그때문에 웅보가 서둘러 부모를 모셔오기로 작정을 한 거였다.

"오동네 데리꼬 강 건너 할아부지 할머니헌테 갔다 올 도막에 집 잘 보그라 잉."

웅보가 난초의 등에 업힌 오동네를 받아 안으며 말했다.

"걱증 말고 잘 댕겨오셔요."

난초는 손가락으로 오동네의 자두 같은 볼을 꼭꼭 누르며 "오동네는 좋겠다아. 고까 입고 강 건너 할머니헌티 간께로, 오동네는 좋겠다아" 하며 놀려주었다. 웅보의 품에 안긴 오동네는 고사리 같은 손으로 웅보의 귀와 코를 쥐어뜯으려고 하면서 "아뿌, 아뿌—" 하고 아버지를 불렀다.

"해거름 정께나 올 텐께 아랫방 깨끗이 치워놓그라 잉."

웅보는 죽석이 깔린 방에 걸레질을 하고 있는 난초에게 당부를 하였다.

"할아부지 할머니가 아랫방에 거처허시남요?"

"그래야재. 그러니 난초 너는 대불이 방을 쓰고."

"야."

웅보 입에서 대불이 말이 나오자 난초는 갑자기 심드렁한 얼굴이 되었다. 웅보 생각에는 난초가 마음속에 대불이를 품고 있는 듯싶었다. 처음에는 단순히 외톨박이가 된 자기를 도와준 고마운 아저씨로만 생각하는 눈치였는데, 나이가 들수록 대불이를 그리는 눈빛이었다. 난초의 눈이 그렇게 말하고 있었다. 하기야 열네 살이면 남정네가 봉숭아꽃보다 더 좋아질 나이이기도 했다.

대불이를 그리는 슬픈 눈을 하고 있는 난초의 얼굴을 얼핏 훔쳐 본 웅보는 문득 쌀분이를 처음 보았을 때의 기억이 살아났다.

양 진사 댁 안방마님이 시집올 때 족두리하님으로 따라온 쌀분이의 나이도 지금의 난초와 같은 열네 살이었다. 그때 보았던 쌀분이의 눈에도 슬픔이 그렁그렁 가득 괴어 있었다. 천한 종의 신분으로 부모 형제와 떨어져 아씨의 족두리하님으로 따라와 낯선 곳 낯선 사람들 틈새에서 살기가 슬펐던 것 같았다.

서둘러 아침을 먹은 웅보 내외는 강을 건널 차비를 하였다.

그들 부부는 오례쌀을 찌기 위해 논에서 나락을 훑을 때부터 가슴이 뛰었다. 그들이 피땀 흘려 장만한 땅에 모를 심어 가꾸고, 오례쌀로 송편을 빚어 아버지 어머니를 모시러 간다고 생각하니 눈물이 쏟아질 것만 같았다. 얼마나 간절하게 갖고 싶었던 땅이었던가.

그 땅에 씨를 뿌려 모를 키우고, 옥구슬보다 귀한 열매를 거두는 기쁨을 어디에 비할 수 있단 말인가. 더구나 오례쌀로 송편을 빚어 "아버지 어머니, 우리 땅에서 나온 곡식으로 빚은 떡이니 많이 드십시오"

하는 말을 하게 되었으니 이제는 죽어도 여한이 없을 듯싶었다.

송편을 빚어 함지박에 넣은 부부는 간밤에 설레는 마음 때문에 잠을 이루지 못했다.

나주 양 진사 댁 비자에서 풀려나와 새끼내에 터를 잡은 지 삼 년, 그동안 물난리다 돌림병이다 세곡난리다 오만 고초를 다 겪어 고생고생 끝에 땅을 장만하여, 어연번듯하게 첫 농사를 짓고, 오레쌀로 송편을 빚어 부모를 모시러 가게 되었으니 그 기쁨이 오죽하랴.

"대불이 되련님이랑 같이 갔으면 좋으련만……."

대강 설거지를 끝낸 쌀분이가 참빗으로 머리를 빗고, 궁상맞은 장롱 속에서 파슬파슬 풀을 먹인 치마저고리를 꺼내며 서운해 하는 얼굴로 웅보를 돌아다보았다.

"또 그 눔에 소릴! 내 앞에서 대불이 눔 말 끄내지 말라니께!"

괜히 말을 꺼냈다가 남편한테 핀잔만 맞은 쌀분이는 입을 삐주룩이 내밀고는 주섬주섬 옷을 갈아입었다. 그녀는 언젠가 말바우 어미가 입으라고 주었던 올이 가는 쪽빛 무명치마를 꺼내 입었다. 오랜만에 가보는 시가길이라 그런지 자꾸만 마음이 쓰였다. 간밤에도 그녀는 온통 고리짝 속의 옷들을 죄 꺼내놓고 이것저것 걸쳐보고 때깔을 보며 덤벙거렸지만, 말바우 어미가 준 것 말고는 입고 갈만한 것이 없었다.

"그만허면 됐구만 그려. 워낙 옷걸이가 좋으니께 아무 옷이나 입어도 태깔이 나는구만!"

웅보는 안고 있던 오동네를 쌀분이의 등에 업혀주며 빨리 떠나자고 채근을 하였다.

웅보는 송편을 담은 함지를 꼴망태에 넣어 왼쪽 어깨에 메고 밖으로 나왔다. 어느덧 윤기가 자르르한 가을날 아침 햇살이 명주실처럼 머리 위에 드리워져 있었고, 영산강에는 안개가 말갛게 걷혀 있었다.

"냉큼 나오잖구 뭘 꾸물거려!"

웅보는 방에 대고 꽥 소리를 내질렀다.

"올 나락 가실이 끝나면 우리 오동네 포대기 하나 장만헙시다."

쌀분이가 등에 업은 오동네를 띠로 둘둘 감으며 마당으로 나왔다. 말바우 어미가 대불이와 함께 반봇짐을 싼 뒤, 그들 내외는 말바우 어미의 방에 거처하고 있었다. 싫다는 것을 말바우 외할머니가 외손자를 데려가면서 그렇게 하라고 하여 방을 옮긴 거였다. 말바우 외할머니는 딸이 대불이와 함께 반봇짐을 싼 것을 조금도 언짢아하지 않고 되레 잘되었다는 눈치였다. 그러면서 말바우 외할머니는 살아 있는 사람의 방을 비워두면 좋지 않다고 하여 웅보 내외가 그 방에 거처하도록 하였다.

"나락 가실이 끝나면 포대기 아니라 금가락지라도 해줄 텡께 어서 앞장이나 서!"

그 말에 쌀분이는 피식 콧방귀를 뀌고는 곧장 돈단을 내려가지 않고, 방문과 부엌문을 걸어 잠근 후에 집안을 한 바퀴 휘둘러보는 것이었다.

"난초가 집을 잘 지켜줄 텐디 뭣헐라고 방문을 때려잠그는 거여!"

웅보의 말에 쌀분이는 난초를 돌아보더니 "집 비우지 말고 꼭 붙어 있그라 잉" 하고 다시 당부를 하였다.

"지길헐, 더럽게도 꾸물거리네. 망건 쓰다 장 파허겄어!"

웅보가 다시 소리를 내질렀다.

"아무리 장대 휘둘러도 거칠 것 없는 살림이재만 단속은 잘해야 헌다우."

쌀분이는 술청 벽에 걸린 우거지 두름까지도 아랫방에 들여 넣어놓고 나서야, 두 손으로 받쳐 업은 아기를 까부르며 돈단 아래로 내려섰다.

쌀분이는 마음이 즐거웠다. 만나는 마을사람들마다 어디를 가느냐고 물을라치면 아기를 까불어대며 "나주 시가집에 가누먼요" 하고는 자랑스럽게 말하였다.

난초가 수구막 다리까지 따라 나왔다. 쌀분이는 집을 비웠다면서 쫓다시피 하여 난초를 집에 들여보냈다.

웅보 내외는 새끼내를 떠나기 전에 부드러운 가을 햇살을 받고 누렇게 익어 바람에 일렁이는 벼이삭 물결을 굽어보며 소리 없이 웃었다. 쾌적한 가을 날씨였다. 날씨처럼 그들의 마음도 맑았다. 싱그러운 바람이 불 때마다 상큼한 벼이삭의 냄새가 코에 가득 들어왔다. 웅보는 익어가는 곡식의 냄새를 오랫동안 맡으려고 쌀분이한테는 먼저 나루터로 가라고 하고, 논을 한 바퀴 휘둘러보았다. 아버지 어머니가 와서 곡식이 그득한 논을 보면 얼마나 기뻐할 것인가 하는 생각을 하자, 경중경중 어깨춤이라도 추고 싶어졌다.

그동안 새끼내 사람들이 피땀 흘려가며 방천을 쌓고 자갈을 들어낸 뒤 객토를 하는 등, 생명보다 더 소중하게 일군 농토는 쉰여덟 가구가 일한 품대로 각기 나누었다. 남정네들의 품을 많이 들인 집은,

많게는 다섯 마지기 요량이나 차지하였으며, 노인들과 아낙만 있는 집은 적게 닷 되지기까지도 나누어 가졌다.

웅보네 차지는 서 마지기 요량이나 되었는데, 첫해에 웅보가 노루목 양 진사 댁 안방마님한테 도움을 받은 쌀 열 가마니의 몫까지 땅으로 헤아려 받았기 때문에 얼추 다섯 마지기가 넘었다. 게다가 양 진사 댁 마님이 대불이 편에 보내준 돈으로 송아지를 사 매어놓은 것이 첫 농사를 지을 때 요긴하게 쟁기질을 할 수 있어 큰 덕을 보았다.

이제 웅보 손으로 장만한 다섯 마지기 논만 잘 지으면 웅보네 여섯 식구 식량을 댈 수 있을 것이었다.

논을 한 바퀴 둘러본 웅보는 걸음을 서둘러 강둑 위를 걷고 있는 쌀분이를 따라잡았다.

나룻배로 강을 건너 나주 땅에 내리자 해가 머리 위에 둥실 떠올라 있었다.

나주 땅에 발을 붙인 웅보는 갑자기 마음이 수세미속처럼 심란해졌다. 부모를 모시러 간다는 것을 생각하면 오달진 마음에 어깨춤이라도 추고 싶었지만, 안방마님 대할 일을 생각하자 목에 명태가시가 걸린 것처럼 숨쉬기조차 개운치가 않았다.

"나리댁 애기도 많이 컸겠네요."

쌀분이의 말에 웅보는 대답을 하지 않았다.

"아매, 우리 오동네보담 먼첨 났지라우?"

"클쎄……."

"그렇게나 애기를 바라더니, 뜬금없이 아들을 낳았으니 을매나 오지겄소 잉."

"클쎄……."

"왜 또 그러요? 어디 아푸요?"

웅보가 갑자기 기분이 심드렁해지자 쌀분이는 걱정이 되는 듯 물었다.

"아프기는……."

"강을 건너올 때꺼정도 날 받아놓은 섣달 큰애기모양 신바람이 나 있더니 왜 또 개똥 밟은 얼굴이라요?"

"내가 왜 어째서? 허허 내 원 참!"

"그렇게 웃으씨요. 오랜만에 부모님헌티 가는디 웃어야지라우 잉."

"허, 허허, 허."

웅보는 햇살이 눈부시게 쏟아지는 하늘을 쳐다보며 창자가 출렁이도록 웃었다. 그러나 그 웃음은 마음이 기뻐서 웃는 웃음이 아니었다. 웅보는 할아버지가 묻혀 있는 금성산을 바라보며 할아버지의 혼에게 용서를 빌고 싶었다. 할아버지처럼 이마에 불도장이 찍히지도 않고 종에서 풀려났으면서도, 여태껏 온전한 일신을 가늠하지 못하고 있는 것이 죄스럽게 생각되었다.

나주 양 진사 댁 솟을대문 앞에 당도한 웅보 내외는 잠시 발걸음을 멈추고 서 있었다. 그들은 옷매무새를 추슬러 고치고 어색하게 잔기침을 하며 대문 안으로 들어섰다. 문간채가 조용했다. 그들 부모가 눌러 있는 행랑방으로 가보았으나 벗어놓은 누더기 옷가지들만이 방바닥에 너절너절 널려 있었다. 늙은 내외가 잠시 들에 나갔거나 아니면 안채에서 잔일을 하고 있을 거라 생각했다.

웅보는 꼴망태를 방에 들여놓고 행랑방 문턱에 걸터앉았다. 두엄 자리 옆 접시감나무 잎들이 딱다그르르 바람에 흔들렸다. 햇살과 함께 흔들리는 접시감나무 잎들 사이로 금성산이 보였다.

여태껏 어미의 등에 업혀 쌕쌕 잠들어 있던 오동네가 개 짖는 소리에 깨어 칭얼대자 쌀분이는 아기를 돌려 안아 젖을 입에 물렸다.

"먼첨 안채에 가서 나리헌티랑 안방마님헌티 문안을 여쭙시다요."

바가지만한 젖통을 내놓고 오동네한테 젖을 물리고 있는 쌀분이가 안채 쪽에 눈길을 드리우며 말했다.

"이녁은 인저 비녀 근성 좀 베리랑께! 우리는 양 진사 댁 종이 아니란 말여!"

웅보는 쌀분이를 쥐어박듯 나무람 하였다.

"아무리 종이 아니래두 옛날에 모셨던 상전이 아니남요?"

"그래도 부모님을 먼첨 뵙고 인사를 허는 기 자식 된 도리여."

"이러고 있다가 안방마님이래두 자빡 만나면 으쩔라고 그러요."

"허허, 이 사람이! 우리가 무슨 죄를 지었남?"

"그래도 안채에 가서 문안버틈 드립시다. 그래야 맴이 놓여요."

"암턴, 이녁은 평생 비녀 노릇 해처묵고 살어야 딱 알맞은 사람이여!"

"그러코롬 살어왔는디 으쩔 것이요. 그러코롬 타고났는디……."

"이 밥통아, 시방은 아무헌티도 매인 몸이 아니여. 우리 집도 있고, 우리 땅도 있단 말이여. 우리는 시방 아부지 어머님을 뫼시러 왔단 말이여!"

웅보는 화를 내며 뒤로 벌렁 드러누워버렸다. 고콜불에서 나는 연기로 천장의 서까래와 가시새며 사춤 친 흙이 온통 시커멓게 그을어 있었고, 검게 그을린 천장에서 은백색의 짧은 털에 덮여 있는 무당거미 한 마리가 줄을 타고 내려왔다.

"거미가 손님이 올 줄 알고 있었구만 그려!"

웅보는 줄을 타고 내려오는 거미를 보며 말했다. 예로부터 낮에 거미가 줄을 타고 내려오면 그날 손님이 오고, 밤에 거미가 내려오면 도둑이 든다고 하여, 낮 거미는 반기고 밤 거미는 고콜불에 구워먹곤 하였다.

은백색의 무당거미는 줄을 타고 방바닥에 내려왔다가 다시 올라갔다.

웅보는 방바닥에 반듯하게 누운 채 곰팡이 냄새가 진동하는 방안을 뚤레뚤레 둘러보았다. 그가 태어난 곳이 바로 이 꾀죄죄한 행랑방이었는데도 그에게는 꿈에 한 번 보았던 것만큼이나 생소하게 느껴졌다.

"나라도 안채에 들어가볼랑께, 이녁 여기 있을라요?"

오동녜한테 젖을 다 먹이고 나서 치마 말기로 젖통을 가리며 쌀분이가 말했다.

"꼼짝 말고 여기 이대로 있으랑께!"

웅보는 여전히 화난 목소리로 팩팩거렸다.

"참말로 이녁 심보를 모르겠네요 잉. 좋은 일로 와서 으쩌자고 성질을 내싸요?"

웅보의 수세미속 같은 마음을 알 턱이 없는 쌀분이는 쌀분이대로 남편의 성깔싸움에 은근히 화가 나 있었다.

그들 내외가 안채에 가서 옛날 상전한테 먼저 문안을 드리자거니 말자거니 서로 티격태격하고 있는 사이에, 빨래할 잿물을 만들기 위해 안마당에서 콩대를 태우던 그들의 어머니가 행랑채에서 들려오는 인기척에 부지깽이를 든 채 나타났다.

"아니, 느그들 언제 왔냐?"

웅보 어머니는 아들과 며느리를 보자 부지깽이를 든 손을 휘저으며 우르르 내달아왔다.

웅보는 어머니 목소리에 벌떡 상반신을 일으켰다. 그의 어머니는 아들 며느리는 보는 둥 마는 둥, 쌀분이 등에 업힌 오동녜를 두 손으로 안아 뽑아 올리더니, 왼팔을 겨드랑이에 넣어 감고 오른손바닥으로 아기의 엉덩이를 받쳐 우쭐우쭐 까불어댔다.

"어이구 내 새끼야. 손주딸년이 핼미를 알아보고 벙싯벙싯 웃는구나. 어이구 내 새끼야, 금성산이 뵈이느냐 핼미가 뵈이느냐."

웅보 어머니는 옹근 근심 다 털어버리고 오랜만에 얼굴을 활짝 폈다.

"아부님은 으디 가셨남요?"

쌀분이가 허리에 감긴 띠를 풀며 물었다.

"안방마님 심부름으로 장성에 가셨단다. 아매 널이나 모레는 오실끄다."

"장성에는 왜요?"

웅보는 장성이라는 말에 놀라며 물었다. 장성이라면 대불이가 말바우 어미와 함께 주막을 내고 있는 땅이었기 때문이었다.

"참, 느그들은 모르고 있었느냐? 나리께서 한 달 전서버틈 장성에 가 계신단다."

"양 진사께서 장성에요?"

"장성 원님이 되셨당께."

"장성 현감이 되었다굽쇼?"

"그렇대두. 그래서 어즈께 안방마님 심부름을 가셨어."

웅보는 어머니 말에 고개를 자빠듬히 뒤로 꺾어 관솔불 연기에 검게 그을린 천장을 처다보았다. 갑자기 그의 마음도 천장처럼 검게 그을고 있는 심정이었다. 세곡선에 불을 지르고 세곡을 빼돌려 무곡을 한다더니 필시 한몫 잡은 걸로 벼슬을 샀을 것이었다.

그나저나 웅보 생각에 양 진사가 장성 현감이 되었다면 대불이 때문에 큰 걱정이 아닐 수가 없었다. 같은 바닥에 있다가 자빡 마주치기라도 한다면 대불이의 목숨은 부지할 수가 없지 않겠는가.

"가서 마님께 문안드려야재."

어머니 말에 쌀분이는 웅보를 질러보며 냉큼 안채로 들어가자고 눈빛으로 다그쳤다.

"마님네 되련님 많이 컸지요?"

쌀분이가 웅보를 향해 빨리 일어나라고 눈짓을 하며 어머니한테 물었다.

"하면— 세상에서 좋다는 것은 다 구해다 멕이니께, 끌방맹이모양 탐지게 크신다."

"다 멕여도 녹용은 멕이지 마신다 마재⋯⋯."

웅보가 쌀분이의 말아 삼킬 듯한 눈초리에 뿌질뿌질 일어나며 말했다.

"녹용은 왜요?"

쌀분이가 되물었다.

"거년 돌림병 때 양 의원님헌테 들으니께, 커가는 애기들이 녹용을 묵으면 바보 천치가 된다고 헙디다. 몸만 실허고 머리는 돌대가리가 되면 어디다 쓰겄어요. 부자집 되련님덜이 바보 천치가 많은 것은 어려서 녹용을 많이 멕인 탓이랍디다요."

"아고, 그렇다면 안방마님헌테 그 이약을 해줘사 쓰겄구만 그랴. 자, 냉큼 안채로 가자."

어머님은 그러면서 오동네를 안고 까불어대며 앞장을 섰다.

"어무님, 요본에는 참말로 뫼시러 왔구만요."

어머니를 뒤따라 나서며 쌀분이가 말했다.

"씨애미도 그러는 줄 알고 있다. 으째, 올 농사는 잘되었냐?"

"야. 오례쌀로 송편을 쬐끔 해왔는디……."

"우리 논에서 난 쌀로 말이냐?"

"하느님이 무던해서 씨러지게 농사가 잘되었어라우."

"느그 둘이서 욕봤다. 대불이란 놈이 원망시럽지야? 제 형은 뼈가 휘두룩 땅을 장만했는디, 그놈은 일이나 저지르고…… 그래도 너무 서운해허지 말거라. 대불이란 놈은 그런 팔자를 타고났으니 어쩔 것이냐. 다 제눔 팔자대로 사는 거니께."

어머니는 오동네를 안고 안채 마당으로 들어서면서 잠시 슬픈 얼굴로 뒤를 돌아다보았다.

"그놈이 큰일은 저질렀어도, 또 혹여 아느냐. 굽은 나무가 선산 지키드라고…… 그런 놈이 어찌 될지도……."

"대불이 걱정은 마셔요."

웅보는 어머니를 따라 안마당으로 들어서면서, 우물 옆 죽담 옆에 빨갛게 익어 터진 석류를 보면서 말했다. 석류를 보자 금세 입 안에 침이 괴었다.

마침 진사 댁 마님 유 씨 부인은 안방 마루에서 몸종인 끝례와 함께 아기를 가운데 두고 깔깔대며 재롱을 구경하고 있던 참이었다. 유 씨 부인과 끝례는 웅보네 식구들이 토방 가까이 다가설 때까지도 기척을 듣지 못한 듯싶었다.

"마님 웅보 내외가 건너왔구만요."

웅보 어머니가 아뢰어서야 유 씨 부인은 재롱을 부리는 아기를 안으며 토방 아래를 내려다보았다.

"마님, 그간 평안하셨는가요."

"마님, 쇤네 쌀분이 오랜만에 문안드리옵니다요."

웅보와 쌀분이는 토방 아래서 허리를 굽혔다.

"참 오랜만이로구나. 쌀분이는 딸을 낳았다면서?"

유 씨 부인은 웅보 어머니가 안고 있는 웅보의 딸을 내려다보며 약간 쌀쌀한 목소리로 물었다.

"제 에미를 쏙 빼박었구만요."

웅보 어머니가 오동네를 머리 위로 안아 올리며 말했다.

"네, 마님. 되련님을 얻으셔서 을매나 오집니까요."

쌀분이는 고개를 들어 유 씨 부인의 품에 안긴 탐스러운 아기를 바라보았다.

웅보는 처음부터 고개를 푹 숙인 채 입을 다물고 있었다. 그는 빨리 마님 앞에서 물러서고만 싶었다.

"이것들이 우리 내외를 아주 데리러 왔다누만요."

웅보 어머니는 자랑스러운 듯 오동네를 추석거리며 말했다.

"인제 우리 식구가 묵고 살 만헌 땅을 장만했으니께요."

쌀분이가 어머니의 말을 받았다. 유 씨 부인은 잠시 웅보 내외를 가느다란 눈으로 내려다보는 것 같더니 "대견들 하구나. 맨탕으로 나가서 땅을 장만하고 부모를 모시러 왔으니…… 그동안 고생이 심했겠다" 하고 진심인 듯싶게 치하를 해주었다. 치하를 받은 쌀분이는 허리를 펴고 마님을 똑바로 올려다보았다.

"젊었을 때 고생은 사서도 헌다는디유 머."

쌀분이는 헤벌어지게 웃고 있었다.

"고생도 고생 나름이지. 네들이 한 고생은 참으로 값진 고생이로구만."

말을 하는 동안 안방마님의 가느다란 시선은 줄곧 웅보 얼굴에 꽂혀 있었다. 오랜만에 웅보를 대하는 유 씨 부인 마음이 졸연히 떨리고 있었다. 생각 같아서는 다른 사람들 모르게 은밀히 웅보를 만나고 싶기도 하였지만 그럴 수 없는 것이 안타깝기만 하였다.

"그럼 쇤네 이만 물러갑니다요."

웅보는 더 이상 마님의 눈초리에 묶여 있고 싶지가 않았기에 그렇게 말하고, 힐끔 눈을 들어 마님과 아기를 한눈으로 훔쳐보았다. 그 짧은 시간에 웅보와 마님은 시선이 마주치고 말았다. 실로 숨을 한 번 가볍게 내쉬는 순간에 모자를 한눈으로 가볍게 훔쳐본 것이었는데 마님의 가느다란 시선에 붙잡히고 말았다. 시선이 마주치는 순간, 웅보의 마음은 마치 온몸이 무거운 쇠사슬에 단단히 묶인 듯 손가락 하나 움직일 수가 없었다. 유 씨 부인도 당황해하는 얼굴로 눈을 피해버렸다.

웅보는 돌아서기 전에 마지막으로 마님의 품에 안긴 아기를 훔쳐보았다. 이번에 아버지 어머니를 모셔 가면 다시는 양 진사 댁에 발을 들여놓지 못할지도 모른다는 생각에, 한 번이라도 더 똑똑히 아기를 봐두고 싶었던 것이다. 안방마님 유 씨 부인도 웅보의 그런 마음을 잘 알고 있는 듯싶었다.

"그래, 웅보 에미는 언제 가려는가."

안방마님이 눈길을 돌리며 물었다.

"영감태기가 오는 대로 따러가얍죠."

"웅보 에미는 자식 따라가기루 작정을 했남?"

"마님 곁을 떠나기가 섭섭허지만서도 요본에는 헐 수 없지 않겄는 가벼요."

"잘 생각했네, 늙어지면 자식들 주장대로 따라야지."

그러면서 마님은 품에 안고 있던 아기를 벌떡 안아 올렸다.

"웅보, 떠나기 전에 나 좀 보고 가거라."

마님은 그 말만 남긴 채 아기를 보듬고 안방으로 들어가 버렸다.

웅보네 식구들은 마님이 안방으로 들어간 뒤에야 몸을 돌려세웠다. 토방을 물러나오다 말고 쌀분이가 우물 옆으로 쪼르르 내닫더니, 탐스럽게 익어 터진 석류 한 개를 따들고 털메기를 끌며 쪼작 걸음으로 웅보 뒤를 따라왔다.

웅보는 행랑으로 돌아와서 잠시도 차분하게 앉아 있지를 못하고, 토마루와 두엄자리 사이를 왔다 갔다 하며 서성대기만 했다.

"웅보 너는 진득허니 앉아 있들 못허고 으찌 그리 노대쌓냐?"

웅보 어머니는 아들의 덤벙대는 모습을 보고 한마디 했다.

"강을 건너온 뒤버틈 사람이 요상허게 달라졌어라우 엄니."

쌀분이도 웅보가 마음을 가라앉히지 못하는 것을 보고 이죽거렸다.

"아부지는 왜 하필 우리가 뫼시러 왔을 때 심부름을 가셨으까?"

웅보는 괜히 짜증이 부글부글 끓어오르는 것만 같았다. 그는 아직도 무거운 쇠사슬에 묶인 듯 답답한 기분이었다. 양 진사 댁에서 나가기 전에는 그 답답한 기분이 풀릴 것 같지가 않았다.

웅보가 토마루와 두엄자리 사이를 왔다 갔다 하는 사이에, 쌀분이는 웅보가 메고 온 꼴망태 속에서 함지박을 꺼내고 오레쌀로 빚은 송편을 시어머니 앞에 펴놓았다.

"나 먼첨 가 있을 테니, 아부지 오시거든 이녁이 뫼시고 오도록혀! 오늘 돌아오시지는 않으실 텐디 그렇다고 집을 비워두고 아부님 돌아오시기만을 기다릴 순 없지 않겠어?"

그러면서 웅보는 당장 양 진사 댁을 나갈 듯 털메기 들메끈을 고쳤다.

"해 넘어갈려면 아직 멀었는디 그새 가야?"

어머니가 놀라는 얼굴로 웅보를 보았다.

"송월촌 스승님이나 뵙고 가야겠구만요. 마님이 찾으시면 그냥 갔다고 그러세유."

웅보는 어머니와 쌀분이가 미처 말을 받기도 전에 쫓기는 사람처럼 행랑채 마당을 가로질러 대문을 나서고 있었다. 그는 양 진사 댁에서 나와서야 크게 숨을 내쉬었다. 비로소 쇠사슬에서 풀려난 기분이었다.

웅보는 마을을 나오다 잠시 서서 그가 속량이 되기 전, 쌀분이와 함께 도망을 쳤다가 붙잡혀 추운 겨울밤 꽁꽁 묶여 있었던 마을 앞 늙은 팽나무를 우두커니 쳐다보았다. 까마귀는 한 마리도 보이지 않았지만 잎이 무성한 가지 끝마다 툭툭 쏘는 가을해가 수없이 매달려 있었다.

해야 해야 붉은 해야
김칫국에 밥 말아 먹고
장고 치고 솟아라

웅보는 가지 끝에 매달린 수없이 많은 햇덩이를 쳐다보며 어렸을 때 불렀던 노래를 입속으로 되뇌었다.

2

소만이 지나도록 비 한 방울 내리지 않아 모를 내기는커녕 못자리마저 쫄딱 말라붙었다.

어느 해 한 번 마음 푹 놓고 농사를 지어볼 수가 없었다. 비가 너무 많이 와서 들판을 갈퀴질하듯 휩쓸어 가버리는가 하면 또 비가 한 방울도 내리지 않아 바싹바싹 속을 태우곤 하였다.

농사짓기가 마치 줄타기하는 것만큼이나 아슬아슬하였다. 어쩌다가 하느님이 도와서 풍년이 들어 잠시나마 시름을 잊을까 하면, 이듬해에는 어김없이 홍수가 지거나 가뭄이 들었다.

소만이 지나도록 비 한 방울 내리지 않자 새끼내 사람들 마음은 논바닥처럼 갈라졌다.

단옷날이었다.

작년만 같았어도 쑥을 뜯어 떡을 빚고 단오 차례를 지낸 뒤, 아낙들은 창포 삶은 물에 머리를 감고 창포뿌리를 머리에 꽂은 채 그네뛰기를 하고, 남정네들은 강변 모래밭에 나가서 씨름들을 하느라 한창 어우러져, 판막이(都結局)를 해서 우승한 사람이 장군이 되어 마을을 돌며 온통 북새판을 이루었을 터인데, 올해 단옷날은 어린아이들이나 어른이나 할 것 없이 해가 이글거리는 하늘만 쳐다보며 데쳐놓은 산나물처럼 힘이 없었다.

마을에서는 날을 받아 물빌이굿(雨乞祭)을 올렸다. 밤에 남녀노소할 것 없이 개산에 올라가 큰 불을 피우고, 억새꽃을 뽑아 만든 화심에 불을 붙여 영산강에 던지기도 하였다. 밤이 깊도록 기우화(祈雨火)가 활활 타오르고 억새꽃 횃불들이 강으로 날아 불빛이 밤하늘을 가르고, 강과 산과 하늘이 온통 대낮처럼 밝았다.

아녀자들은 다시 속옷을 벗고 홑치마만 입은 채 강물 속에 뛰어 들어가서 키로 물을 사래질하였다.

속없는 마을 청년들이 이 광경을 훔쳐보려고 강가에 나갔다가 아낙들한테 들키는 날에는 초주검이 되도록 뭇매를 맞게 마련이었다.

그래도 비가 오지 않자 마을 아낙들이 떼를 지어 개산에 올라가서 일제히 방뇨를 하기도 했다. 아낙네들은 방뇨를 하기 위해 아침부터 온종일 배가 뺑뺑하도록 물을 퍼마셔야만 했다. 산에 올라가 방뇨를 할 때 한 사람이라도 오줌이 나오지 않으면 비가 오지 않는다고 믿고 있었기 때문이었다.

수구막 안 새끼내 물마저 쫄딱 말라붙어버려 두레질조차 할 수가 없게 되자 웅보는 모 잎사귀가 삐득삐득 시들어가는 못자리 논둑에 쪼그리고 앉아서 한숨만 토하고 있었다.

헝겊조각 같은 구름들이 거뭇거뭇 강경굴 쪽으로 흘러가는 것을 보니 아무래도 비가 오기는 틀린 것만 같았다. 그는 하늘을 쳐다보고 구름이 흘러가는 방향을 유심히 살피다 말고 맥이 풀려버렸다.

뼈가 휘도록 애면글면 장만한 땅에 기껏 한 해 농사를 지어보고 다시 폐농을 하게 될 것 같아 오장육부가 매지매지 녹아내리는 기분이었다.

자식 죽는 것은 보아도 차마 벼 포기 말라죽는 것은 못 본다는 농사꾼들이라 어떻게 해서든지 모를 살려보려고 아낙들은 물동이에 물을 이어다 붓고 남자들은 물지게를 져 나르는 것이었지만, 밑 깨진 시루에 물 붓기로 뜨거운 태양에 견디지 못하였다.

"지미럴 눔에 하늘, 장대로 쿡 쑤셔뿔면 비가 쏟아질라나?"

웅보는 논둑에 쪼그리고 앉아서 하늘을 쳐다보며 칵 침을 뱉았다. 하늘에 대고 주먹총이라도 주고 싶었다.

"하늘만 쳐다보고 있으면 죽어가는 모가 살아난다더냐?"

어느 사이에 웅보 아버지 장쇠가 대오리로 테를 메운 나무물통과 바가지를 들고 논둑길로 걸어와서 찌적찌적 말라붙어 있는 내로 내려갔다.

지난해 가을, 며느리를 따라 양 진사 댁에서 나온 장쇠는 새끼내에 당도하자마자 웅보가 피땀 흘려 장만한 논 먼저 구경하고 싶다고 하며 나락이 누렇게 일렁이는 들로 나가더니, 개구리처럼 납작 엎드려 논의 흙에 입을 맞추었다. 그는 몇 번이고 흙에 입을 맞추고 나서 흙 한 덩이를 입에 넣고 우적우적 씹어 삼켰다.

"이 땅이 웅보네 땅이란 말이냐? 네 눔은 네 할아부지를 닮아서 한번 헌다 허믄 허는 눔이라 네 땅을 장만헐 줄 믿었다만, 참말로 장허다. 너는 이 짜잔한 애비허고 비할 바가 못 된다. 이 못난 애비 핏줄만 받지 않고 나왔으면 큰일을 헐 눔인디, 이 못난 애비 땜시……."

그러면서 웅보 아버지 장쇠는 두 눈이 그렁그렁 젖어 있었다. 웅보는 난생 처음으로 아버지한테 칭찬을 들었으나 아버지가 너무 기뻐서 눈물바람을 하는 것을 보자 즐거운 생각보다 슬픈 기분이 들었다.

그 뒤 장쇠는 하루도 빠지지 않고 들에 나와서 논을 둘러보곤 하였다. 눈이 쌓였을 때도 그는 하루에 한 번씩 논에 나와서 돌멩이 하나라도 들어내는 것이었다.

그런 장쇠인지라 가뭄으로 못자리가 쩍 벌어지자 밤이면 잠을 못자고 끙끙 앓기만 하였다. 밤새도록 뒤척이며 잠을 못 이루다가 미친 사람처럼 방문을 박차고 밤하늘을 쳐다보곤 하는 것이었다.

"이 애비가 복이 없는 탓이다. 이 복쪼가리 없는 애비가 늬들헌티로 오니께 하눌님도 고개를 틀어뿌렀는갑다."

웅보 아버지 장쇠는 비가 오지 않는 것을 자기 탓이라고 푸념처럼 말하였다.

"아부지, 관두서요. 밑 빠진 시루에 물 붓기라니께요."

웅보는 물통을 들고 내려가는 아버지를 향해 소리쳤다.

"그런다고 하늘만 바라보고 있을 수는 없지 않겠냐? 죽기 아니면 살기로, 물 한 방울이라도 더 부어봐야재."

웅보 아버지 장쇠는 아들의 만류도 듣지 않고 삽으로 도랑을 치고 병아리 눈물만큼 괴기 시작하는 물을 바가지로 퍼서 물통에 담았다. 물이 괴는 양이 워낙 적어서 물통 하나를 채우는 데에 담배 두어 대참이나 걸렸다. 그래도 장쇠는 물통에 물을 채워 쩍쩍 갈라진 못자리판에 붓곤 하였다. 장쇠는 그 일을 계속했다. 한마디 투덜거리지도 않고 마치 제사를 지낼 때처럼 경건하게 물통에 물을 채워 못자리를 적셨다. 그는 영산강물을 다 퍼 올려서라도 모를 살릴 생각이었다. 요즈막 장쇠는 마치 싸움하는 사람 같았다. 모가 말라죽고 이앙을 못하면 장쇠 자신도 죽어버릴 것만 같았다. 어쩌면 그가 지금껏 헛되게 살아온 지난날들을, 말라죽어가는 모를 살려내는 것으로 보상을 받고 싶은 것인지도 몰랐다. 그것만이 자식들을 위해 마지막 할 수 있는 일이라고 생각했기 때문이었다.

그는 삐들삐들 말라죽어가는 모 때문에 잠을 이루지 못해 하룻밤에도 몇 번이고 마당에 나가 하늘을 쳐다보고, 바람이 들어가는 것을 가늠하면서 그렇게 결심했다.

웅보 어머니한테도 비슷한 말을 하더라고 하였다.

"이것들이 폐농을 허면 우리 늙은 것들이 무신 염치로 살겠는가. 모가 말라죽으면 나도 영산강에 빠져 죽어뿔고 말라네."

오늘 아침 장쇠가 그렇게 한 말을 웅보 어머니가 아들한테 귀띔을 해주었을 때 웅보는 한숨만 토했을 뿐이었다.

"그만두시라니께요. 말짱 헛일이어요."

웅보는 아버지를 지켜보며 다시 만류를 하였다.

"내버려둬. 나 허는 일 간섭 말어. 나는 시방 내가 헐 일을 허고 있을 뿐잉께."

그러나 웅보가 보기에 아버지의 하는 양이 어설프기도 하고 한편으로는 눈물겹도록 애잔한 생각이 들기도 하였다.

"갈아엎고 서속을 심든가 메밀을 심든가 해야 쓰겄구만요."

"서속은 밭에다 심는 곡식이다. 밭에 심을 곡식, 논에 심을 곡식이 다 따로 있는 벱여."

"아부지도 참, 누가 그것을 모르남요."

"알았으면 애비 허는 일에 간섭 말어. 나는 논에다 나락을 심을 테니께."

"흐지만 아부지. 서속이라도 심어야 굶어죽지 않을 것 아니오?"

"하늘이 사람을 쥑이러 들면 죽는 도리밖에 없는 거여. 하늘이 굶어쥑일려고 허는디 아등바등 살려고 헌다 치면 그것도 하늘에 대한 거역인 거여. 그러니 나는 죽어도 논에는 나락을 심을 생각이여."

웅보의 생각에 아무래도 아버지의 고집을 꺾을 수가 없을 듯싶었다.

웅보는 아버지를 말리다 못해 집으로 돌아와 버렸다. 집에는 웅보 어머니가 오동네를 업고 대장간 모퉁이에서 익모초 다발을 엮어 벽에 걸고 있었다.

"애기 엄씨 어디 갔나요?"

웅보는 쌀분이가 보이지 않자 집안을 휘둘러보며 물었다.

"쑥 뜨러 갔단다."

"집구석에 처백혀 있으라니깐―"

웅보는 괜히 화가 치밀어 올랐다. 그는 아무나 붙들고 한바탕 싸움이라도 해야 옭힌 마음이 풀릴 것만 같았다.

"흉년 들면 쑥버무리라도 혀묵을라고 안 그러냐."

"여편네들이 싸돌아댕기니께 비가 안 오는 거라구요."

"벨소릴 다 허는구나."

그러면서도 웅보 어머니는 소리 안 나게 쿡 웃었다. 아무래도 요즈막 아들의 성질이 새끼 낳은 암캐처럼 부쩍 사나와진 것을 눈치 채고 있는지라, 며느리가 들로 쑥을 뜨러 간 것까지도 트집을 잡으려고 하는 소이가 훤히 들여다보이는데도, 말없이 쿡 웃어버리고 만 것이다.

웅보는 부엌에 들어가 냉수를 한 바가지 떠서는 벌컥벌컥 들이마셨다. 조갈증이 풀리자, 불현듯 또 삐득삐득 시들어가는 모 포기들이 눈앞에서 파들거렸다.

부엌에서 나와 이맛살을 찌푸린 채 하늘을 쳐다보았다. 뭉얼뭉얼 솜털구름 몇 가닥이 개산 위에 높이 떠 있었다. 구름의 움직임이 전혀 눈에 띄지 않았다.

"지길헐 눔에 하늘!"

웅보는 토방에 털썩 주저앉았다.

"아니, 기장밥을 채리고 물빌이굿을 지내는 판에 하늘에 대고 무신 욕이냐 욕은?"

"욕 안허게 생겼어요?"

"또 그러네, 하눌님이 들으시겄다."

"들으라고 허는 욕인걸요 뭐."

"벌 받는다아—"

"벌은 시방 받고 있구만요."

"그래도 하늘에 대고 욕허는 것은 안된다아."

"물빌이굿을 지내고 그만큼 애타게 비를 기원했으면 비 한 방울이라도 떨쳐줘야지요."

하기야 웅보는 처음부터 물빌이굿 지내는 것을 반대하였다. 그러나 마을사람들은 그러는 웅보를 큰일 낼 사람이라면서 윽박지르기까지 하였다.

"하늘에 제사를 지내고 빌면 비를 내려주고, 그렇지 않으면 비를 주지 않는 그런 하늘이라면 믿을 것도 공경할 것도 없겠구만요."

웅보가 마을사람들한테 그렇게 말하자 "아니 저 사람, 배웠다는 사람이 원 저렇게두 하늘 무서운 줄을 모르다니 큰일 날 사람이네!"

하면서 혀를 차고 상앗대질까지 하는 것이었다.

돌림병 난리 후로 아이들이 고뿔만 걸려도 찾아와선 낫게 해달라고 사정을 하고, 관아에서 수조관(收租官)만 나와도 다급하게 뛰어오곤 하던 마을사람들이었는데, 웅보가 물빌이굿을 지내지 말자고 한 것에 대해서는 정면으로 반대를 하고 나섰으며 당장 몰매라도 칠 것처럼 윽박지르고 다그쳤다.

허나 홍수와 가뭄에 시달려온 웅보는 하늘의 변덕스러움이 싫었다. 그런 하늘만 믿고 살아가는 새끼내 사람들이 불쌍했다.

비가 오지 않을 때 농부들의 마음은 칼날처럼 날카로워지게 마련이다. 성질이 사나와졌다.

날을 받아 물빌이굿을 지냈으나 비 한 방울 떨어지지 않자 기진맥진 탈진을 하다못해 걸핏하면 핏대를 올리고 마구 욕지거리를 퍼부어댔다.

새끼내 사람들은 말바우네 주막이 없어지자 선창까지 나가서 취하도록 술을 퍼마셨다. 술이 취하면 미친개처럼 아무나 물고 늘어지려고 하여 싸움이 잦았다.

"하늘에 매인 목숨, 알탕갈탕 살아서 뭣헐 거여!"

"아무리 살아볼라고 발버둥 쳐도 하늘이 도와주지 않으면 말짱 헛굿이란께!"

"어채피 살고 죽는 일은 하늘에 달렸으니께, 니미럴 술이나 퍼마시드라고!"

이미 폐농을 한 것과 마찬가지인 터에, 햇보리가 날 내년 봄까지 살아남을 걱정일랑 접어둔 채 마치 하루만 살고 말 사람처럼 앞뒤 헤아려봄 없이 술들을 퍼마셨다.

이런 모습을 본 웅보의 마음은 시뻘건 시우쇠 덩이가 목에 걸린 듯 하였다. 그들에게 무슨 말을 해줄 수가 없었다.

봄까지 살아남기 위해 식구 하나라도 줄이려고 나이도 덜 찬 딸들을 서둘러 시집보내기도 하였다. 열두서너 살밖에 안된 나이에 머리를 올린 풋각시는 차마 부모 곁을 떠나기가 싫은지 엉엉 소리 내어 울었다.

철없는 딸을 억지로 쫓아 보내는 부모들의 마음은 갈기처럼 천 갈래 만 갈래 찢어졌다.

"굶어죽어도 좋응께, 어무니 아부지흐고 같이 살 텨! 나 밥 안 묵으께! 밥 안 묵고 흙만 파 묵을 텐께, 쫓아내지 말어 잉―"

철없는 풋각시는 부모 곁을 떠나지 않으려고 칭얼대며 떼를 썼다. 어린 속에 시집이 무엇인지도 몰라 그냥 쫓겨 가는 것으로만 생각되어진 것이었다.

"아가, 눈 질끈 감고 올 시한만 넹기그라. 새봄에 햇보리가 나면 다시 함께 살자꾸나!"

마음 약한 어머니가 딸을 달래보는 것이었으나 한 번 가면 다시는 돌아오기가 어렵다는 것을 알고 있는지라 더욱 서럽게 울기만 했다.

어린 딸이 울어쌓는 것을 보다 못한 마음이 독한 아버지는 끝내 회초리를 휘둘러대며 쫓아 보내기도 하였다.

코흘리개 어린 딸한테 새 옷 한 벌 못 해 입히고, 입은 동이 째로 중매쟁이한테 딸려 보내는 가난한 부모들의 애간장은 숯덩이가 되었다. 시집을 가는 것이 아니고 팔려가는 것이나 진배없었다.

나이 어린 아이들을 밑각시로 데려가는 남자들은 영산강을 오르내리며 떠돌음 하는 고리백정들이나 점등 너머 피쟁이(쇠백정)들이 많았으며, 더러는 영산포 선창을 출입하는 뱃사람들이었다. 더러는 술집 논다니로 팔려가는 경우도 있었지만 자신들은 그것을 알 턱이 없었다.

어린 딸이 중매쟁이를 따라 울며불며, 돌아보고 또 돌아보며 마을을 떠나버린 뒤에는, 마음이 도끼날만큼이나 모진 아버지도 닭똥 같은 눈물을 훔치며 선창 주막으로 달려가 정신을 잃을 만큼 술을 퍼마시는 것이었다.

이렇듯 가뭄이 든 해에는 철없는 여자아이들까지도 수난을 겪었다.

"하눌님 탓이여!"

그들은 하늘을 원망할 뿐이었다.

오랫동안 비가 오지 않은 탓으로 사람들의 마음이 먼지처럼 가벼워져 버렸다.

새끼내 들판에는 흙먼지가 부옇게 출렁였다. 강바람이 건듯건듯 불 때마다 흙먼지가 안개처럼 움직였다. 논둑길로 푸석푸석 땅껍질이 벗겨졌으며 나뭇잎과 풀잎들은 햇볕에 견디다 못해 데쳐놓은 것처럼 축 늘어졌다.

날이 갈수록 영산강의 물도 줄어들었다.

그러던 어느 날 웅보는 실로 뜻밖에 막음례를 만날 수가 있었다.

그날도 웅보는 삐득삐득 시들어빠진 묘판의 모를 들여다보고 있자니 울렁울렁 오장육부가 뒤집히는 것 같아서, 산매 들린 사람처럼 개산이며 영산강 모래밭을 하릴없이 쏘다니다가 맥이 풀려 집에 돌아와 토마루에 하염없이 앉아 있었다. 그는 점심도 먹지 않고 배고픈 것도 잊은 채 눈썰미를 곤추세워 하늘만 뚫어지게 쳐다보았다.

　그때 선창 주막거리에서 비렁뱅이 노릇을 하는 아이가 웅보를 찾아왔다. 집에는 웅보 어머니와 오동네와 웅보 셋만 있었고, 웅보 아버지와 쌀분이는 웅보가 한사코 말리는 것도 듣지 않고 못자리에 물을 져 날라 뿌리러 나갔으며, 난초는 강으로 조개를 잡으러 갔다.

　"웅보라는 사람 집이 여기요?"

　열두어 살쯤 되어 보이는 비렁뱅이는 돈단에 올라 집안으로 들어서며 다급하게 물었다.

　"뭣 땜시 그러느냐?"

　처음에 웅보는 그 아이가 밥을 얻어먹으러 온 것으로 알고, 토마루에 픽신하게 앉아서 하늘을 쳐다본 채 퉁명스레 반문을 했다.

　"아저씨가 웅보라는 분이우?"

　비렁뱅이 아이는 밥 빌어먹는 아이답지 않게 건방지게 물었다.

　"오냐, 왜 그러느냐?"

　"찾는 사람이 있어서요. 저는 심부름을 왔구먼유."

　"찾다니…… 누가?"

　"냉큼 선창으로 같이 가보셔요."

　"선창에서?"

"그래요. 어서 가보셔요."

"이눔아, 누가 나를 찾는다는 게냐?"

웅보는 꽥 소리를 내질렀다. 그러자 비렁뱅이 아이는 주둥이를 비쭉거리더니 "알아서 허셔요. 나는 말을 전했을 뿐잉께……" 하며 돌아서버렸다.

웅보는 필시 또 마을 젊은이들이 술로 속을 가라앉히자고 불러내는 것이려니 하고 들돌처럼 꼼짝도 하지 않았다.

"웬 아낙이 기다리고 계시드만요."

돈단을 내려가려던 아이가 얼핏 몸을 돌려 웅보에게 말했다.

"아낙이?"

"그래요. 어서 가보시라니께요."

"어디서 온 누구라더냐?"

그제야 웅보는 천천히 일어서서 돈단 쪽으로 걸어갔다. 손녀를 앞세우고 우물에서 물을 길어오던 어머니가 비렁뱅이 아이와 말을 주고받는 아들을 보자 무슨 일이냐고 물었다.

"저 선창에 좀 댕겨와야겠구먼유."

웅보는 비렁뱅이 아이와 함께 내려왔다.

"어뜨케 생긴 아낙이더냐?"

돈단을 내려오면서 나지막하게 웅보가 물었다.

"아매 이사를 가는 모양이드만요. 아이들을 셋씩이나 데리고 이삿짐을 챙겨 목포 가는 소금배를 기다린다고 허데요."

웅보는 아이를 셋이나 데리고 목포로 내려가는 그 아낙이 누구일까 하고 생각해보았다. 혹시 막음례가 아닐까 하는 생각이 마른 번갯불처럼 그의 뇌리를 뚫었다.

"저기 저 미루나무 밑으루 가보셔요."

선창에 당도하자 비렁뱅이 아이가 나루터로 올라가는 강변을 가리켜주고 객주거리 쪽으로 뛰어가 버렸다.

웅보는 두근거리는 마음으로 걸음을 재촉하였다. 그렇지 않아도 막음례 일이 그렇게 걱정이었는데 그녀가 예까지 그를 찾아와주다니 한편으로는 반가우면서도 어쩐지 마음이 무겁게 가라앉는 듯싶었다.

그는 미루나무 밑에 서서 웅보 쪽을 바라보고 있는 여자가 막음례라는 것을 알고 걸음을 더 빨리했다.

여남은 살쯤 되어 보이는 사내아이와 두세 살 터울 아래인 듯싶은 또 다른 아이가 조그마한 보퉁이를 등에 걸머지고 있었고, 웅보의 딸 오동네 또래의 아이가 알몸인 채 제 어미의 치맛자락을 잡고 쫄랑거리는 모습이 보였다.

웅보가 한달음에 미루나무 밑으로 뛰어가자 막음례는 큰 보퉁이를 풀섶 위에 옮겨놓으며 마주치는 얼굴을 애써 피했다.

"아니, 어쩐 일이우?"

웅보는 반가움과 놀라움과 지난날의 슬픔이 목울대에 뻗질러 오르는 것 같아 목이 메는 듯싶었다. 막음례는 그저 힘을 들여 고개를 들고 웅보를 쳐다볼 뿐이었다. 보퉁이를 걸머진 두 아이들은 멀뚱멀뚱 웅보를 지켜보고 서 있었고, 필시 웅보의 핏줄이 분명한 오동네 또래의 사내아이는 고추를 드러내놓고 풀섶에 오줌을 내쏘고 있었다.

"그렇지 않아도 어찌 사시나 궁금해서, 한 번 찾아가 볼까 하는 참이었소만……."

웅보는 막음례에게 할 말이 많은 듯싶었으나 막상 만나고 보니 말문이 막혀버리는 것 같았다.

"저쪽 팽나무 밑으루 갑시다."

웅보는 미루나무 밑의 그늘이 논바닥으로 미끄러져 내려가자, 막음례가 내려놓은 큰 보퉁이를 불끈 들고 나루터 쪽으로 앞장서서 걸었다.

"목포로 가신다면서요?"

웅보가 뒤를 돌아보며 큰 소리로 물었다.

"야—"

막음례의 대답은 마치 신음을 토하는 소리처럼 괴롭게 들려왔다. 보퉁이를 걸머진 두 아이들이 소리를 내지르며 좀팽나무 그늘로 뛰어갔다. 좀팽나무 밑은 그늘도 훨씬 두꺼웠고 강바람도 시원했다.

웅보는 판판한 돌 위에 큰 보퉁이를 내려놓고 막음례를 보았다.

"이 애기를 한 번 보듬아주실라요?"

막음례가 어미의 치맛자락을 붙잡고 쫄랑거리는 벌거숭이 아이를 내려다보며 말했다. 그러자 웅보는 잠시 쪼그리고 앉아서 아이의 얼굴을 들여다보았다.

"얼금뱅이는 아니구만요."

"시방은 종의 자식도 아니지요."

웅보와 막음례가 말을 주고받았다.

"그렇지요. 종의 자식이 아니고말고요."

"보듬아봐요."

막음례가 재촉하듯 말하자 웅보는 아기를 보듬고 일어섰다. 아기는 말없이 웃으면서 뛰어노는 형들 쪽을 보았다.

"이름이 뭐냐?"

"개똥이."

아이가 대답했다.

"장개똥이라. 그래 개똥같이 천허게 커서, 황금같이 귀한 사람이 되거라."

웅보는 개똥이의 어깻죽지 아래에 손을 넣어 머리 위로 번쩍 치켜 올리며 말했다.

"개똥아, 아부지 하고 불러봐라. 이분이 네 아부님이시다."

막음례가 크렁하게 젖은 목소리로 말했으나 개똥이는 어미의 말뜻을 잘 알아듣지 못한 듯, 웅보가 머리 위로 치켜 올릴 때마다 두 다리를 헤엄치듯 버둥거리며 깔깔대고 웃기만 하였다.

"네 애비는 이제 종이 아니란다. 그러니 네 눔도 종놈이 아닌 겨."

웅보는 개똥이를 내려놓았다. 그러자 개똥이는 더위도 모르고 둑길을 뛰어다니는 형들에게로 뛰어갔다.

"부모님께서두 평안허시지유?"

막음례는 허우룩해하는 빛을 보이지 않으려는 듯 자꾸만 웅보의 눈을 피했다.

"집으로 뫼셔왔구만요."

"테 밖의 사람이기는 허지만 어무님이나 한 번 뵈얍고 싶어도
……."

막음례는 말끝을 맺지 못했다. 웅보는 그런 막음례한테 미안한 생
각뿐이었다.

"쌀분이도 잘있지유?"

"딸을 낳았다요."

"쌀분이헌테 큰 죄를 짓고 있는 것 같어서……."

"죄는 무슨 죄를 졌다고 그래요. 그것이 으디 우리덜 죄인감요."

"쌀분이 볼 낯이 없어유."

"개똥이 어멈헌티는 아무 잘못도 없어요."

"그래도 시방 나는 우리 개똥이 없으면 못 살아유."

막음례가 처음으로 웃는 낯으로 뛰어노는 아이들 쪽을 보며 말했다.

"목포에는 무신 인연으로 가시우?"

"친정에서 멀찌기 떨어져 살고 싶어서유."

"알음도 없이?"

"아무도 아는 사람이 없는 디서 살고 싶어서……."

막음례는 차마 개똥이 때문에 친정마을이나 시가마을에서 더 이
상 버티며 눈총 받고 살 수가 없어 떠난다는 말은 할 수가 없었다. 그
녀는 양 진사가 준 돈으로 친정마을에 논 두 마지기를 샀으나 과부의
몸으로 난데없이 배가 불러 돌아온 그녀를 보고 마을사람들이 손가
락질을 하며 쑥덕거리는 통에 단 하루도 마음 편하게 살 수가 없었다.

그 어려움 속에서도 개똥이를 낳았다. 속도 모르는 친정어머니는

씨받이로 들어간 년이 새끼를 주고 오지 않고 뱃속에 넣은 채 돌아왔느냐고 원수야 악수야 볶아 댔으며, 개똥이를 낳자 당장 양 진사 댁에 던져주고 오라는 것이었다. 허나 막음례의 입장으로 개똥이를 양 진사 댁에 줄 수도 없었고 그렇다고 웅보한테 넘겨줄 수도 없는 노릇이었다.

개똥이를 낳은 이후 이날 이때까지 단 하루도 마음 편할 날이 없이 친정어머니와 오라비의 들볶임과 친정마을사람들의 가시 돋친 눈총을 받아가며 죽지 못해 살아온 이야기를 다 하자면 매지매지 창자가 다 녹아내릴 일이었다.

친정어머니와 오라비의 구박이며 마을사람들의 손가락질이 심하면 심할수록 개똥이에 대한 정은 두꺼워졌다. 단 하루도 개똥이 없이는 살아갈 수가 없을 것 같았다.

막음례는 생각다 못해 논 두 마지기를 팔아 친정마을을 떠나오는 길이었다. 실로 막연한 발걸음이었다. 어디 가서 아랫녘 장사를 한들 세 새끼들 굶어죽게 하기야 하겠느냐는 독한 마음먹고 친정을 떠나왔으나 어디를 둘러봐도 적막강산이었다.

막음례는 영산포에서 배를 타기 전에 마지막 한 번만이라도 웅보의 얼굴을 보고 싶었다. 그에게 개똥이를 보여주고 싶었던 것이다. 그리고 개똥이한테도 제 아비의 얼굴을 보여주고 싶기도 하였다.

"혼자 몸으로 목포꺼정 가서 어뜨케 살라고……."

웅보도 자신의 일처럼 너무도 막연하여 걱정이 되었다. 생각 같아서는 선창 어디에서 국밥집이라도 하며 살아가보라고 권하고 싶었지만 막음례가 그와 같은 곳에 있게 되면 아무래도 그의 마음이 오락가락 흔들릴 것만 같고 그렇게 되면 다시 한 번 쌀분이한테 못할 짓을 하게 될 것만 같아서 그런 말을 입 밖에 내놓을 수가 없었다. 그러나 웅보는 어찌된 속마음인지는 몰라도 막음례가 멀리 가는 것이 싫었다. 싫다기보다는 서글펐다. 그녀가 가까운 곳에 자리를 잡아주었으면 싶었다.

"설마 굶어죽기야 허겠어유."

"시방 헤어지면 다시 만나기도 쉴허잖을 텐디……."

그렇게 말하는 웅보의 마음은 아팠다.

"후담에 개똥이가 크면 아부지 만나러 오고 싶어헐 텐디…… 그때 보내도 되겠남요?"

"되다마다요. 쌀분이도 개똥이에 대해서는 잘 알고 있는 일이니께……."

기실 웅보의 마음 같아서는 개똥이만이라도 데려다 집에서 키우고 싶었다. 쌀분이도 막음례가 사내아이를 낳았다는 것을 알고 있는 터라, 데려다 키우자고 하면 마다할 것 같지가 않았다.

"개똥이는 언제라도 보내주씨요. 개똥이가 내 자식이라는 것은 다 아는 일이니께……."

"장차는 어찌될지 몰라도 시방은 개똥이 없이는 못살아요. 고것이 을매나 푸접이 된다고요."

"제 발로 찾어올 나이가 되면 우리 집에 내왕을 허도록 허씨요. 그러고 목포에 가서 자리를 잡거들랑 기별을 해주고."

"고맙구만유. 그래도 이 세상에 개똥이 아부지라도 있다는 것이 을매나 의지가 되는지 몰라유."

"아무 힘도 못 되어줘서 부끄럽구만요."

"개똥이 아부지 도움 받고 싶은 생각은 손톱만치도 없어유. 단지 마음속으로라도 의지가 된 것만도 을매나 큰 힘이 된다고요."

"언제 또 만날 수가 있을란가 모르겠구만……."

"목포에 내려오시는 길이 있으면 찾어주서유."

"찾다마다."

"주막을 낼 생각이니께 주막만 다 더트면 될 거로구만유."

"꼭 가리다."

"마음속에 개똥이 아부지 생각만 묻고 살란듸, 그렇게 해도 괜찮을란가 모르겠네유. 쌀분이헌티는 죄를 짓는 일이지만, 그렇게라도 해야 살어갈 힘이 생길 것만 같웅께……."

막음례는 부끄러운지 고개를 푹 숙인 채 낮은 목소리로 말했다. 그 말을 들은 웅보가 막음례의 손을 잡았다.

"개똥이 어매, 내 얼굴을 봐요. 내가 뉘기요? 나는 개똥이 아부지가 아니요? 개똥이 어매가 개똥이 아부지 생각허는 것이 무신 죄가 된당가요."

"고마와유. 참말로 고맙네유."

"어디에서 살거나 서로 잊지 맙시다. 우리 뜻대로 개똥이를 가지게 된 것은 아니지만도…… 그래도 이것도 인연은 인연이니께, 잊어서는 도리가 아니지요."

웅보의 말에 막음례는 울고 있었다. 웅보는 그녀의 손을 잡은 팔에 힘을 주어 으스러지도록 꼬옥 쥐었다.

"개똥이가 우리 두 사람 사이에 다리가 되어준 것이오. 그러니 개똥이를 위해서라도 기별을 끊어서는 안돼요. 그래도 하늘이 도왔든지 개똥이가 종의 자식이 아닌 것만도 을매나 다행한 일이요."

막음례는 어깨를 들먹이고 울면서 몇 번이고 고개를 끄덕였다.

"자, 그만 울어요. 자식들이 보면 못써요. 내 무슨 일이 있어도 꼭 목포에 찾아갈 텐께……."

막음례는 옷고름 자락으로 눈물을 찍어내고, 손가락으로 머리를 갈퀴질하여 빗은 다음, 큰 소리로 아이들을 불렀다. 둑에서 뛰어 놀던 아이들은 제 어미의 부르는 소리를 듣고 지체하지 않고 후두둑 뛰어왔다.

"그만 가보셔야지유. 우리도 선창으로 가봐야겠네유."

"목포 가는 소금배가 언제 있답디까?"

"저녁나절에 한 파수 있다고 흐데유."

막음례는 큰 이불보퉁이를 머리에 이려고 쪼그려 앉았다.

"내가 선창꺼정 들어다줄 테니 이리 줘요."

웅보는 막음례의 이불보퉁이를 불끈 들어 어깨에 들쳐 멨다.

웅보와 막음례는 세 아이들을 앞세우고 강둑을 따라 선창으로 내려갔다. 웅보는 막음례를 낯선 땅으로 떠나보내는 것이 몹시도 마음이 아팠다. 행자 한 푼 보태주지 못하는 것이 그렇게 부끄러울 수가 없었다.

선창에 이르자 웅보는 배를 타고 내리는 조운창 옆에 막음례를 잠시 기다리게 해놓고 손팔만이네 소금점으로 뛰어갔다. 그는 손팔만이한테서 스무 냥을 빌어 닷 냥 어치의 떡과 엿 등 먹을 것을 사서 조그만 보퉁이를 만들어 조운창께로 뛰어갔다. 막음례한테 떡보퉁이를 내주며 배에서 요기를 하라고 하였다. 그리고 떡을 사고 남은 열댓 냥도 쥐어주었다. 막음례는 떡은 받았으나 돈은 거절하였다.

"이거는 개똥이 아부지가 개똥이 홑바지라도 하나 해 입히라고 준 것이오. 개똥이가 맨사댕이(맨몸)로 있는 것이 마음에 걸려 그러니 호의를 받아주씨요."

그제야 막음례는 마지못해 돈을 받으면서 "옷이 없어서 맨사댕이로 놔둔 것이 아니구먼유. 한사코 옷을 안 입을라고 해싸서……."

"고것은 나를 닮아서 그러는갑구먼. 나도 여섯 살 때꺼정은 옷을 안 입고 컸다고 헙디다."

그 말에 막음례가 싱긋이 소리 없이 미소를 머금어 날렸다. 웃는 막음례의 얼굴에 강바람을 실은 늦은 봄날 햇살이 담뿍 괴어 흘렀다.

영산강 큰물에 남편을 잃고 두 새끼들 굶어죽지 않게 하려고 양 진사 댁에 씨받이로 들어가 삼 년 동안이나 씨를 받지 못하고 눈물로 허송세월하다가, 씨를 받지 못한 탓이 누구한테 있는가 알아보려는 안방마님의 성화에 비자인 웅보와 강제로 합방을 하여, 끝내 종의 자식을 낳게 된 그녀의 기구한 삶의 아픔이 햇빛이 괴어 있는 그녀의 얼굴에 뚜렷이 새겨져 있는 듯싶었다. 웅보의 눈에 지나온 그녀의 삶이 꼬불꼬불한 오솔길처럼 환히 들여다보였다. 그리고 어쩌면 웅보는 막음례의 지나온 삶의 아픔을 그 자신의 아픈 상처로 생각하고 있는 것인지도 몰랐다.

목포로 가는 소금배가 떠난다고 하자 막음례는 세 아이들을 앞세우고 서둘러 배에 올랐다. 웅보는 큰 이불보퉁이를 소금배에 실어다 주고 내려왔다.

이내 돛이 오르고 배가 움직이기 시작하자 웅보는 막음례를 향해 손을 흔들었다. 마지막이 될지도 모른다는 생각 때문인지 손을 흔드는 웅보의 마음이 다시 한 번 돛처럼 사납게 흔들렸다. 차라리 목포에까지 가느니 영산포 선창에 자리 잡도록 붙들어 앉힐 것을 그랬구나 하는 후회스러움이 휘감아오기도 하였다.

막음례도 고물에 서서 웅보 쪽을 바라보고 있었다. 그녀는 개똥이를 높이 안아 올리며 웅보를 향해 손을 흔들었다. 그러다가는 고개를 돌려버렸다. 웅보는 또 그녀가 울고 있는 것인지도 모른다고 생각했다.

선창을 빠져나간 소금배는 깊은 강심 위에 둥실 떠올라 바람을 감싸 안으며 물살을 갈랐다.

막음례와 개똥이를 실은 소금배는 점점 멀어져가고 그들 모자의 모습도 콩알만큼 작아져 보였다.

소금배가 창랑촌 앞 물굽이를 감돌아 사라질 때까지 웅보는 그대로 선창에 서 있었다. 배가 완전히 보이지 않게 되자 막음례와 개똥이의 모습이 햇덩이보다 더 밝고 선명하게 눈에 밟혀왔다.

웅보는 언제나 답답할 때마다 그래왔듯이 마음을 가다듬고 강심에 시선을 드리우며 할아버지를 불렀다. 어떻게 했으면 좋겠느냐고 할아버지한테 물어보았다. 앞으로 막음례와 개똥이가 어떻게 될 것인지 물어보았다. 그리고 할아버지한테 그들 모자를 도와달라고 빌었다. 영산강에 빠져죽은 모든 종들의 혼령들을 불러 개똥이 모자를 도와달라고 간절히 부탁을 하였다. 언제나처럼 할아버지는 대답을 해주었다.

―웅보야, 너는 네 뜻대로 살려고 해서는 안 된다. 너는 조상들의 뜻대로 살게 될 것이다. 그러니 아무 걱정 말거라. 비록 마음이 아프고 모든 일이 네 뜻대로 이루어지지 않는다고 해도 그 누구도 원망하거나 슬퍼해서는 안 된다. 모두가 조상님들의 뜻이라고 생각하고 그대로 따르면 되느니라. 그리고 나와 조상님들, 영산강에 빠져죽은 모든 종들의 혼령, 백중 귀신, 까마귀 귀신, 할미당 귀신들도 너를 도와줄 것이다.

할아버지의 대답을 듣고서야 웅보는 선창에서 몸을 돌렸다. 그러나 할아버지 혼백의 말대로 이 모두가 조상님들의 정해진 뜻이라고는 하지만, 마음속 가장 깊숙한 곳으로부터 뻗질러 올라오는 슬픔의 덩어리를 삭이지 않고서는 집으로 돌아갈 수가 없을 것 같았다.

웅보는 그길로 선창 때죽나무집 주막으로 들어갔다. 때죽나무집은 한때 대불이가 죽치던 주막이었고, 난초도 새끼내 그의 집으로 오기 전까지 그 집에 있었던 터라 마음이 그쪽으로 쏠렸다.

때죽나무집에는 뱃사람 몇과 비가 오지 않아 속이 탄 농사꾼 서넛이 둘러앉아 서로 팩팩거려싸며 행주를 하고 있었다.

뱃사람들은 모르는 얼굴이었으나 농사꾼들은 부르뫼 사는 사람들이라 서로 알은 체를 했다. 웅보가 새끼내에 터를 잡은 지도 어느덧 서너 해가 지났는지라 새끼내와 가까운 이웃마을 농사꾼들과는 말을 트고 지내고 있었다. 개태나 부르뫼 사람들은 웅보가 본시 나주 노루목에서 비자 노릇을 했다는 것을 알고 있는 터였지만, 그의 행동거지가 분명한데다가 워낙이 부지런하고 생각하는 것이 밝아 은근히 좋아하고 있었다. 더러는 웅보를 못마땅하게 여기는 축들도 있었지만 대부분의 사람들은 웅보를 싫어하거나 따돌리지 않았다.

"새끼내 웅보가 주막에 오는 날이 다 있구먼!"

"웅보가 주막엘 오는 걸 보니, 하눌님이 비를 내려주실랑갑구만!"

부르뫼 사람들은 밉지 않게 한마디씩 하며 웅보한테 말을 걸었고, 웅보가 따로 자리를 잡자 한사코 그들이 합석을 하자고 하여 못이기는 척 개다리술상을 놓고 함께 둘러앉아 그들이 부어주는 술잔을 거푸 비웠다.

그러나 웅보는 술이 취하면 취할수록 개똥이와 막음례의 얼굴이 더욱 뚜렷하게 떠올랐다. 웅보는 눈에 밟혀오는 개똥이 모자의 얼굴을 오래도록 간직하고 싶어 추연히 고개를 들어 술청 앞 감나무 가지 끝을 바라보았다. 그리고 그는 갑자기 목청을 돋우어 육자배기 한 토막을 뽑았다.

바람이 불어 목이 차거든
내 한숨인 줄 짐작허고
세우가 와서 침금에 부딪치면
내 눈물인 줄 짐작허고
새벽길 기러기 울거든

내 혼신인 줄 알게나

옹보가 난데없이 육자배기 가락을 뽑자 옆에 있던 부르뫼 사람들도 한 가락씩 받았다. 그들은 한 바퀴 소리돌림을 하고 나서 "그나저나 옹보, 오늘 어쩐 일인가. 꼭 마누라 잃은 사람 같구만 그려" 하고 옹보의 쓰렁해 있는 심중을 짚었다.

옹보는 그날 술에 취해 해가 영산강을 따라 딸꾹질하듯 흐르다가 개산 꼭대기에 걸릴 무렵에야 "새벽길 기러기 울거든 내 혼신인 줄 알게나"를 몇 번이고 되풀이해 흥얼거리며 새끼내로 돌아왔다.

그는 새끼내에 돌아와서 취중에도 우물에 내려가 물을 한 장군지고 돈단으로 올라와, 두 아들과 딸을 낳은 기념으로 심어놓은 대추나무 두 그루와 오동나무에 듬뿍 물을 부어주었다. 그는 두 그루의 대추나무 가운데서 잎이 성하고 줄기가 튼튼한 한 그루를 마음속으로 개똥이 대추나무라고 이름 짓고, 그 나무에 특별히 물을 많이 부어주었다.

'개똥이 대추나무야, 탈 없이 무럭무럭 잘 자라그라. 잘 자라서 네 어매 아부지를 기쁘게 하거라.'

나무에 물을 부어주면서 옹보는 마음속으로 그렇게 말했다. 그러자 개똥이 대추나무가 대답이라도 하는 듯 강바람에 파르르 잎을 떨었다. 옹보는 볼을 대추나무 잎에 대보기도 하고 킁킁 코를 벌름거리며 냄새를 맡기도 하였다.

어둠이 덮여올 때까지 옹보는 개똥이 대추나무 옆에 앉아 있었다.

3

하지 처서가 지나도록 비 한 방울 내리지 않은 새끼내 들은 초토가 되다시피 하였다.

하지가 훨씬 지나서까지도 농사꾼들은 늦게라도 비가 오면 늦모를 낼 요량으로 묘판에 물을 퍼 올리느라 죽을 둥 살 둥 매달렸으나, 처서가 언뜻 지나자 숨넘어가는 자식 얼굴 대하듯 고개를 돌려 버렸다. 이제는 하늘을 쳐다보지도 않았다.

화가 난 새끼내 사람들이 묘판에 불을 질러버렸기 때문에 못자리마다 거뭇거뭇 그을어 있었다.

산하가 온통 뿌연 흙먼지로 가득하여, 강에서 메마른 바람이 불어올 때마다 산과 들과 하늘이 희부옇게 출렁이는 듯싶었다.

논농사를 포기하고 밭에 고구마를 부치고 메밀이나 서속을 심으려고 하였으나, 흙이 돌덩이처럼 단단하게 굳어져 호미 끝이 들어가지도 않았다.

"왼통 씨를 말려 쥑일랑갑구만!"

거두어들인 보리로 여름까지는 버틸 수가 있었지만 땅에 씨 한 톨 묻지 못한 그들은 가을부터 이듬해 봄, 보리 햇동 때까지 살아남을 일이 죽을 일만큼이나 아득하게 생각되었다.

영산강 물마저 쫄딱 말라 뱃길 찾기에도 힘이 들어, 큰 배는 선창까지 들어오지 못하고 구진포 강바닥에 떠 있었다.

가뭄이 들 때마다 그래왔듯이, 새끼내 사람들은 한 톨의 보리라도 아끼려고 강에 나가서 고기를 잡았다. 허나, 큰물이나 가뭄 뒤끝에는 꼭꼭 돌림병이 퍼져 생때같은 목숨을 휘어 훑는지라 물고기 먹는 것도 저어하였다.

"이대로 엎져 있다가는 꼼짝없이 굶어죽거나 또 돌림병에 걸릴 텐께 일찌감치 새끼내를 떠나드라고."

후텁지근한 바람이 숨을 틀어막는 한낮에 웅보를 찾아온 염주근이가 불쑥 말을 꺼냈다. 그의 말로는 이미 새끼내를 떠날 차비를 하고 있는 듯하였다.

"이 사람아, 떠나기는 어디로 떠난단 말인가."

기실 웅보는 염주근을 붙들 기력조차 없었다. 기실 사냥꾼이 되고 싶어 하는 염주근과 소리꾼 되는 것이 평생소원인 판쇠가 여태껏 새끼내를 떠나지 않고 웅보의 친구가 되어준 것만도 감지덕지한 일이 아닐 수가 없었다. 그래도 새끼내 수구막 방천을 막아 얼마 안 되는 땅이라도 제 몫으로 갖게 된 뒤부터는 새끼내를 떠나겠다는 말이 쑥 들어가 버린 듯싶었는데, 가뭄으로 살아갈 길이 막연해지자 다시 그 이야기가 나온 거였다.

"이 사람아, 지금껏 잘 견뎌왔지 않은감! 인저는 새끼내가 고향인디 어디를 간단 말인가."

"맘 놓게. 새끼내를 떠나면 아주 떠난당가. 내년 봄에 다시 돌아와서 농사를 지어야재."

"어디로 갈란가?"

"대처로 나가야재. 흉년 비렁뱅이는 별로 서럽지가 않은 법일세.

대처에 나가서 사발농사(거지질)를 짓고라도 살아남어야 허잖겄남.”

“염한이 노릇이라도 헐 수만 있다면 걱정이 없겄는디.”

“글매 마시.”

새끼내 사람들이 한동안 염한이 노릇을 하며 어려움을 넘긴 일이 있어, 이번 흉년에도 소금지게라도 져 볼까 했지만, 선창 소금전마다 이미 염한이를 하겠다고 몰려든 선창 사람들이 줄을 서 있었다. 한발 앞선 선창 사람들이 이미 구역까지 맡아 놓고 있어, 새끼내 사람들은 발을 붙일 수가 없게 되었다.

“대처라면 어디 말인가?”

웅보는 어둠을 씻어 내리듯 강바람이 비질하는 소리를 내는 영산강을 내려다보며 힘없이 물었다.

“목포로 갈까 허네.”

염주근의 입에서 목포라는 말이 나오자 웅보는 펀뜻 막음례의 생각이 떠올랐다.

“목포가 살기에 괜찮다 싶으면 내게도 기별을 해주소.”

“웅보 자네도 새끼내를 떠날랑가?”

“생각을 해봐야겄구만.”

웅보는 목포라면 막음례 사는 것도 살펴볼 겸 한 번 가보고 싶기도 하였다.

“우리가 새끼내를 영영 떠나자는 것이 아니니께, 웅보 자네도 우리와 함께 목포로 가세. 큰 포구로 가면 어부 노릇이라도 해서 살아갈 수가 있지 않겄남.”

"주근이 자네는 그래 언제 떠날 텐가."

"낮에 판쇠, 덕칠이를 만났넌디 같이 가기로 했단 마시. 판쇠가 그러데만 기왕 떠날 것 하루라도 빨리 가서 자리를 잡는 것이……."

"셋이 같이 가는구만!"

판쇠와 덕칠이도 주근이와 함께 떠난다는 말에 웅보는 기분이 울적해졌다.

염주근이가 밤이 늦어서야 돌아간 뒤에도 웅보는 혼자 돈단에 앉아 있었다. 그는 어둠속에 파묻혀 앞으로 살아갈 궁리를 짜보았으나 뾰족한 생각이 잡히지 않았다. 쌀분이와 단둘이라면 어디 간들 굶어 죽기야 하겠는가마는, 양친과 난초, 오동네까지 여섯 식구나 되어 대처에 나가 입벌이하며 흉년을 넘기기가 그리 쉬운 일이 아닐 듯싶었다. 하기야 새끼내에는 한 마리뿐인 그의 소를 팔아 대처에 나가 상고 (商賈)라도 한다면 버티어나갈 수도 있겠지만, 땅 다음으로 힘이 되어 주고 있는 소를 팔 수는 없는 일이었다.

웅보는 노루목을 떠나온 뒤 또 한 차례의 감내하기 힘든 큰 시련에 부딪치고 있음을 알아차렸다. 그리고 이번에도 어떻게 해서라도 그 어려움을 이겨내야 한다고 다짐을 하였다.

지난 돌림병 때도 그랬거니와 염한이 노릇을 하면서도 방천을 쌓아 땅을 얻기까지 겪은 시련과, 세곡선 방화사건으로 관가에 붙들려 가서 곤욕을 치른 일들이 하나하나 머릿속에서 되살아났다. 막상 지내놓고 생각해보니, 그 어려웠던 고비를 어떻게 헤쳐 나왔는지 실로 몇 번 죽었다 살아난 것처럼 온몸이 소스라쳤다. 그러나 그 소스라침은 힘을 주었다. 지금까지의 난관을 잘 극복해왔던 것처럼 앞으로 닥쳐올 어떤 어려운 고비도 이겨낼 수 있을 것만 같았다. 그것은 새끼내 사람들이 갈수록 강해지고 있음이었다. 영산강의 잔인하리만큼 무서운 힘이 새끼내 사람들의 핏줄 속에 흐르고 있음이었다. 영산강을 통해서 그들은 힘을 기르고 있음이었다. 그리고 그것은 그들 조상의 혼령들과 영산강에 빠져죽은 모든 종들의 넋과 큰 뱀과 까마귀와 물고기들의 혼이 그들을 도와주고 있음이었다.

생각이 거기에 미치자 웅보는 갑자기 힘이 생기는 것 같았다. 그래서 새끼내 사람들이 흉년을 넘기기 위해 마을을 떠나는 것을 보고도 마음이 약해지는 것과 슬픈 것과는 다르다고 생각하면서 목이 메는 목소리로 다시 만날 새봄을 기약하며 헤어졌다.

염주근이와 덕칠이, 판쇠, 천 서방이 함께 목포로 가는 소금배를 탄 뒤, 새끼내 사람들은 다투어 마을을 떠났다.

고향을 떠나는 사람들은 새끼내 사람들뿐만이 아니었다. 개태, 부르뫼, 선창마을 할 것 없이 선창에서 뱃일이나 등짐꾼 일을 하거나 아니면 내년 봄 햇보리가 날 때까지 식량을 댈 수 있는 집 외에는 모두 서둘러 대처로 입벌이를 위해 떠났다.

돌림병 때처럼 마을이 텅 비었다. 텅 빈 고샅을 지나면서 흉몽을 꾸고 있는 것처럼 기분이 으스스해졌다.

흉년이 들 때마다 있는 일이었지만 고향을 떠나기 싫은 가난한 농사꾼들은 부잣집 하인이 되거나 노비로 투속하기를 원했다. 웅보가 알기에도 인근 마을사람들 여럿이 나주 대갓집에 하인이나 노비로 들어갔다. 비자 노릇을 하다가 면천이 된 새끼내 사람들은 다시 노비로 투속하는 일이 없었지만, 대갓집에 들어가서 우선 배불리 먹고살 것만 생각하는 가난한 인근 마을 농사꾼들은 앞뒤 가려봄 없이 하인이나 노비가 되기를 원했다.

햇동이 나면 갚기로 하고 논을 잡히고 곡식을 빌려 오기도 하였다. 하나 부자들은 아무에게나 곡식을 꾸어주는 것이 아니었다. 평소 고분고분하고 말썽을 부리지 않은 사람들에게만 색갈이를 내주고, 새끼내 사람들처럼 억세고 뻣센 사람들한테는 씨앗 한 톨 꾸어주지 않았다. 새끼내 사람들이 박 초시 집에 찾아가보았으나 되레 구박만 당하고 쫓겨나오다시피 하였다.

충충시하 많은 식구에 보리 한두 가마니 가지고는 여름부터 긴 겨울을 넘기고 이듬해 봄 햇동을 낼 때까지 목줄 지탱하기도 어렵거니와, 땅을 잡히고 곡식을 빌려 온다 해도 다시 땅을 찾게 될지 어떨지 몰라 걱정인 새끼내 사람들은 대처에 나가 동냥질을 해서라도 몸만 살아 돌아온다면 그래도 땅이 옹근히 남지 않겠느냐는 생각으로 훌훌 떠나버린 것이었다.

마을사람들이 떠나자 웅보 아버지 장쇠도 식솔을 이끌고 다시 나주 양 진사 댁으로 들어가자고 하였다.

"그래도 나리댁에서는 미우나 고우나 우리를 쫓아내지는 않을 것 아니냐. 내년 봄꺼정 목숨 부지헐 데는 그 댁뿐인 것 같다."

노마님의 유언대로 끝내 땅 한 뙈기도 떼어주지 않은 양 진사에 대해서 늘 호비칼을 갈듯 하던 장쇠는 당장 노루목으로 건너가자고 식구들을 다그치듯 하였다.

　그러나 웅보는 생각이 달랐다. 차라리 대처에 나가서 동냥질을 할지언정 양 진사 댁으로 다시 들어가기는 싫었다. 그 집으로 들어가는 것은 다시 양 진사 댁 종이 되는 것이나 진배없는 일이라고 생각했다.

　웅보는 버틸 수 있는 데까지 새끼내에 남아 있을 결심이었다. 그는 보이지 않는 힘을 믿고 있었다. 죽은 할아버지의 혼령을 믿고 있는 것과 마찬가지였다. 영산강물이 마르지 않는 한 죽은 할아버지의 혼령도 영산강에서 떠나지 않을 것이며, 할아버지 혼령이 남아 있는 한 웅보한테 흉년을 이겨낼 힘을 줄 것으로 믿고 있었다.

　웅보는 노루목으로 건너가자는 아버지의 성화 속에서 여름을 보내고 가을을 맞았다. 단 한 톨의 곡식도 거두어들이지 못한 채 가을을 맞은 것이었다.

　작년 같으면 누런 벼이삭이 영산강을 훑고 온 강바람에 강물처럼 넘실거려야 할 새끼내 들에 깔깔한 흙먼지만이 뿌옇게 출렁였다.

　웅보는 그 황량한 들판을 바라보면서 가을을 맞았다. 그리고 그의 마음도 황량한 들판을 닮아 거칠어졌다. 비 한 방울 내리지 않는 불볕더위 속에서도 끝내 고스러져 죽지 않고, 깔깔한 흙먼지 바람 속에서도 마치 하늘을 비웃기라도 하는 듯 파란 생명을 흔드는 논둑의 산국이며 쑥부쟁이, 금강아지풀처럼 웅보의 마음도 그렇게 모질게 피어났다. 비 한 방울 내리지 않은 흙먼지 속에서도 쑥부쟁이는 지난해처럼 어김없이 남보랏빛 꽃을 피우고야 만 것이었다. 새끼내에 남은 사람들은 산에 올라가서 도토리를 따고 풋밤을 까기도 하고, 산딸기며 고욤, 오디, 꾸지뽕열매로 배를 채웠다. 웅보네 식구들도 날마다 산에 올라가서 먹을 것을 따왔다. 도토리를 따와 여러 차례 우려내서 묵을 만들어 먹기도 하였다.

산열매를 아무리 많이 먹고 물고기를 잡아다 배를 채워도 오랫동안 곡기를 하지 않은 탓으로 눈이 침침해지고 속이 허심허심하였다.

보리 됫박이라도 팔아오려고 영산강에서 잡은 가물치며 잉어를 나무함지에 넣어 영산포에 나가보면, 영산강 일대가 모두 흉년이 들어 죽네 사네 하는 판에도 선창에는 언제나 곡식가마니들이 산더미처럼 쌓여 있었다.

오랫동안 곡식 구경을 못한 인근 가난한 농사꾼들은 산더미처럼 쌓인 곡식가마니들만 봐도 부황 든 얼굴이 더욱 누렇게 부어오르는 것만 같았고 창자가 뒤틀렸다.

언제나 그랬듯이 관아에서는 기민(飢民)들을 진휼할 생각이란 손톱만큼도 없었다.

예로부터 흉년이 들면 나라에서는 황정(荒政)을 베풀어야 하는데도 아예 강 건너 불구경하듯 모른 척해 버렸다.

산리(散利)로 기민들에게 종자를 대여하고, 과세 경감에 완형(緩刑), 이력(弛力, 부역을 휴지시킴)은 물론이려니와 산택(山澤)의 금령을 풀고, 악기 사용을 금하며, 사진곡(私賑穀)을 풀어 굶주림을 막고, 진창(賑倉)을 열어야 할 터인데도 지방 수령들은 우선 사리사욕에 어두워 배를 채우는 데에만 급급하였다.

돈을 가지고도 식량을 구할 수가 없게 되었다.

가을걷이 시절이 지나자 어려운 흉년에도 조세는 여느 해나 마찬가지로 부과되었다. 황정을 펴고 기민들을 진휼하기커녕 수조관 한 번 와보지도 않고 그대로 전세가 나온 것이다.

　감사(監司) 또한 그 지방의 전세예정고를 호조에 보고하는 수조안(收租案)을 그대로 올려 보냈음이 분명하였다.

　죽도화처럼 누렇게 부황이 들어 죽네 사네 하는 판에 예년과 똑같은 조세가 나오자 가을걷이를 못한 농사꾼들은 하늘이 무너지는 듯하였다. 마을을 떠난 사람들에게도 어김없이 조세가 부과되었다.

　수조안을 들고 마을을 돌아다니며 조세를 알려주는 관속들도 어이가 없는 모양이었다.

　"여보기요, 세상에 모 한 포기 꽂아보지도 못허고 날마다 도토리묵으로 연명을 허는 우리덜한테 무납이라니, 그래 나라님은 귀도 눈도 없답니까요?"

　새끼내 사람들은 관속들을 붙들고 하소연을 하였다.

　"이것이 무신 날벼락이란 말이유? 마땅히 거두어들인 곡식의 양에 따라 무납이 나와야 헐 건디, 무턱대고 작년 기준으로 부과를 해놨으니 말이 됩니까?"

　허나 조세를 받으러 나온 관속들은 농사꾼들의 말에 귀를 기울여주지 않았다. 그들은 무턱대고 윗전에서 시키는 대로 따를 뿐이라고만 하였다.

　농사를 지을 때는 얼굴 한 번 내밀지 않던 수조관들은 일단 세가 부과된 뒤부터는 마을마다 쓸고 돌아다니며 도리깨질해대듯 독촉이 심했다.

새끼네 사람들은 기가 막혀 입이 열리지도 않았다.

"관속들이라는 것이 우리 애잔한 농사꾼들을 못 잡아 묵어 배가 아픈 놈들이여! 우리가 헐 수 있는 것은 그저 맘 놓고 죽는 일뿐인 겨. 그렇지 않고 눈 뜨고 살아가자면 우리는 그저 밥이여. 우리헌티는 곡식을 심는 땅이 밭인듸, 관속이나 양반덜헌티는 우리 같은 무지렁이 농사꾼이 밭인 겨! 지미럴 눔에 세상, 맷돌질허드끼 하늘허고 땅허고 딱 부닥뜨려뿔면 선허겄당께!"

예기치도 않았던 조세가 나오자 새끼내 사람들은 수조안의 부당함을 관속들을 만날 때마다 통사정해 보았으나 그들은 한결같이 발뺌만 하였다.

참다못해 그들은 나주 부사를 찾아가서 조세를 이듬해에 징납하도록 간청이나 해보자고 하였다.

"우선 대표를 뽑아서 사또를 만나 우리의 사정을 소상히 말하고, 조세를 탕감하여 일 년 후로 연기를 해달라고 청을 올려보기루 허세."

웅보와 함께 새끼내에 남은 칠복이 영감이 말했다. 웅보는 이럴 때 염주근이나 판쇠 같은 친구들이라도 있었더라면 힘이 될 터인데, 새끼내에 남은 사람들이라야 스무 남은 집도 못되었고 그들도 대부분 늙고 병든 사람들뿐이었으니, 누구와 함께 사또를 찾아가 간청을 할 것인지 눈앞이 깜깜했다.

칠복이 영감과 웅보는 우선 새끼내에 남아 있는 사람들이나마 일일이 찾아다니며 연판을 받기로 하였다.

당장 조세를 내지 않으면 토지를 몰수하겠다고 을러대는 터에 그대로 내버려두면 또 어떤 관재(官災)를 당할까 두려웠다.

웅보가 듣자니 개태, 부르뫼 등 인근 마을들과 다른 고장에서도 농사꾼들이 조세를 탕감해달라는 진정을 내고 있다고 했다. 가뭄이 심한 영산포 안통 여러 마을이 진정을 내는데 새끼내만 가만히 있을 수가 없는 일이었다.

다음날 새벽 웅보는 서둘러 강을 건너 송월촌 홍 거사를 찾아가 관찰사에게 올릴 연판 진정서를 초해왔다.

──사또나으리, 공사다망하실 줄 사료되오나, 이 몽매한 농자들의 진정에 경청하여 선처하시기 바라옵니다. 자고로 농사는 민중 이익의 근본이 되오며, 민소자력(民所自力)이오나, 지극히 미련한 것들은 하민(下民)이라, 고대 현왕들은 거개가 권농의 정사에 유의 실행하여 왔습니다.

사또께오서도 농사를 권장하시는 데 성근(誠勤)하였고, 칠사(七事) 중에서 무(務), 농(農), 상(商)에 진력해 오셨습니다.

사또께서 민중에게 권농하는 효과적인 방책은 농민의 과세를 감제(減除)하고 부역을 경면(輕免)하여 민력을 배양하는 것이라 사료되옵니다.

헌데, 사또께오서도 잘 아시고 계시는 바와 같이 금년은 대한발로 전농토가 폐경을 하여, 거개의 농민들은 살길을 찾아 타관으로 유리하였고, 남은 백성들도 절량(絶糧)된 지 오래어서 목숨을 부지하기조차 어려운 지경에 이르렀사옵니다.

원컨대 사또께오서는 저희 몽매한 백성들의 참상을 굽어 살피시어 기민 애고(愛顧)의 황정을 펴주시기를 엎드려 비옵니다.

　아뢰옵기 죄송하오나, 올 같은 대한발로 모 한 포기 이앙하지를 못했는데도 서원(書員)은 간평(看枰)도 하지 않고, 거년과 같이 결세를 태과히 부과하였사옵니다.

　사또께오서는 부디 집재(執災)의 공정을 기해주시옵기 앙망하오며, 기왕에 가작(假作)된 작부(作夫)의 장부를 고쳐 결세를 재부과하시되, 내년 것과 함께 징납하시도록 선처하여 주시기를 간절히 바라옵니다.──

　웅보는 진정서를 가지고 새끼내에 돌아와 사또를 만나러 갈 사람들을 뽑았다. 칠복이 영감과 웅보, 그리고 손팔만의 아버지 손 영감 셋이서 사또를 찾아가기로 하였다. 그 무렵 선창 소금점에 있던 손팔만의 가족들이 새끼내로 이사를 왔다. 손팔만은 때죽나무집 작부와 혼인을 한 뒤부터는 사람이 딴판으로 달라져, 소금점에 있으면서 땅마지기나 장만하더니 새끼내로 이사를 와 버렸다.

　새끼내 대표 세 사람은 서둘러 진정서를 가지고 나주 관아로 김성기(金聖基) 부사를 만나러 갔다.

　아침 느지막이 마을을 떠난 세 사람은 한낮이 못되어 나주에 당도하였다.

　그들은 호방을 만나볼까 하다가 부사를 직접 찾아보기로 하였다.

　관찰부 앞 늙은 당산나무 아래서 잠시 동정을 살피던 웅보는 마침 지난번 세곡선 방화사건 때 새끼내 사람들을 잡아갔던 장교가 지나가자 다급하게 알은 체를 하였다.

"자네는 새끼내 사는…… 그렇구만, 대불이라는 놈 형이 아닌가."

장교는 쉽게 웅보를 알아보았다. 성씨가 송가라고만 알고 있는 그 장교는 웅보와 다른 새끼내 사람들이 풀려난 뒤에도 대불이를 잡으러 여러 차례 웅보의 집을 덮치곤 했었다.

"그렇습니다요."

"그래, 대불이 놈 소식이라도 알아왔는가?"

"나리도 원, 그놈이야 뒈졌겠지요. 그러니께 여태 소식이 없는 거지요. 그놈은 죽어도 싸구만요. 그런 나쁜 놈이 살아서 뭐허게요."

웅보의 말에 장교는 그냥 지나치려 하였다. 그러자 웅보가 그의 앞을 가로막아 섰다.

"실은 태과허게 나온 결세 땜시 새끼내 대표들과 함께 사또를 만나러 왔구만요. 그러니 나리께서 사또를 좀 배알케 해주셔요."

웅보는 장교한테 매달리듯 말했다. 그리고 당산나무 아래 있는 칠복이 영감과 손팔만의 아버지를 손짓으로 불렀다.

"이 사람들이 새끼내 대표들이란 말인가?"

장교는 귀찮은 얼굴로 칠복이 영감과 손팔만의 아버지를 쓸어보았다.

"생사에 관한 일이옵니다요. 꼭 사또나으리를 배알케 해주시어요."

웅보는 장교를 따라 들어갈 기세로 관아의 정문을 바라보며 숨넘어가는 소리로 사정을 하였다.

"사또를 만나서 어쩌겠다는 겐가?"

"새끼내 사정을 상세허게 말씀드려야지요."

칠복이 영감과 손팔만의 아버지는 마치 혀가 입천장에 붙어버리기라도 한 듯 말 한마디 하지 않고 장교와 웅보의 얼굴을 번갈아 보기만 했다.

"남아 있는 집 애기들이 배가 고파서 흙을 파먹는 실정입니다요. 그런데도 조세를 내라니 말이나 됩니까요."

"그런 사정이라면 사또께서도 잘 알고 계시네. 그러니 여기서 어정거리지 말고 돌아가게!"

장교는 더 이상 웅보와 말을 하기가 귀찮다는 듯 얼굴을 찡그리며 걸음을 옮겼다.

"장교나리. 그렇다면 우리끼리 그냥 사또 배알을 청해야겠구만요."

웅보가 장교의 뒤를 바짝 따르며 말했다.

"이 사람아, 전라도 어드메고 흉년이 들어 이 난리속인데, 사또께서 사정을 모르시겠는가!"

장교는 벌컥 화를 냈다.

"우리는 이 진정서를 사또께 전해야……."

웅보가 허리춤에서 진정서 두루마리를 꺼냈다.

"그것은 대신 내가 전해 올림세."

장교는 웅보의 손에서 진정서 두루마리를 받아들고 총총히 사라져버렸다.

사또를 만나러 왔다가 관아에 들어가 보지도 못한 그들은 한동안 말없이 그대로 우두커니 서 있었다. 그들의 진정서를 장교가 제대로 사또한테 전할 것 같지도 않았다. 웅보는 괜히 진정서를 내어주었다

싶어 기분이 찜찜해졌다.

"돌아가세. 우리 힘으로는 별도리가 없는 일이여!"

성질 급한 손팔만의 아버지가 한사코 돌아가자고 재촉이었다.

"장교 말이 맞는 겨. 사또가 우리덜 사정을 모르고 있지는 않을 껴."

칠복이 영감도 기분이 언짢은지 땅바닥에 침을 뱉으며 말했다.

"사정을 알고 있기만 허면 뭘헙니까요."

웅보는 화가 부걱부걱 치밀어 올랐다. 진정서를 쓰려고 송월촌에까지 뛰어갔다 왔고, 관아라면 담벽도 보기 싫었지만 큰마음 먹고 강을 건너온 것인데 괜히 헛품만 버리게 된 것을 생각하니 스스로의 어리석음에 대해 화가 치밀었던 것이다.

"헛걸음했구만요. 호박속 같은 생각만 허고 찾아온 우리가 어리석구만요."

그러면서 웅보도 손팔만의 아버지 생각대로 빨리 돌아가자고 하였다.

강을 건너 새끼내로 돌아오면서 웅보는 그가 부탁한 진정서를 써주면서 그의 스승이 무심코 한 말이 머릿속에서 부스럭거렸다. 그의 스승 홍 거사는 진정서를 올리는 것이 헛일이라는 것을 알고 있으면서도 웅보의 부탁을 들어준 것이었다.

홍 거사는 웅보에게 다산(茶山) 선생의 참귤사(斬橘詞)를 이야기 해주었다.

다산이 강진에서 귀양살이를 할 때 목격한 일이라고 하였다.

다산이 기거하는 곳에서 그리 멀지 않은 곳에 가난한 선비가 살고 있었다. 그 선비는 귤나무 한 그루를 심어 매년 오류백 냥의 수입으로 가용을 써왔다. 그런데 그 소문이 관가에까지 새나가 느닷없이 관속이 들이닥치더니 귤세를 내라고 독촉을 하더라는 것이었다. 가난하고 마음 착한 선비는 비분을 참다못해 도끼로 귤나무를 잘라서 관속한테 던져주며 차라리 귤나무를 통째로 가져가라고 소리를 쳤다는 것이었다.

웅보의 스승 홍 거사는 이밖에도 다산에 대한 이야기를 해주었다.

다산선생이 적은 글에 백성이 가장 존귀하고 사직은 백성 다음이요 군왕은 셋 중에서 제일 경한 것이라 하였거늘, 오늘날은 이와는 정반대가 되고 있다는 한탄을 하였다.

또 홍 거사는, 『고적의(考績議)』라는 책에도 사직의 안위는 인심의 향배에 달려 있고, 민생의 휴척(休戚)은 수령의 장부(臧否)에 달려 있으며, 수령의 장부는 감사의 포폄(襃貶)에 달려 있다고 하였는데 오늘날은 그렇지가 못하다고 한탄하였다.

돌림병에 부인을 잃은 홍 거사는 잠시도 집에 붙어 있지 않고 홀홀 떠돌아다니는 것이 낙이라고 하였다.

그러면서 홍 거사는 지난봄에 구례(求禮)에 가서 황매천(黃梅泉)과 이해학(李海鶴) 두 선생을 만나고 온 것에 대해 흡족해하였다.

"황현(黃玹)이나 이기(李沂) 선생 같은 이들은 장차 큰일을 할 수 있는 큰 그릇들이시더라. 지난봄에 셋이서 만나 흉금을 털어놓고 세상 돌아가는 이야기를 하고 돌아왔더니 이렇게 기분이 좋구나."

그러면서 홍 거사는 죽기 전에 다시 한 번 구례에 가서 두 선생을 만나고 싶다면서 지그시 눈을 감았었다.

　웅보와 칠복이 영감, 손팔만의 아버지가 돌아오자 마을사람들이
진정을 위해서 사또를 만나러 간 일은 잘되었느냐고 목이 타게 물었
지만 그들은 시원하게 대답을 해주지 못했다.

4

　그러던 어느 날 영산포에 입성이 깨끗하고 허우대가 멀쑥한 웬 사
람이 나타나서 폐경이 되어버린 새끼내 들을 여기저기 살펴보며 돌
아다녔다. 뒤늦게 서원이 간심을 하러 나온 것도 아닐 것이고, 그렇다
고 따라다니는 관속 패거리 한 사람도 없는 걸 보아 수조관도 아닌 듯
싶었다.

　그는 새끼내뿐만 아니고 며칠 동안 영산강 주변 대한발로 폐농이
된 전답들을 두루 살펴보는 것이었다.

　경선궁(慶善宮)의 엄 상궁(嚴尙宮)한테 빌붙어 사는 전성창(全聖暢)이
라는 사람이었다.

　양태가 높은 죽사(竹絲) 진사립(眞絲笠)에 은옥색 한산 세모시 홑두
루마기를 입은 전성창은 영산포 선창 객줏집 과부할미집에 머물러
있으면서 누구를 만나는 것도 아니고, 조반을 뜨자 들로 기어나갔다
가 해넘이 무렵에야 돌아오곤 하였다.

　쌀을 실어내가는 장사꾼이나 무선(貿船)을 부리는 뱃사람도 아닌

것 같고, 점잖고 지체 높은 대갓집 양반답게 뒷짐을 지고 선창거리를 왔다 갔다 하는 전성창의 모습을 눈여겨본 선창 사람들은 그가 무엇을 하는 누구인가 궁금하여 슬며시 과부할미한테 물어보았지만 객줏집 늙은 주인 역시 아는 바가 없었다.

"이보게 할멈, 할멈 게 있나!"

새벽부터 추적추적 가을비가 내려 출입을 못하고 방구석에 붙박여 있던 전성창이 다급하게 과부할미를 불렀다.

좋은 옷에 한양 말을 쓰는 전성창을 사또 모시듯 하고 있는 과부할미는 건넌방에서 다급하게 부르는 소리를 듣고, 부엌에서 설거지를 하다 말고 물 묻은 손을 치마에 쓱쓱 문지르며 부리나케 달려 나갔다.

"나리, 부르셨능가요?"

과부할미가 기척을 하자 전성창은 뽀꼼히 방문을 열고 밖을 내다보았다. 아직도 비가 내리고 있었다. 전성창은 하늘을 올려다보는 듯싶더니 "할멈한테 물어볼 말이 있어 그러네!" 하고 토마루 아래로 시선을 내렸다.

"네네, 무슨 말씀이시온지……."

"이 고장 집집마다 텅텅 비어 있으니 어찌된 일인가?"

전성창은 번연히 알고 있으면서도 능청스럽게 물었다. 그의 묻는 말에 과부할미는 고개를 바짝 들어 전성창을 똑바로 쳐다보았다. 그것도 모르는 것을 보니 어쩌면 이 세상 사람이 아닐지도 모른다는 뜨악한 눈으로 전성창의 얼굴을 되작거려 쑤석여보았다.

"다들 어디로 갔는가?"

"아니, 나으리께서는 모르시고 그러시우?"

"허허, 모르니 묻는 거 아닌가."

"소맷동냥질을 나갔답니다요."

"소맷동냥이라니?"

"농사를 망쳤는디 가만히 앉아서 영산강물에 흙 몰아묵고 사끄시우?"

그러면서 과부할미는 밑두리콧두리 별것을 다 묻는다는 실뚱머룩한 표정으로 입을 비쭉거렸다.

"엎친 데 덮친 격으루 조세꺼정 텀턱스럽게 나왔답니다요."

"허, 그으래?"

전성창은 안됐다 싶게 혀까지 끌끌 차며 가느다랗게 실눈을 뜨고 다시 하늘은 쳐다보았다.

"이보게 할멈!"

과부할미가 버릇처럼 입맛을 쩝쩝 다시며 돌아서려는데 다시 전성창이 불러 세웠다.

"할멈의 이야기를 듣고 보니 이 고장 사람들이 참 딱허게두 됐구만…… 그래서 하는 말이네만, 내가 도와줄 방도가 있긴 한데……."

전성창은 실눈으로 과부할미를 내려다보며 말의 꼬리를 깔고 뭉그작거렸다.

"나리께서 도와줄 방도가 있다굽쇼?"

"있긴 있지."

"참말이시우?"

과부할미는 며칠 전 새끼내에 사는 사람 셋이서 진정서인가 뭔가를 만들어 강을 건너가서 사또를 만나려 했다가 헛걸음만 치고 돌아오는 길에, 과부할미집에 들러 술을 마시면서 간장 녹아내리는 소리로 푸념을 늘어놓던 것이 가슴에 맺혀왔기에 전성창의 말에 귀가 번듯 열렸다.

"비싼 밥 먹구 다니면서 허투루 그런 말 할라구? 아까도 말했지만 듣기에 하두 딱해서…… 사람 된 도리로 어찌 그냥 모른 척 지나칠 수야 있겠는가."

"아이구 나으리, 인정도 많으셔라. 지발 좀 도와주셔서 왕생극락 흐시지유."

과부할미는 마치 부처님께 빌기라도 하듯 두 손바닥을 싹싹 비벼대며 전성창을 향해 연신 허리를 굽적거렸다.

"가서 내게로 데려오게."

"누구를 말입니껴."

"도움을 받고 싶은 마을사람 말일세!"

"그렇다면 풍헌이나 행수나리를 데려올깝쇼?"

"마을에서 말자리깨나 하는 사람들이 있을 걸세."

"인동엔 죄 무지렁이 농사꾼들만 삽죠. 요 아래 박 초시 어른을 제하고는……."

"암턴 아무나 데려와보게."

전성창은 잘라 말하고 방문을 닫아버렸다.

객줏집 과부할미는 잠시 토마루에 선 채 누구를 데려올까 하고 머리에 떠오르는 사람들의 얼굴을 되작거려 보았다. 기왕이면 마음에 접어둔 사람부터 도움을 받도록 해주고 싶어서였다. 얼핏, 며칠 전 새 끼내의 얼금뱅이 젊은 사람의 애잔한 얼굴이 떠올랐다. 소금점에 있는 손팔만이하고 몇 차례 술을 먹으러 찾아왔던 젊은이였다. 생긴 것은 털 뽑아놓은 망아지 같은데도 꼭 할 말만을 골라서 하고, 말을 할 때마다 눈에서 개똥불이 번쩍이는 것 같았다.

과부할미는 새끼내에 산다는 얼금뱅이 웅보를 도와주고 싶은 생각이 들었다. 과부할미가 알고 있기에 새끼내 사람들은 모두 종에서 풀려난 사람들이라는데, 어쩐지 애잔한 그들부터 도와주고 싶었던 거였다.

과부할미는 소금점으로 달려가 손팔만을 만나, 여차저차 한양에서 내려온 대갓집 나리가 마을사람들의 딱한 사정을 도와주겠다고 하니 새끼내 웅보를 데려와주도록 당부를 하였다.

웅보가 손팔만의 기별을 받고 선창거리 과부할미집에 당도한 것은 점심때가 훨씬 지나서였다. 새벽부터 내리던 가을비는 점심때가 지난 뒤까지 추적추적 내리고 있었다. 웅보는 휘주근하게 가을비를 맞고 과부할미집에 들어섰다. 과부할미가 마치 자기 일이나 되는 것처럼 반갑게 맞아주었다.

과부할미가 사첫방 토마루에 나가 기척을 하자, 방안에서 헛기침 소리가 나더니 방문이 삐그덕 열렸다.

"나으리, 새끼내에서 사람이 왔구먼요."

과부할미의 말에 전성창은 여전히 실눈으로 웅보를 내려다보더니

"자네 이름이 뭔가?" 하고 코끝으로 말을 튕겨내듯 물었다. 거만하고 지체 높은 사람일수록 아랫사람들한테 말을 걸 때는 백이면 백 모두 가 말을 코끝이나 턱 끝으로 튕겨내듯 하는 것이었다.

웅보는 전성창의 그런 말소리에 결국 그와 가까워질 수 없다는 것을 알았다. 그런 사람이 어찌 천하고 힘없는 무지렁이 농사꾼을 돕겠다는 것인지 이해가 되지 않았다.

"쉰네, 새끼내 사는 웅보이옵니다."

"새끼내가 어드멘가?"

"예, 선창에서 영암 가는 길로 한 마장 가량 강을 따라 내려가면 수구막이 있사온데, 수구막 산비탈이옵니다. 모두 면천을 한 비자들이 마을을 이루었습죠."

"종들이 모여 산다는 마을이 바로 거기로구만."

"비자들이 모여 마을을 이룬 곳이 영산강변에 서너 군데 되는 것으로 아옵니다."

웅보는 전성창에게 일부러 비자 출신이라는 것을 밝혔다.

"나는 호조에서 나온 조세 독촉관일세!"

그 말에 웅보는 바람이 지나간 뒤의 버드나무 가지처럼 번쩍 고개를 들었다. 어쩌면 손팔만의 기별대로 그들을 도와줄 사람을 제대로 만난 것 같았기 때문이다. 순간 그는 죽은 할아버지의 혼령을 마음속으로 불렀다. 할아버지 혼령이 새끼내 사람들을 도와주기 위해 독촉관을 보낸 것인지도 모른다고 생각했다.

"나주 고을의 징납 실적이 좋지 않아서 암행을 나온 걸세."

웅보는 허리가 휘어지도록 수없이 굽신거렸다.

"어찌하여 징납 실적이 부진한가 했더니, 와서 보니 이 고을 사람들 사는 꼴이 말이 아니구만."

"그저 죽지 못해 삽니다요."

전성창의 말에 감격한 웅보는 눈물이 쏟아질 것만 같았다.

"수조안을 보면 작년이나 올해나 차이가 없기에 호조에서는 올해도 풍년이겠거니 했는데, 이렇게 흉년이 든지는 몰랐었구만. 아무래도 이 고을 사또가 백성들 돌볼 생각은 않고 딴 데 마음을 두고 있는 게로군."

웅보는 전성창의 말만 들어도 가슴에 응어리진 것이 풀리는 것 같았다. 그는 마음속으로 이제는 살았구나 하고 부르짖었다. 암행을 나온 호조의 독촉관이 이렇듯 실정을 알고 있다면 조세 탕감은 물론이려니와 마땅히 이듬해로 연기가 될 것이 분명하지 않겠는가 싶었다.

웅보는 진심으로 감격했다. 지금껏 이처럼 가난한 백성들의 속사정을 알아주는 관속은 처음 대해본 웅보는 하늘을 향해 합장을 하고 머리를 숙였다.

"백성들이 이 도탄에 빠져 있는데도 수령들은 진휼할 생각은 하지 않고 조세 독촉만 했으니…… 해서…… 차마 그대로 보고만 있을 수 없어서 내가 좀 도와주려고 하네."

"나으리, 그렇게만 해주신다면 그 큰 은혜 무엇으로 갚을깝소."

"이 두 눈으로 사정을 똑똑히 본 이상 이대로 모른 척할 수는 없는 일이네. 내 호조에 건의하여 올해 나온 조세를 탕감하여 내년으로 연기를 해주도록 해보겠네."

"이 은혜 백골난망이옵니다요."

"내 뜻을 근동 사람들한테 널리 알려줄 수가 있겠는가?"

"여부가 있습니까요."

"그렇다면 자네가 근동을 돌아다니면서 마을 유지들이나 향수, 풍헌들을 불러오게. 내 그들에게 자상한 이야기를 해주고 싶네."

"네네, 지금 당장 쉔네가 뛰어 댕깁죠."

"그럼 부탁하겠네."

"그럼……."

웅보는 덩실덩실 어깨춤을 추듯 과부할미집을 나왔다. 그는 객줏집에서 나온 길로 지체하지 않고 선창 안마을로 뛰어갔다.

그날 밤에 웅보의 전갈을 받은 영산포 근동 유지들 스무 남은 명이 선창 과부할미집으로 찾아들었다. 전성창은 그들에게도 웅보에게 했던 말을 되풀이하였다.

조세를 내지 않으면 예년에 없이 토지를 몰수하겠다고 독촉이 콩 뒤듯 하는 판에, 호조에서 독촉관이 내려와 징세를 일 년 뒤로 밀쳐주겠다니 이보다 더 고마운 일이 어디에 있겠는가 싶어 마을 유지들은 입에 침이 마르도록 독촉관에게 찬사를 보냈다.

"내 곧 올라가면 이 고을 백성들의 어려운 실정을 호조에 낱낱이 개진하여 올 징납을 내년으로 연기시켜주도록 할 것이로되, 만일에 조정에서 이를 들어주지 않을 시는 내가 대납을 할 것이니, 내년에 농사를 잘 지어 변리 없이 갚아주기 바라오."

전성창은 토마루에 서서 일장 연설을 하듯 말을 계속했다.

"누누이 말하거니와, 상감께오서는 백성들의 이 딱한 처지를 결코 모른 척하시지 않을 것이오. 그러니 여러분들은 나만 믿으시오."

그러면서 전성창은 각 마을 호호마다 부과된 조세의 내용과 마을에 남아 있는 사람, 타처로 떠난 사람들을 구분, 전답의 소유를 기장하여 다음날 아침까지 가져다 달라고 부탁하였다.

"헌데 나으리, 시방 남아 있는 사람덜이야 세가 을매가 나왔넌지 빤히 알재만, 타관으로 입동냥 가베린 사람덜 것은 확연히 알 수가 없 겠는디유."

웅보의 말에 모두들 고개를 끄덕였다.

"좋소. 그렇다면 남아 있는 사람들 것만 기장을 해주시오."

전성창이 원하던 대로 다음날 아침에 마을 유지들은 소유한 전답과 부과된 조세의 내역을 소상하게 적은 장부를 가져다주었다.

마을 유지들이 밝혀온 장부에는 욱곡(郁谷), 지죽(支竹), 상곡(上谷)의 세 면(面)에서 고향을 등지고 타관으로 입벌이를 나간 이농민들의 토지만도 사만 마지기나 되었다.

"아니, 주인 없는 토지가 이렇게 많다는 말이오?"

전성창이 놀란 얼굴로 물었다.

"주인이 없는 것은 아닙지요. 내년 봄이 되면 농사를 지으러 돌아올 텐께요."

"그렇긴 하오만, 이렇게들 많은 사람들이 토지를 버리고 떠났다 니……."

"토지를 버린 것이 아니옵니다요. 그들은 아주 떠난 것이 아니옵니다."

웅보는 전성창이 뭣을 잘못 알고 있는 것 같아 그렇게 말해주었다.

"어쨌든 떠난 것은 사실이 아닌가. 그리고 농사를 짓지 않았으니 토지를 버린 것이나 마찬가지고!"

전성창이 버럭 화를 내자 웅보는 괜히 가슴이 떨렸다.

"아니옵니다, 나으리. 농사를 짓지 못한 것은 비가 안 와서……."

"어허, 이 사람이!"

전성창이 다시 웅보를 향해 실눈을 날카롭게 치뜨며 쏘아보자, 웅보는 안타까운 듯 답답한 얼굴로 전성창을 마주보았다.

"고향에 남은 사람들의 조세는 내가 대납이라도 하겠지만, 토지를 버리고 떠나간 사람들에 관해서는 책임을 지지 못하겠으니 그리들 아시오. 돌아올지 안 돌아올지도 모르는 사람들 것까지 대납을 해줄 수는 없지 않겠소? 아마 모르긴 해도 조정에서 징납을 일 년 늦춰주지 않고 누가 대납을 해주지 않으면 이 고을 삼 개 면의 사만 마지기 농토는 부득이 조정에서 몰수하고 말 것이오."

전성창은 갑자기 언성을 높이며, 처음 웅보를 대했을 때처럼 코끝으로 말을 튕겨냈다.

"아닙니다요, 나으리. 그들은 꼭 돌아옵니다요. 제발 나으리께서는 그들 것도 대납을 해주십시오. 부탁입니다요."

웅보는 여러 사람들 앞으로 나서며 애원을 했다. 그러나 전성창은 방문을 닫고 안으로 들어가 버렸다. 아무도 웅보를 거들어주지 않고 저마다 감사하는 얼굴, 안도의 눈빛으로 전성창이 들어간 방을 향해 허리를 굽신거린 다음 몸을 돌려세웠다. 떠난 사람들이야 어찌되건 내가 살았으니 그만이라는 그런 얼굴들이었다.

웅보는 만일 전성창의 말대로 고향을 떠난 사람들의 토지를 조정에서 몰수를 해버린다면, 내년 봄에 틀림없이 돌아올 염주근이며 판쇠, 덕칠이, 그밖에 서른 집도 더 되는 새끼내 사람들의 얼굴을 차마 대할 수 없을 것만 같았다.

그리고 아무리 일 년치 조세를 내지 못했다고 해서 조정해서 토지를 몰수한다는 것은 있을 수 없는 일이라고 생각했다.

허나 대부분의 사람들은 당장 조세를 물지 않아도 된 고마운 생각에만 사로잡혀, 입동냥을 위해 잠시 고향을 떠난 사람들에 대한 걱정은 잠시 뒤로 밀쳐놓은 채였다.

영산포 근동 사람들은 전성창에 대한 고마운 뜻을 표하기 위해 선창 과부 할미집에 몰려왔다. 그들은 밤을 삶아오기도 하고 감을 가져오는 사람이 있는가 하면 도토리묵을 만들어오기도 하였다. 제사상에 차려 올릴 대추며 곶감을 가져오는 사람들도 있었다.

"참말로 아주머니 떡도 싸야 사묵는 벱인듸, 손톱만큼도 이곳이 없는 일에 발 벗고 도와주시니, 이런 고마운 양반이 하늘 아래 또 누가 있겠능가요 잉."

"두말하면 춘향전이재. 참말로 독촉관 나리는 하늘이 보내주신 양반이여. 그런 어른헌티 무엇을 준들 아깝겠는가."

"이 사람아, 그렇다면 자네 여편네라도 앵겨주소 그려!"

"땅을 잃지 않게 되얏는듸 여편네가 대순감?"

그들은 모이기만 하면 독촉관 전성창의 이야기로 꽃을 피우곤 했다. 관속이라면 으레 토색질밖에 할 줄 모르는 것으로 알고 있던 터에 조세를 탕감, 연기해주도록 하고 그것이 어려우면 자기가 대납을 해주겠다니, 그런 고마운 사람이 세상천지 어디에 있다는 말인가.

전성창은 선창 과부할미집에서 며칠을 더 묵었다. 그는 마을을 돌아다니며 굶주리는 농민들을 위로해주기까지 하였다. 그가 세곡선을 타고 떠날 때 수많은 영산포 근동 사람들이 선창까지 나와서 배웅해주었다.

전성창이 떠나자 선창까지 배웅을 나왔던 마을 유지들은 독촉관의 고마운 뜻에 만분의 일이라도 보답을 해주는 마음으로 송덕비를 세워주자고 서둘렀다. 누구 하나 반대하는 사람이 없었다. 그들은 다음해에 풍년이 들면 선창거리 한복판에 송덕비를 세워주기로 언약을 하고 헤어졌다.

전성창이 왔다간 뒤로 나주 관찰부에서는 조세 독촉을 하지 않았다. 조세를 내라고 찾아오는 관속이 하나도 없었다. 그것이 모두 독촉관의 입김 때문이겠거니 하고 은근히 어깨에 힘을 주었다.

새끼내 사람들은 조세 독촉만 받지 않아도 살 것만 같았다. 그들은 활개를 치고 선창 나들이를 하며 입벌이를 하였다.

5

가을걷이가 끝나자 강물이 흘러오는 쪽에서 찬바람이 불어오기 시작했다.

늦가을 찬바람은 영산강이 시작되는 장성 백암산 일곱 골짜기에서 불어온다고들 하였다.

찬바람이 불기 시작하자 선창은 다시 언제 흉년이 들었느냐 싶게 북적거렸다.

남도지방에서 나는 쌀이며 콩, 팥 등을 실어내가는 무곡선이 들락거리기 시작하고, 잠상(潛商)들이 몰려들어 여느 해와 마찬가지로 흥청거렸다.

객줏집들도 북적거렸고 선창거리에는 날마다 싸움판이 벌어지곤 하였다.

대불이가 조운창 목대잡이로 있을 때까지만 해도 힘깨나 쓰는 왈패들도 달싹하지 못했었는데, 대불이와 방석코 패거리들이 자취를 감춘 뒤로는 별의별 조무래기 싸움꾼들이 몰려들어 서로 힘을 겨루며 날뛰었다.

선창거리에 싸움이 벌어지지 않는 날이 하루도 없었다. 건달패거리들은 하릴없이 어슬렁거리며 객줏집마다 찾아다니며 괜한 일에 트집을 부리고 찍자를 놓기가 일쑤였으며, 공술을 퍼마시고 지랄들이었다. 그럴 때마다 선창 사람들은 대불이 말을 하였다.

그날따라 선창에는 무곡선이 들어와 한결 더 북적거렸다. 큰 배가 돛을 내리고 곡식을 싣고 있었다. 인부들이 거푼거푼 곡식가마니들을 등에 걸머지고 분주히 무곡선을 오르내렸다.

미곡전마다 곡식가마니들이 산더미처럼 쌓여 있었다. 곡식가마니들을 메어 나르는 등짐꾼들이며, 하릴없이 선창거리를 휘돌아다니면서 객줏집이나 미곡전을 기웃거리는 잡탕패거리들, 상돌을 싣고 가도 핥아먹을 것이 있다는, 얼굴에 개기름이 번지르르하고 목덜미가 뒤룩뒤룩 살찐 뱃사람들이 키들거리고 소리치며 떠들어댔다.

선창은 등짐꾼들과 잡탕패거리들, 뱃사람들의 세상이었다.

갑작스럽게 비렁뱅이 패거리들도 눈에 띄게 많아졌다. 그들은 누더기를 걸치고 선창거리 아무데나 늘비하게 누워 있었다. 그들은 침먹은 지네처럼 사지를 늘어뜨리고 죽은 듯 누워 있다가도 때가 되면 일어나서 객줏집이나 미곡전들을 들락거리며 동냥질을 하였다. 가뭄 때문에 폐농을 하게 되자 입동냥을 하기 위해 떠돌음 하는 사람들이라고 하였다. 영산강 근동 사람들은 대처로 나가고, 타지방 사람들이 선창의 곡식 냄새를 맡고 파리 떼처럼 몰려든 것이었다.

새끼내에 사는 칠만이와 봉수는 선창에 등짐일할 것이나 있는가 싶어 서둘러 나왔다가 일거리를 찾지 못하고 비칠비칠 객주거리를 서성거렸다. 칠만이는 손팔만의 아우였고, 봉수는 덕진(德津)에서 종살이를 하다가 풀려난 뒤 잠시 영산강 양수척 패거리들을 따라다니던 중에 새끼내 사람들을 만나 반 년 남짓 새끼내에 눌러 살고 있었다. 그들은 열일곱의 동갑나기로 만나자마자 친구가 되었다. 뼈대가 굵어 근력이 단단한 젊은이들이었다.

봉수는 칠만이가 선창 소금점에 있는 형님한테 가면 등짐꾼 일자리를 쉽게 구할 것이라고 하여 따라나섰는데 헛걸음을 치고 만 거였다.

칠만이의 형님 손팔만의 말로는 선창 무곡선의 등짐꾼들은 햇곡이 나오기도 전에 이미 수가 차버렸다고 하였다.

칠만이와 봉수는 때죽나무집 주막을 지나 시끌시끌하게 떠드는 소리가 나는 째보네 술집 쪽으로 갔다. 새로 생긴 술집이었다. 술집에서는 여자들의 노랫소리가 흐드러지게 흘러나왔다.

오르며 내리며 만날 적마다
내 님 그리워 눈짓만 하네
요놈의 종자야 치마끈 놓아라
외벌로 감친 폭이 콩 튀듯 터진다
에누아 좋아라
에누아 좋아라
죽으면 죽었지 나는 못 놓겠네

노래가 끝나자 간드러진 여자들의 웃음소리와 함께 손뼉 치는 소리가 터져 나왔다.

그들이 술집 문밖에 주춤거리고 서 있을 때 덩치가 콩깍짓동만한 뱃사람 서넛이 비틀거리며 나왔다. 술집 안에서 흐드러진 웃음소리와 함께 녹두전 지지는 냄새가 진동했다.

"쑥 들어가자!"

칠만이가 팔을 잡아끌었지만 봉수가 한사코 머무적거렸다.

"이 병신아, 불알 찬 놈이 왜 이려! 형님한테 탄 돈이 있는디 무신 걱정이여!"

칠만이가 꽥 소리를 내질렀다.

그는 다짜고짜 봉수를 술집 안으로 떼밀어 넣으며 쑥 들어섰다. 둘이는 처음 가보는 술집이었다.

선창거리 주막마다 행창(行娼) 논다니들이 우글거려, 돈만 몇 닢 쥐어주면 얼마든지 붙들어 안고 놀아날 수 있다는 소문을 들은 그들은 오래전부터 몸과 마음이 근질거려 참을 수가 없었다. 그래서 큰맘 먹고 선창에 나가 등짐꾼 일을 해서 번 돈으로 주막에 찾아가 술을 마시고 논다니와 한 번 놀아보고 싶어 소금점 팔만이 형을 찾아왔던 거였다. 그들은 일자리는 얻지 못했으나 팔만이 형이 쥐어준 돈이 수중에 있었는지라, 그 돈을 믿고 힘을 내어 흐드러진 여자들의 웃음소리에 끌려 주막 안으로 발을 들여놓게 되었다.

평상을 놓은 술청에는 한패거리의 뱃사람들이 여자들을 옆구리에 끼고 포실하게 술상을 벌이고 있었다.

칠만이와 봉수가 지싯지싯 들어서자 주모인 듯싶은 나이가 지긋한 여자가 그들의 휘주근한 형색을 위아래로 뜯어보더니 "뉘길 찾으러 왔남?" 하고 뾰족한 턱 끝에 힘을 주며 물었다.

칠만이는 주모의 묻는 말에는 들은 시늉도 않고 평상 모서리에 턱 걸터앉아서 술판이 벌어진 뱃사람들 쪽으로 고개를 돌렸다.

"총각, 뉘길 찾으러 왔낭께?"

"거, 우리도 술 한 사발 주씨요."

칠만이는 봉수를 옆에 끌어 앉히고 나서, 생김생김이 모지락스러워 보이는 주모를 올려다보며 튕겨내는 목소리로 말했다. 주모는 칠만이한테서 술 주문을 받고도 콧방귀 뀌는 얼굴로 돌아서서는, 목이 긴 술병을 들고 분주하게 덤벙대는 겨릅처럼 깡마른 남자에게로 갔다.

"자, 요년들아. 은행나무도 마주서야 열매가 있고, 손뼉도 마주쳐야 소리가 나는 법이란다. 일을 맹글라면 이리 뽀짝 죄어앉어라!"

"옳거니! 장작불과 계집은 쑤석거려야 불이 붙는 법이니께, 무릎 위에 앉혀놓고 설라무니, 차근차근 쑤석거려야재!"

"이 양반아, 콩밭에 가서 두부 찾고 있네 잉. 일의 순서도 모름시롱 보채쌓기만 하면 무신 일이 된당가요."

"요년아, 죽 쑤어 식힐 동안이 급하다고 안 허드냐. 새벽달 좀 보려고 초저녁버틈 나앉으랴?"

"하먼, 하아먼. 요년들아, 꽃 본 나비, 물 본 기러기가 체면 채리게 되었느냐. 네 년들이 얌전뺀다고 해서 각관 기생 열녀 안 되고, 까마귀 학 안 되는 법이다."

"흐지만요, 까마귀 검어도 정분꺼정 검으란 법 없지 않겠어요?"

사내들의 몸에 낙지발처럼 쩍쩍 달라붙은 여자들도 제법 지지 않고 말을 받아넘겼다.

째보네 주막에는 행창이 둘 있었다. 포동포동한 몸매에 얼굴이 양푼처럼 넙대대한 스물 안팎의 여자와, 몸피가 갈대처럼 얄캉하고 얼굴이 갸름한 서른이 넘었을 것 같은 여자가 있었다. 젊은 여자는 팔랑

개비를 삶아먹었는지 노상 시시덕거리기를 좋아했고, 나이가 많은 여자는 말수가 적었다. 그녀는 근심이 가득한 얼굴에 새치름하게 앉아서, 사내들이 붙안고 장작불 쑤석이듯 하여도 허리를 꼬지도 키들거리지도 않았다.

"이년이 봉이 될랴고 이리 얌전을 떠남?"

코끝이 두리뭉실하고 찍어매어 단 팔자눈을 한 뱃사람이 나이 많은 여자의 말기끈을 풀어헤친 채 이리 되작 저리 되작 온몸을 쑤석거려대도, 고드름 뒤적이듯 별 반응이 없자 화가 난 목소리로 투덜댔다.

"몽댕이로 호랭이 잡듯 허시는구만 그려!"

젊은 여자가 팔자눈을 한 뱃사람을 향해 눈을 흘겼다.

"형, 이년 봐라! 가재는 게 편이라더니 편을 드는구나. 이년아, 옆에서 장구를 치면 춤을 춰야 헐게 아니냐!"

"이 사람아, 서두르지 마소. 계집이란 제아무리 요조숙녀도 이불 속에서는 천하에 잡년이 되는 법이네."

포동포동한 젊은 계집을 옆구리에 낀 배불뚝이 사내가 푸실푸실 웃으며 팔자눈의 옆구리를 쥐어박았다.

"허나, 두루 춘풍인데 이거 나만 웬가."

"김 안 나는 숭늉이 더 뜨거운 거 몰라?"

"그렇다면 이불을 가져올래?"

"이불은 방에 있네, 이 사람아. 술 먼첨 마시고 닭털은 천천히 뜯세!"

"옳거니! 쭉지 부러진 닭 으디 갈려구!"

손칠만은 옆자리의 뱃사람들이 떠드는 소리를 들으며 술상을 받왔다. 술집에 처음 와본 그는 방망이질해대듯 마음이 떨렸다. 봉수를 앞세우고 으스대며 들어서긴 했지만, 만일 팔만이 형님이 아는 날에는 뼈를 추리지도 못할 것이었다. 집에 형수한테 갖다 주라는 돈으로 술을 마시고 있자니, 목에 힘을 주어도 자꾸만 오금이 저려왔다.

어느 사이에 술 한 사발을 단숨에 벌컥벌컥 들이켠 봉수는 벌써부터 주막에서 나가자고 눈짓을 하였다. 그도 어지간히 간덩이가 죄어드는 모양이었다.

"초라니 발바닥을 달고 댕기남? 왜 그리 자발을 떨어쌓냐."

칠만이는 봉수의 재촉에 오금을 박고, 느긋하게 입맛을 쩝쩝 다시며 뱃사람의 품에 안긴 행창들을 훔쳐보았다. 속마음으로야 홍두깨질을 해대도 봉수한테는 문문하게 보이지 않으려고 애를 썼다.

그들이 술청에 앉아 있는 사이 동냥아치들이 뻔질나게 들락거렸다. 그때마다 주막 주인인 예의 겨릅처럼 빼빼마른 사내가 끝에 쇠창이 박힌 작대기를 휘둘러 내쫓곤 하였다.

"이 눔에 동냥아치들 땜시 못살겠구만. 으디서 그렇게 많은 동냥아치들이 몰려왔는지 원!"

주막 주인은 아예 작대기를 들고 사립문 옆에 앉아 있었다.

"밤에 다시 올 텐께 칼칼히 씻고 기다려라!"

뱃사람들이 불콰하게 취해서 주막을 나가며 쪼르르 배웅을 하는 행창들에게 말했다.

"아주머니, 허드렛일 허는 사람 안 쓰실려우?"

뱃사람들이 너저분하게 벌여놓은 퇴주 상을 치우고 있는 주모에게 칠만이가 뚜벅 물었다.

"사람을 쓰다니, 무신 벌이가 좋다고 사람을 써! 논다니라면 또 몰라도!"

"세 때 밥만 멕여주서요."

"요새 같은 흉년에 밥 멕여주기가 어디 그리 쉴헌감?"

"그러시면 아침저녁 두 끼만 멕여주세요."

"총각이 있을라고?"

"아주머니, 부탁해요."

그러자 주모는 퇴주 상을 훔치다 말고 짯짯이 손칠만을 들여다보았다.

그때 한패거리의 동냥아치들이 몰려왔다. 그들은 주막 주인이 작대기를 휘둘러대며 냉큼 나가라고 소리를 질러대도 꿈적하지 않고, 술국이라도 한 모금만 달라고 숨넘어가는 소리로 애원성이었다.

"이것들 봐, 비렁뱅이 멕여살릴라고 술장사허는 줄 아는 겨? 채독에 묵은 양식 또박또박 쟁여놓고 사는 양반집으로덜 가봐!"

주막 주인이 혼자 힘으로는 네댓 명이나 되는 동냥아치들을 쫓아내지 못할 것 같자 칠만이가 벌떡 일어서며 고함을 쳤다.

그래도 동냥아치들이 꿈적하지 않자 칠만이는 주막 주인의 손에서 쇠꼬챙이 붙인 작대기를 빼앗다시피 하여 인정사정없이 마구 휘둘러댔다. 그제야 동냥아치들은 독사눈처럼 무섭게 칠만이를 쏘아보며 지싯지싯 뒷걸음질을 쳤다. 뒷걸음질을 치면서 동냥아치들은 칠만이를 향해 돌을 집어던지기까지 하였다.

"이 쬐그만 놈의 새끼, 네 이눔 두고 보자. 동냥을 보태주지 못할망정 무지막지허게 쫓아내고도 잘 살 성부르냐!"

동냥아치들은 칠만이를 향해 상앗대질을 하며 대들었다. 그러나 칠만이는 더욱 기세가 등등하여 그들을 고삿 밖까지 쫓고 들어왔다.

"총각, 어디 살어?"

칠만이가 동냥아치들을 멀리 쫓고 들어오자 주모가 희미하게 웃어 보이며 물었다.

"새끼내에 살구만요."

"하루 두 끼만 멕여달라고 그랬재?"

"써주실래요? 고맙구만요. 앞으로 동냥아치들 쫓는 것은 나헌티 맡기세요. 이 집엔 한눔도 얼씬거리지 못하게 헐 거로구만요. 그리고 쥔아저씨는 편히 쉬서요."

그러면서 손칠만은 작대기를 허공에 휘둘러대며 만족하게 웃었다.

"앞으루 이 집을 귀찮게 허는 비렁뱅이가 있으면 작대기루 허리를 분질러놓겠어요."

손칠만은 봉수를 향해 작대기 끝의 날카로운 쇠꼬챙이를 들이대며 웃었다. 그러나 봉수는 그런 칠만이의 태도에 섬칫한 두려움을 느꼈다. 봉수는 온다간다는 말 한마디 없이 슬그머니 주막을 빠져나갔다.

칠만이는 그날부터 째보네 주막에서 허드레꾼으로 빌붙어 살기 시작했다.

그는 도고에서 술을 받아오고, 비렁뱅이들을 쫓고, 장작도 패주고, 손님들이 밀어닥치면 술심부름까지 해주었다. 손님들이 한 잔 두 잔주는 술을 널름널름 받아 마셔 거나하게 취한 채 하루하루를 보냈다. 술기운이 온몸에 쫙 퍼진 칠만이는 더욱 표독스럽게 비렁뱅이들을 내쫓았다. 그는 비렁뱅이들을 향해 마구 작대기를 휘둘렀기 때문에 가끔 작대기에 머리를 맞아 피를 흘리는 비렁뱅이들이 생겨나곤 했으나, 칠만이는 그런 그들을 눈곱만큼도 동정하지 않았다.

허나, 어찌된 일인지 쫓아내도 쫓아내도 자꾸만 비렁뱅이들이 똥파리처럼 몰려들었다.

칠만이가 째보네 주막 허드레꾼으로 들어온 열흘쯤 뒤부터는 작대기를 들고 꼬박 하루를 사립문 앞에 서 있어야만 했다.

그러던 어느 날 아침 일찍이 도고에 술을 받으러 간 주막집 바깥주인이 얼굴이 납덩이처럼 질려 허위허위 뛰어 들어왔다. 그가 워낙 다급하게 숨을 몰아쉬며 뛰어 들어오는 바람에, 술청을 치우던 주모와 마당을 쓸던 칠만이도 일손을 멈춘 채 우두커니 서서 주인남자의 질린 얼굴을 바라보았다.

"큰일 났구만."

주인 남자는 말을 하면서 자꾸만 사립문 밖 쪽으로 시선을 던졌다.

"아니, 낮도깨비라도 만났수? 술을 받으러 간 양반이 술은 안 받아오고 왜 그러요?"

주모가 남편을 향해 쏘아붙였다.

"비렁뱅이들이 영산포로 몰려든다는구만."

"에그 저런…… 이 양반아, 비렁뱅이들이 이 세상에 하나 둘이랍니까? 나는 또 무신 벼락이 쳐들어온다고."

그러면서 주모는 남편을 향해 눈을 흘기며 혀를 찼다.

"기사년 흉년에 모두먹기 떼거지들이 수백 명씩 작당을 해서 몰려 댕김시로 행패를 부린 일을 잊었는감?"

"에그 저런…… 겁쟁이!"

주모는 여전히 남편을 향해 눈을 흘긴 채 서서 빨리 도고에 가서 술이나 받아오라고 내쏘았다.

"쥔아저씨, 모두먹기 떼거지가 뭐지요?"

칠만이가 빗자루를 들고 서서 물었다.

"꼭 메뚜기떼 같어. 그들이 휩쓸고 지나간 곳은 보리쌀 한 톨도 먹을 것이 남지 않재. 기사년 흉년에 포도청과 각 고을에서 신칙에 나섰재만 모두먹기 떼거지들 수가 워낙 헤아릴 수도 없이 많아서 손을 쓰지 못했다는디……."

"아무러면 나라에서 그까짓 거지떼들 하나 단속을 못헐라구요 원!"

칠만이는 그렇게 말은 하면서도 은근히 겁이 났다.

기실 그는 사흘 전에 도고에 술을 받으러 가는 길에 소금점 앞에 늘비하게 드러누워 있던 비렁뱅이들과 딱 마주쳐 하마터면 그들 손에 뼈를 추리게 될 뻔했었다. 비렁뱅이들 중에는 언젠가 쩨보네 주막에 왔다가 칠만이가 휘두르는 작대기에 골통을 맞아 피를 흘린 젊은이가 있었는데, 그가 칠만이를 발견하자 실팍한 돌멩이를 쥐고 우르르 달려들었던 것이었다. 돌멩이를 쥔 한 놈쯤이라면 겁날 것도 없었지만, 순식간에 서너 놈이나 그를 에워싸고 눈을 허옇게 까뒤집으며 바짝 죄어오는 것이었다. 소금점 팔만이형이 아니었더라면 그날 칠만이는 비렁뱅이들 손에 죽게 되었을지도 모를 일이었다.

그런 일이 있은 뒤부터 칠만이는 혼자 주막 밖으로 나가기가 무서워졌다.

"나라에서 모두먹기 거지떼를 다스리기켕이는 되레 그들을 구한답시고 백성들헌티서 구제미를 훑어가고, 만약 구제미를 안 내면 떼거지들을 불러들여 작살을 내겠다고 위협을 했다는듸!"

"구제미를 안 내면 떼거지들을 불러들이겠다구요? 원 별 우스운 일도 다 있구만요 잉. 떼거지 구제헌답시고 수령들 배만 채웠것구만요."

"구제미를 많이 낸 사람에게는 공명첩(空名帖)을 주어 벼슬을 시키기까지 했는듸, 이때 주사, 참봉이 많이 생겨 가가주사(家家主事)요 인인참봉(人人參奉)이라는 말이 유행되었다니……."

"그런듸, 쥔아저씨. 갑작스럽게 비렁뱅이들이 영산포로 몰려드는 것은 뭣 땜시 그럴까요?"

"선창에 쌓여있는 곡식 가마니를 보고 몰려드는 게지."

"식량이 쌓여 있음 뭘혀요. 몽땅 배로 실어내갈 건듸."

"거야 그렇지. 허나, 거지떼들이 굶어죽게 되었을 때는 물불 안 가릴 것이 아니냐? 사흘 굶어 남의 담 안 넘을 장사 없다고 허드끼 말이다. 그리고 흉년 도둑은 도둑이 아니라고 허잖드냐. 흉년 도둑은 풍년만 들면 다시 새사람이 되는 법이니께!"

"그나저나 쥔아저씨, 걱정 말어요. 비렁뱅이들이 이 집에는 한 눔도 얼씬거리지 못하게 헐 테니간요."

"그것도 말이 안 된다. 기사년 흉년 때모양 몇 백 명씩 떼를 지어 몰려 댕기면 무신 수로 막아내겠느냐."

"그러기야 헐라굽쇼."

"아니다. 내가 오늘 아침에 선창거리에 나가보았더니 비렁뱅이 떼들이 갑작스럽게 두서너 배나 불어난 것 같드라. 그리고 비렁뱅이들 눈이 예사롭지가 않았어."

"예사롭지가 않다니 어떻게요?"

"나를 쏘아보는 눈이 꼭 수리부엉이 같드란 말이다. 눈에 핏기가 돈 것을 보니께 당장 생사람이라도 잡어 묵을 것 같드란께!"

"쥔 아저씨두 원!"

"아니다. 예삿일이 아니여. 바깥에 나댕기는 것도 무서워지는구나. 너도 생각을 해보거라 잉. 여기 사는 사람보다 비렁뱅이떼 수가 더 많으면 그들이 무서워지는 벱이다. 너도 이눔아, 비렁뱅이들헌테 혼났지 않느냐."

주인 남자의 이야기를 듣고 보니 칠만이도 은근히 겁이 나기도 하였다. 그가 째보네 주막에 허드레꾼으로 들어온 뒤 비렁뱅이들한테 너무 혹독하게 대해왔기 때문이었다. 주인 남자의 말마따나 그들이 수백 명 떼를 지어 먹을 것을 달라고 주막으로 몰려온다면 무슨 수로 그들을 막아낼 수가 있겠는가. 그렇게 되면 비렁뱅이들은 마치 영산 강물이 홍수로 변하여 들판을 휩쓸어버리듯 주막을 짓밟아버릴 것이 뻔하지 않겠는가.

째보네 주막 주인 남자가 겁에 질려 있는 것도 무리는 아니었다.

요즈막 선창거리에 비렁뱅이들이 부쩍 늘어나고 있었다. 처음에는 죽은 듯이 주면 준 대로 안 주면 안 준 대로 그저 고분고분하던 비렁뱅이들이었는데, 요즈막엔 이따금씩 먹을 것을 주지 않으면 행패를 부리고 찍자를 놓는 일이 늘어났다.

비렁뱅이들의 수가 눈에 띄게 늘어나면서부터 그들의 눈에 핏발이 돋아나기 시작했다. 처음엔 한둘, 많아야 네댓 명씩 문전걸식을 하던 그들이었는데, 지금은 열 명, 스무 명씩 떼를 지어 몰려다녔다. 먹을 것을 주지 않으면 그대로 순순히 돌아서지 않고 하루 종일이라도 문밖에 진을 치고 있었다. 수십 명씩 문밖에 늘비하게 드러누워 있으면 그들이 무서워서 식구들이 문밖출입도 못했다.

영산포에 이상한 소문이 나돌았다. 전라도 각지의 비렁뱅이들이 자꾸만 영산포로 몰려오고 있다고 하였다. 전라도 각지의 비렁뱅이들이 서로 기별을 하여 날짜를 잡아 영산포로 모이기로 하였다는 소문도 있었다. 그들은 영산포에 모여서 외지로 실어갈 무곡과 호조로 가져갈 세곡들을 털 것이라고도 하였다. 풍문에 실려 오는 이야기로는 또 전라도에서 유리걸식하는 비렁뱅이들이 다 모이면 수만 명이 될 터인데, 그렇게 되면 영산포와 나주 바닥은 비렁뱅이떼들의 세상이 될 것이라고도 하였다.

이번 비렁뱅이떼는 기사년의 모두먹기 떼보다 수가 훨씬 많아서, 한 번 그들이 휩쓸고 지나가면 쌀 한 톨, 콩 한 조각 남지 않을 것이라고 하였다.

새끼내에 있던 웅보도 각처의 떼거지들이 영산포로 몰려들고 있다는 소문을 들었다. 영산포에 몰려와 한바탕 난리를 꾸미게 될 것이라는 소문이었다.

새끼내 사람들이야 그들도 집만 지키고 있을 뿐 기실은 비렁뱅이와 다를 바 없었고, 또 새끼내를 떠난 그들의 이웃들도 입동냥질을 하며 이 고을 저 고을로 떠돌음하고 있을 것이므로, 떼거지들이 선창에서 난리를 꾸미건 말건 아무런 이해 상관이 없는 일이었지만, 그 소문을 듣자 괜히 좀이 쑤셔 가만히 앉아 있을 수가 없었다. 어쩌면 입동냥질을 하기 위해 고향을 떠났던 새끼네 사람들도 돌아오게 될지도 모르는 일이기 때문이었을까.

웅보는 선창의 동정을 살피러 나왔다가 소금점에 들러 손팔만이를 만나보았다. 손팔만이도 은근히 걱정을 하고 있었다. 그러면서 손팔만은 며칠 전에 그의 동생 칠만이가 비렁뱅이들한테 맞아죽을 뻔한 이야기를 해주었다.

손팔만이가 턱 끝으로 가리키는 소금점 앞 공터에도 비렁뱅이들 수십 명이 눕거나 앉아 있었다. 그들은 배를 곯아 얼굴이 누렇게 떠 있었으나 지나가는 사람들의 얼굴을 쏘아보는 눈은 날카로웠다.

웅보가 선창거리를 한 바퀴 돌아보았더니 비렁뱅이들이 많이 몰려 있는 곳은 쌀가마니들을 싣고 오가는 마방거리와, 미두장이들이 들끓는 미곡전 앞이었다. 그곳에는 온통 비렁뱅이 떼들이 길바닥을 꽉 메우고 늘비하게 드러누워 있어, 마바리가 지날 때마다 마바리꾼들이 비키라고 목이 터지게 고함을 질러댔고, 쌀을 가득 실은 마바리 주변에는 실팍한 작대기나 대창을 든 선창의 왈패, 건달패들이 호위를 하고 있었다.

비렁뱅이들이 몰려들자 그들의 해코지를 두려워한 싸전이나 미두장이, 객줏집에서는 힘꼴깨나 쓰는 건달패들을 다투어 끌어당겼다. 비렁뱅이들이 행패를 부리지 못하도록 미리 손을 쓰려고 한 것이었다. 그러나 싸전이나 미두장이 혹은 객줏집이나 돈냥이나 있는 상고들이 쓰고 있는 건달패거리들 중에는 비렁뱅이 사내들도 끼여 있어 뒤죽박죽이었다.

미곡전 앞마다 비렁뱅이들이 수십 명씩 몰려와 각설이타령을 뽑았다.

으흐 이놈이 이래도
정승 판서 자제로
팔도 감사 마다고
돈 한 푼에 팔려서
각설이로만 나섰네
얼씨구나 잘한다
품바하고 잘한다
작년에 왔던 각설이
죽지도 않고 또 왔네
으흐 이놈이 이래도
정승 판서 자제로
돈 한 푼에 팔려서
각설이로만 나섰네

저리시구 이리시구 잘한다
품바하고 잘한다

비렁뱅이들은 입심 좋게 각설이타령을 뽑았다. 목을 걀쭉하게 늘여 빼고, 엉덩이를 뒤로 삐딱하게 내민 채 어깻죽지를 옴죽거리며 장단을 맞췄다.

여럿이 함께 어울려 구성지게 각설이 타령을 뽑을 때는 제법 듣기좋았다. 시작과 맺음이 격에 맞게 너울거리고, 소리가 빠져나가는 잉아걸이며 소리를 밀고 당기는 완자걸이, 힘차게 내지르는 드렁조 같은 것들이 잘 어울렸다.

네 선생이 누군지
남보다도 잘한다
시전 서전을 읽었는지
유식하게도 잘한다
논어 맹자를 읽었는지
대문대문 잘한다
냉수 동이나 묵었는지
시연시연 잘한다
뜨물통이나 묵었는지
걸찍걸찍 잘한다
기름통이나 묵었는지

미끈미끈 잘한다
대목장을 못 보면
겨우살이 벗느냐
저리시구 저리시구 잘한다
품바하고 잘한다

그들이 미곡전 앞에 몰려와 각설이타령을 늘어놓으면 아무리 힘 꼴깨나 쓰는 왈패도 이들을 내쫓지 못했다. 하는 수 없이 곡식 됫박이나 떠줘야만 했다.

선창거리 미곡전마다 각설이타령이 그치질 않았다. 비렁뱅이들은 자진모리, 휘모리, 엇모리로 늘였다 당겼다 하면서 제 흥에 겨워 각설이타령을 뽑았다.

품바하고 잘한다
일자 한자 들고 보니
일편단심 먹은 마음
죽었으면 죽었지 못 잊겠다
이자 한자 들고 보니
수중 백로 죽어 백구 뻘 날아든다
삼자 한자 들고 보니
삼월이라 삼짇날에 제비나 한 쌍 날아든다.
사자 한자 들고 보니

사월이라 초파일에 등불도 밝고나

오자 한자 들고 보니

오월이라 단오날에 처녀총각 한데 모여 추천놀이가 좋을씨고

육자 한자 들고 보니

유월이라 유두날에 탁주놀이가 좋을씨고

칠자 한자 들고 보니

칠월이라 칠석날에 견우직녀가 좋을씨고

팔자 한자 들고 보니

팔월이라 가배날에 노래 송편이 좋을씨고

구자 한자 들고 보니

구월이라 구일날에 국화주가 좋을씨고

십자 한자 들고 보니

시월이라 무오날에 고사 사당이 좋을씨고

백자 한자 들고 보니

백만장안 억만가에 태평가가 좋을씨고

만자 한자 들고 보니

억조창생 백성들이 함포고복 좋을씨고

저리시구 저리시구 잘한다

품바하고 잘한다

그들이 뽑은 각설이타령은 그들의 노랫말마따나 걸찍걸찍하고 미끈미끈하였다.

영산포 선창에서 규모가 제일 크다는 박동필이네 미곡전에서는 선창거리를 배회하던 잡탕패거리를 여남은 명이나 끌어들여 이들 비렁뱅이들을 얼씬도 못하게 하였다.

웅보가 선창에 나갔을 때 박동필이네 미곡전 문전엔 비렁뱅이들이 얼추 서른 명 남짓 몰려와서 한 덩어리가 되어 어깨를 옴죽거리며 각설이 타령을 뽑아대고 있었는데, 선창 안에서 힘깨나 쓴다는 잡탕패거리들이 작대기를 휘둘러대며 비렁뱅이들을 멀리 쫓아내려고 하였으나, 그들은 촌보도 뒷걸음질 치지 않고 더 높은 소리로 아우성을 치듯 목청을 돋우었다.

"이런 즈그멈 헐 거지떼들, 썩 물러나지 못하겠느냐! 백날을 각설이타령이 아니라 춘향전을 읊어봐라, 좁쌀 한 톨 내어주나!"

동필이네 미곡전에 임시로 비렁뱅이 쫓는 일을 맡아 들어간, 눈이 왕방울 같고 덩치가 큰 먹서리만한 사내가 비렁뱅이들을 향해 벼락치듯 내질렀다. 그래도 비렁뱅이들은 쇠말뚝처럼 꿈적도 하지 않았다. 되레 자꾸만 그들의 수가 불어났다. 어느덧 미곡전 앞에 백 명이 넘는 비렁뱅이들이 몰려들었다.

앉은 고리 동고리
선 고리는 문고리
뛰는 고리는 개고리
나는 고리는 꾀꼬리
입는 고리는 저고리

저리시구 저리시구 잘한다

한 발 가진 까꿰

두 발 가진 까마귀

세 발 가진 퉁노귀

네 발 가진 당나귀

먹는 귀신 아귀라

저리시구 저리시구 잘한다

품바하고 잘한다

비렁뱅이 떼들은 완전히 한 덩어리가 되어 계속 각설이타령만 뽑아댔다. 백 명 이상이 울부짖듯 뽑아대는 목소리가 온통 선창거리를 쥐흔들었다.

비렁뱅이들이 꼬박 한나절 동안이나 미곡전 앞을 꽉 메워버리자 동필이네는 쌀 한 됫박 팔지를 못하였다. 화가 머리끝까지 치민 동필이네는 잡탕패거리들한테 소리를 질러대며 당장 비렁뱅이 떼를 멀리 쫓아버리라고 하였다.

"이런 즈그덤 헐 거지떼들아, 냉큼 물러가지 못하겠느냐!"

왕방울눈의 사내가 작대기를 휘두르며 소리를 질러댔다.

왕방울눈의 사내가 휘두른 작대기에 각설이타령을 뽑던 깡마르고 늙수레한 비렁뱅이가 머리를 맞았다. 이마에 피가 흘렀다. 그러나 늙은 비렁뱅이는 눈 하나 깜짝 하지 않고 피를 흘리는 채 서서 여전히 어깨를 옴죽거리며 각설이타령을 더욱 큰 소리로 울부짖듯 뽑아 올렸다. 얼굴이 온통 피투성이가 되고 목덜미까지 흘러 내렸다. 못 먹어 얼굴이 누르팅팅하게 부은 깡마른 비렁뱅이의 몸에서도, 이 세상에서 가장 붉다는 비둘기 피만큼이나 붉은 피가 흘렀다.

피를 흘리는 늙은 비렁뱅이의 눈에 핏발이 섰다. 진달래 꽃잎이 깔린 듯한 눈으로 왕방울눈의 사내를 찔러보았다. 그 기세에 눌려 미곡전의 잡탕패거리들이 더 이상 작대기를 휘두르지 못했다.

일자 한자 듣고 보니
일편단심 먹은 마음
죽었으면 죽었지 못 잊겠다

피를 흘리는 늙은 비렁뱅이는 목청껏 각설이타령을 뽑으며, 미곡전 안으로 성큼 한 발짝 들어섰다. 그를 따라 다른 비렁뱅이들도 일제히 한 발짝씩 앞으로 나섰다.

"물러서! 왜 안으로 들어오는 겨!"

"다 때려쥑일 거여! 안으로 들어오기만 허면 때려쥑이고 말 거여!"

미곡전을 지키고 있던 잡탕패거리들이 겁먹은 얼굴들을 하고 소리쳤다.

피를 흘리는 늙은 비렁뱅이가 또 한 발짝 안으로 걸음을 떼어 옮겼다. 그의 얼굴은 온통 피로 범벅되었다. 그러나 그는 얼굴의 피를 닦지 않았다. 깡마른 몸뚱이는 쇠토막처럼 단단하게 굳어진 듯싶었고, 핏발선 눈에서는 여전히 광채가 번뜩였다. 그는 이따금 피가 범벅된 얼굴로 미곡전 문전에 몰려있는 수많은 그의 동료들을 되돌아보곤 하였다.

그가 피 범벅된 얼굴로 그의 동료들을 돌아볼 때마다 각설이 타령을 뽑는 비렁뱅이들의 목소리가 울부짖는 소리로 높아졌다.

"물러서지 않으면 죽이겠다."

왕방울눈의 사내가 작대기를 높이 치켜올리며 다시 소리쳤다.

그러자 피 흘리는 늙은이 옆에 있던 젊은 비렁뱅이가 성큼 앞으로 한 발짝 걸어 나갔다. 그러다가 왕방울눈의 사내가 휘두르는 작대기에 퍽 하고 골통을 맞고 쓰러졌다.

"여기서 함께 죽자―"

비렁뱅이들 중에서 누구인가 목구멍에서 피가 넘어올 만큼 크게 찢어지는 듯한 목소리로 소리를 질렀다. 그러자 여기저기서 "죽이고 죽자." "굶어죽거나 맞아죽기나 마찬가지다아―" "밀어라! 죽여라!" 하는 소리가 계속 튀어나왔다. 순간 비렁뱅이들이 우우우 황소 우는 소리들을 내며 미곡전 안으로 몰려들었다.

겁에 질린 미곡전의 여남은 명이나 되는 잡탕패거리들이 사정없이 작대기를 휘둘렀고, 휘두르는 작대기에 맞아 비렁뱅이들이 비명을 지르며 쓰러지거나, 비명 대신 돼지 멱따는 소리를 질러대며 앞으로 뛰어들었다. 그들은 머리와 목덜미, 어깻죽지에 작대기를 맞으면서도 계속 미곡전 안으로 들어섰다. 그러다가는 약속이나 한 듯 와아―와아― 함성을 지르며 물밀듯 미곡전 안으로 뛰어들었다.

순식간에 미곡전에는 비렁뱅이들이 가득차고 말았다. 작대기를 휘둘러대던 잡탕패거리들은 어느 사이에 뒷문으로 빠져 자취를 감추고 말았으며, 끝까지 비렁뱅이들을 막으려고 한 왕방울눈의 사내 한 사람만이 비렁뱅이들한테 작대기를 빼앗긴 채 직신직신 짓밟혀, 죽었는지 살았는지 미곡전 바닥에 개구리처럼 납작하게 팽개쳐져 있었다.

"곡식들을 가져가자. 이제 이 미곡전의 곡식들은 우리 것이다."

비렁뱅이 중에서 누구인가 소리를 치자 비렁뱅이들이 다시 함성을 질렀고 저마다 곡식 가마니들을 끙끙대며 들어내기에 바빴다.

백 명이 넘는 비렁뱅이들은 동필이네 미곡전 창고에 가득 쌓아둔 쌀이며 콩, 팥 등 곡식을 깡그리 들어내 그들이 기거하는 강변 나루터 윗목 토막집으로 걸머지고 갔다.

인근 선창거리를 배회하고 있던 비렁뱅이들까지 동필이네 미곡전으로 몰려들어 저마다 끙끙대며 곡식가마니들을 가져갔다. 아무도 말리지 못했다.

비렁뱅이들이 일시에 동필이네 미곡전을 털자, 다른 패거리들도 앞을 다투어 편을 지어서는 다른 미곡전으로 쳐들어갔다. 그들은 동필이네 미곡전에서처럼 어울려 각설이타령을 뽑지도 않고 다짜고짜로 수십 명씩 떼를 지어 몰려들어서는 주인과 일하는 사람들을 몰아내고 가득가득 쌓아놓은 곡식가마니들을 들어 내갔다.

선창거리가 온통 아수라장이 되었다. 삽시에 비렁뱅이들 세상이 되었다. 조운창 가까이 순포막(巡捕幕)에 네댓 명의 나졸들이 있었지만, 워낙 비렁뱅이 떼가 많아서 어찌하지 못하고 순포막을 비우고 도망을 치고 말았다.

"조운창 문을 열자!"

누구인가 소리를 지르자, 와아 와아 하는 함성과 함께 많은 비렁뱅이들이 조운창 쪽으로 몰려갔다. 그러자 누구인가 조운창 쪽으로 몰려가는 비렁뱅이를 막아서며 "조운창 문을 열어서는 안 된다. 나랏것은 손대지 말자. 나랏것을 손대면 애잔한 백성들이 다시 물어내야 한다" 하고 고함을 질렀다. 그러자 물밀듯 조운창으로 향하던 비렁뱅이들이 멈추어 섰다.

"그 말이 옳다. 조운창 곡식은 축내지 말자. 각 고을에서 취집해온 진상미를 축냈다가는 결국 가난한 백성들만이 들볶임을 당하게 된다."

그 소리에 발걸음을 멈춘 비렁뱅이들이 우왕좌왕하였다.

"미곡전을 모주리 털자. 배가 터지게 처묵고 사는 부잣집들을 털자!"

비렁뱅이들 중에서는 아무도 그들을 지휘하는 사람이 없었다. 누구이건 큰 소리로 외치기만 하면 와아 와아 함성을 올렸으며, 그때마다 이리 쏠리고 저리 쏠리고 하였다.

선창거리의 전마다 서둘러 문을 닫아버렸다. 대문과 방문을 걸어 잠그고 숨을 죽였다. 그러나 비렁뱅이들은 아무 집에나 쳐들어가지 않았으며, 아무에게나 행패를 부리지 않았다. 그들은 평소에 그들을 냉대했던 전이나 객줏집 또는 부잣집들만 골라서 찾아다니며 질탕을 쳤다.

광나루 나룻목에서 연기가 꼿꼿하게 하늘로 치솟았다. 비렁뱅이들이 나룻배들을 불태웠다. 나룻배로 강을 건너가 나졸들을 끌어들일까 걱정이 되었기 때문이다.

미곡전을 턴 그들은 객줏집과 주막들을 찾아 나섰다. 오랫동안 굶주려 응어리진 울분과 서러움이 폭발하자, 눈이 벌겋게 뒤집힌 그들은 술 생각이 났던 것이다.

칠만이가 빌붙어 사는 째보네 주막에도 비렁뱅이들이 밀어닥쳤다. 그들은 와지끈 사립짝문을 걷어 직신직신 밟고 안으로 몰려들었다. 비렁뱅이들이 미곡전을 털었다는 소문을 들은지라 칠만이는 그들을 막아설 만한 용기를 잃고 있었다. 비렁뱅이들이 물밀듯 주막 안으로 들어서자 칠만이는 슬금슬금 뒷걸음질을 쳤다. 그동안 그들한테 너무 얀정머리 없이 굴었기 때문에 화를 당할까 겁이 났다.

"쥔 어디 있어? 술을 있는 대로 내놓으슈!"

"주모는 어디 있어?"

비렁뱅이들이 술청에 앉으며 소리소리 내질렀다. 주모와 그녀의 남편 그리고 행창으로 있는 향님이와 광주댁은 부엌 나뭇단 뒤에 숨어 바들바들 떨었다.

"네, 네. 어서들 옵쇼. 모두들 자리를 잡고 앉으시우. 술은 있는 대로 몽땅 드리겠구만요."

칠만이는 그들 중에 혹시 그가 휘두른 작대기에 얻어맞은 비렁뱅이들이 끼어있을까 싶어 간이 콩알만 하게 줄어드는 것을 가까스로 참아내며 사분사분하게 그들의 비위를 맞췄다.

"어? 이 눔이 사람 대접할 줄 아는구먼!"

그들은 칠만이의 태도에 싫지 않은 듯 헤헤거리며 술청의 평상과 마당의 흙바닥에 덜퍽덜퍽 앉았다.

"헌디 이 눔아, 이 집에는 주모가 없느냐? 주모가 있어야 술맛이 날 게 아니냐!"

"이 집에 아랫녘 장사허는 행창이 있는 것을 안다. 빨랑 그년들을 나오라고 해라!"

비렁뱅이들이 칠만이를 찍어보며 시비조로 따지듯 하였다.

"어따! 우선 술버틈 가져올께요."

칠만이는 억지웃음을 몽글몽글 피워 날리며 그들을 달랜 뒤 부엌으로 들어가, 나뭇단 뒤에 숨어서 떨고 있는 주막 주인한테 어떻게 했으면 좋겠냐고 물어보았다. 그러자 겁많은 주막 주인은 칠만이가 알아서 하라면서 "우리덜헌테 해꾸지만 안허게 혀!" 하고 당부를 하는 것이었다.

"술독째 들어다 내놓고선 맘대로 퍼마시라고 허것슈. 술독이 바닥 나야만 돌아갈 거닝께요."

칠만이의 말에 욕심 많은 주모가 "독째로 들어다 내놓다니, 우리는 뭣 갖고 장사를 흐게?" 하면서 칠만이의 바짓가랑이를 잡아당겼다.

"이눔의 여편네야. 시방 술 한 독이 문제여? 저눔덜 비위를 건드리는 것은 자는 범 코침 주기여. 칠만아, 어서 네 맘대루 해라!"

평소에는 여편네한테 꼼짝 못하고 쥐어 살던 주막 주인이 이때만은 큰 소리를 쳤다.

칠만이는 주인 말대로 반쯤 차 있는 술독을 불끈 들고 마당으로 나갔다. 술독 안에 술종구라기를 띄워놓는 것도 잊지 않았다.

"자, 이 주막에 있는 술을 몽땅 내왔으니 맘대루덜 마시씨요."

칠만이는 마당 한가운데 술독을 놓고 휘휘 저어 한 종구라기를 떠서, 처음 주막에 들어설 때부터 기세 좋게 떠들어대 쌓는 몸집이 큰 사내 앞으로 불쑥 내밀었다.

그러자 뚜껑도 없는 낡은 전립을 비뚜름히 눌러쓴 사내는 칠만이를 눈으로 몇 번 들었다 놓았다 하더니 느닷없이 술종구라기를 손으로 내리치며 "이눔아, 이 집에는 불알망태 찬 눔밖에 없단 말이냐?" 하고 벼락 치듯 소리를 내질렀다. 그 바람에 흠칫 놀란 칠만이는 두어 발 뒤로 물러섰다.

"망태기 찬 네눔 말고 치마 두른 짐생이 나와서 술을 권허두룩 혀!"

전립을 쓴 사내 옆에 작대기를 짚고 서서 마치 각설이타령을 할 때 모양으로 엉덩이를 삐딱하게 뒤로 내밀어 목자 사납게 칠만이를 쏘아보던 땅딸막한 사내가 곁방아질을 하고 나섰다.

"우리가 이따우 막배기 마시러 온 줄 아남?"

누구인가 말하며 칠만이의 등을 툭 쳤다. 칠만이는 실로 난처한 입장이 되었다. 그렇다고 부엌에서 떨고 있는 주모와 향님이, 광주댁을 나오라고 할 수도 없지 않겠는가 싶었다. 만일 그들의 요구대로 여자들을 불러냈다가는 막바우(막돼먹은 사람) 같은 그들이 술에 취해 무슨 행티를 부릴지 모르지 않는가.

"이 집에 아랫녘 장사허는 행창이 두어 년 있는 줄 안다니깐 그러네! 우리한테 해구값(화대) 못 받을까봐서 안 나오는 겨?"

작대기를 짚고 삐딱하게 서 있던 사내가 마당에 가득 차 있는 비렁뱅이들을 헤치고 방 쪽으로 걸어갔다. 몇몇이 그의 뒤를 따랐다. 그들은 방문을 열어젖히고 털메기 감발로 저벅저벅 뛰어 들어갔다.

"이년들이 어디 숨었어? 사내들 홀리는 사향 냄새만 진동허네!"

잠시 후 그들은 부엌에서 세 여자와 겁 많은 주인을 끌고 나왔다.

"이것들이 부삭에 숨어 있드구만!"

주모와 두 여자들이 끌려나오자, 비렁뱅이 사내들이 우르르 세 여자를 에워쌌다.

"이년들아, 할 짓이 없으면 우리같이로 점잖게 비렁뱅이질이나 헐 긋이재, 더럽게 아랫녘을 팔아서 묵고살어?"

"더럽게 벌어서 쪼금 잘 묵고 살면 멋흔다냐, 이 잡년들아!"

"이년들이 우알로(위아래로) 을매나 잘 쳐묵었는지 살이 누룩돼지 모양 디룩디룩 쪘네 잉."

비렁뱅이들은 도리깨질을 해대듯 저마다 한 마디씩 쪼아댔다. 그들은 그러면서 여자들의 얼굴에 침을 뱉기까지 했다. 그들은 여자들을 곯려대며 종구라기로 술을 떠마셨다. 술이 들어가자 입들이 더 험해졌다.

비렁뱅이들 중에서 누구인가 와드득 광주댁의 치마 말기끈을 쥐어뜯었다. 다음에는 향님이의 치마도 벗겼다. 그들이 주모를 안으려고 하자 주막 주인 남자가 "그 여자는 내 여편네에요" 하고 소리쳤다.

그러자 작대기를 짚고 뻬딱하게 서 있던 사내가 주모는 남편이 있는 몸이니 손을 대지 말라고 하였다. 비렁뱅이들은 사내의 말을 들어주었다. 그러나 그들은 광주댁과 향님이의 옷을 마구 쥐어뜯어 벗겼다. 광주댁은 부끄러움에 두 팔을 가슴에 모으고 속곳 바람으로 땅바닥에 주저앉아서 바들바들 떨었다. 칠만이는 차마 광주댁의 그런 모습을 보고 있을 수가 없었다.

"두 년들을 홀랑 벗겨라!"

비렁뱅이들이 키들거리며 소리치자, 우르르 다시 두 여자에게로 달려들었다.

"이러지 마서요. 우리가 뭣을 잘못했다고 이러시요. 묵고 살라고 이 짓을 헌 죄밖에 없구만요. 제발 용서해주서요."

향님이는 두 손을 싹싹 빌려 애원을 하였으나 광주댁은 연기 먹은 고슴도치처럼 몸을 조그맣게 웅크린 채 고개를 꿍겨박고 앉아 있을 뿐이었다.

"이것 보서요. 아랫녘 장사는 누가 허고 싶어서 했간디요?"

비렁뱅이들이 향님이의 속곳을 쥐어뜯으려고 하자 그녀는 울부짖듯 하늘을 향해 목청껏 소리쳤다.

"이년아, 그래도 우리 여편네들은 바가지를 들고 소맷동냥질을 나섰재, 네년들 모양 몸을 팔지는 안했다."

키가 작달막하고 눈이 부리부리한 비렁뱅이가 향님의 속곳을 우두둑 쥐어뜯으며 말했다. 향님이는 두 손으로 속곳을 거머쥐고 키 작은 비렁뱅이를 쏘아보았다.

비렁뱅이들은 끝내 광주댁과 향님이를 거의 알몸으로 만들어놓고 말았다. 쥐어뜯긴 속곳과 홑적삼이 너덜너덜하였으며 가랑이며 허리춤, 가슴이 그대로 희부옇게 드러나 보였다. 그러나 그녀들은 몸에 한 오라기 헝겊조각이라도 더 붙여두려고 비렁뱅이들이 낄낄대며 속곳을 쥐어뜯을 때마다 손으로는 가슴과 사타구니 언저리를 가리고 두 발을 버둥거렸다.

"이년들을 선창으로 끌고 가자."

"그러자!"

비렁뱅이들이 소리쳤다. 그들은 너무 취해 있었기 때문에 칠만이와 주막 주인의 힘으로는 말릴 수도 없었다.

"아저씨들 너무하십니다. 이 여자들한테 무슨 잘못이 있다고들 이러시요? 이 여자들은 당신네들보다 더 불쌍한 사람들이오."

보다보다 못한 칠만이가 광주댁의 팔을 끌고 나가려는 전립을 눌러쓴 사내 앞을 가로막아서며 말했다.

"이런 쥐알만한 놈이 나서기는! 네가 이년의 기둥서방이라도 된단 말이냐?"

전립을 쓴 사내가 칠만이의 가슴을 치며 말하자 비렁뱅이들이 와글와글 웃었다.

"이 여자들을 선창거리로 끌고 갈 수는 없습니다. 불쌍한 사람이 불쌍한 사람의 처지를 몰라주다니요?"

칠만이는 따지듯 말하며, 광주댁의 팔을 잡고 있는 전립 쓴 사내를 떼밀었다.

"요놈 봐라? 이눔이 누구한테 대들어?"

술에 취해 몸도 제대로 가누지 못하는 비렁뱅이들이 칠만이에게로 달려들었다. 주먹이 날아왔다. 작대기가 어깨를 내리쳤다. 칠만이는 그대로 맞고 서 있었다. 이내 푹 꼬꾸라지고 말았다. 꼬꾸라진 칠만이의 등짝과 허리에 무수히 발길질을 해댔다. 칠만이는 길게 신음을 쥐어짰다. 어떤 비렁뱅이는 지근지근 칠만이를 짓밟기도 하였다. 온몸이 두부처럼 으끄러지는 듯싶었다.

"그 여자들을 끌고 가지 마시오."

칠만이는 뭇매를 맞으면서도 비렁뱅이들을 향해 사정을 했다. 광주댁이 울부짖으며 달려들어 칠만이를 부추겨 일으키려고 하였으나 그녀의 팔을 잡고 있던 전립 쓴 사내가 낚아채버렸다.

칠만이가 정신을 차리고 눈을 떴을 때는 비렁뱅이들의 모습이 하나도 눈에 들어오지 않았다. 술청의 평상에 누워 있는 그의 옆에는 주막집 남자 주인과 주모가 걱정스러운 눈으로 내려다보고 있었다.

"정신이 드남?"

주모가 칠만이의 이마를 짚으며 물었다.

"세상에 그런 무지막지헌 놈들이 어디 있을까."

주막 주인도 칠만이의 부어오른 얼굴의 상처를 닦아주며 혀를 찼다.

"광주댁과 향님이는 어찌됐나요?"

칠만이는 자신보다 비렁뱅이들한테 끌려간 두 여자가 더 걱정이었다.

"설마 쥑이기야 헐라구."

주모는 그러면서 광주댁과 향님이를 끌고 간 비렁뱅이들을 뒤따라가 보지 않은 겁 많은 남편을 나무람 하였다.

"내가 가보겠어요."

칠만이가 그렇게 말하고 상반신을 일으키려고 하였으나 허리가 뻐근하고 가슴이 터질 것만 같아 일어날 수가 없었다.

"이 몸으로 워딜 가겠다고 이러?"

주모가 칠만이의 가슴을 쩌누르며 말렸다.

"냉큼 좀 나가봐요. 무신 남자가 이르케 겁이 많담!"

주모가 남편을 향해 쏘아붙이자 주막집 주인 남자는 하는 수 없이 엉금엉금 주막을 나갔다. 그러나 담배 한 대참도 못되어 주막집 주인은 헐근거리며 다시 돌아오고 말았다.

"온통 비렁뱅이들 천지여! 술에 취해서 작대기를 휘두르는 통에 무솨서 되돌아왔구만!"

주막집 주인은 얼굴이 납덩이처럼 굳어 있었다.

"아이고, 이런 남자를 믿고 살다니…… 그런다고 그냥 되돌아와뿌러요? 비렁뱅이들이 무담시 당신을 패 죽이기라도 할까봐서 그래요? 아이고, 이런……."

칠만이는 주모가 남편을 닦달하는 소리에 얼핏 잠에서 깨어났다. 선창 쪽에서 와아 와아 하는 아우성소리가 들렸다.

칠만이는 밤새도록 끙끙 앓았다. 몸이 불돌처럼 펄펄 끓고 헛소리까지 하였다.

새벽 무렵에야 얼핏 잠이 들었다가 아침 일찍 눈을 떴다. 칠만이는 주모와 주막집 주인 남자 모르게 슬그머니 방에서 기어 나와, 막대기를 찾아 짚고 어기적어기적 주막을 나섰다. 그는 선창 쪽으로 갔다. 이른 아침의 선창거리는 큰물이 휩쓸고 지나간 뒤처럼 고즈넉하게 가라앉아 있었다. 마방거리와 미곡전거리에도 비렁뱅이들의 모습이 보이지 않았다. 밤새도록 객줏집과 주막거리를 휩쓸고 다니면서 퍼마시고 떠들다가 새벽녘에야 털어낸 곡식들을 걸머지고 영산포를 떠났다고 하였다. 그들은 강을 따라 하류로 내려갔다고 하였다.

칠만이는 선창거리를 돌아다니며 광주댁과 향님이를 찾아보았으나 그녀들의 모습은 눈에 띄지 않았다. 비렁뱅이들이 강을 따라 내려가면서 두 여자들도 끌고 갔겠거니 하고 작대기에 몸을 의지하고 주막으로 돌아오려고 할 때, 조운창 앞 강물에 여자가 죽어 있다는 말을 듣고 절뚝거리며 가보았다.

강물에 떠 있는 시체를 건져내보니 광주댁이었다. 그녀는 홑적삼이며 속곳이 너풀너풀 찢겨진 채 온몸이 푸릇푸릇 피멍투성이였다.

오동나무집 주파의 말로는 꼭두새벽에 광주댁이 미친 사람처럼 머리를 산발하고 비트적비트적 혼자 조운창 쪽으로 내려가더라고 하였고, 마바리꾼 황 씨의 말로는 비렁뱅이들 여남은 명이 밤늦게 광주댁과 향님이를 나루턱 숲속으로 데리고 들어가는 것을 보았다고 하였다.

칠만이는 그길로 나루턱 참나무 숲속으로 가보았다. 아니나 다를까 그곳에는 향님이가 실오라기 하나 걸치지 않은 날탕 알몸으로 죽은 듯 기진맥진해서 가랑이를 쩍 벌린 채 하늘을 향해 반듯하게 누워 있었다.

비렁뱅이들이 한바탕 질펀하게 선창을 휘젓고 영산강을 따라 내려가자 이번에는 모두먹기 떼가 몰려온다는 소문이 봄 불 번지듯 하였다.

모두먹기 떼는 흉년이 심한 함평(咸平)과 영광(靈光) 쪽에서 몰려온다는 소문도 나돌았고, 해남, 강진 쪽에서 영암을 거쳐 신북 가까이

와 있다고도 하였다.

모두먹기 떼가 몰려온다는 소문이 퍼지자 비렁뱅이들한테 혼 뜨
게 당해본 경험이 있는 영산포 사람들은 피난 갈 궁리까지 했다. 그러
나 모두먹기 떼를 무서워하는 축들은 먹을 것을 여축해놓은 사람들
이나, 흉년의 굶주림을 말로만 들어 알고 있는 부자들과 선창의 장사
치들이었다. 그들은 모두먹기 떼가 몰려오기 전에 땅에 독을 묻고 식
량을 감추었으며 싸전들도 쌀가마니들을 산속에 숨기느라 바빴다.

그러나 새끼내 사람들만은 여축한 곡식이 없는지라 모두먹기 떼
를 아무도 무서워하지 않았다.

"모두먹기 떼가 온다 치면 우리덜도 함께 그들을 따라나설까?"

새끼내 사람들은 곡식 한 톨 빼앗길 것이 없는지라 느긋하게 농담
까지 하였다.

그러던 어느 날 새벽 부르뫼 쪽에서 징소리가 징징징 거칠게 울리
면서 와아 와아 봇물 터지는 듯한 함성이 들렸다. 새끼내 사람들은 처
음에 홍수가 난 것으로 잘못 알고 새벽잠에서 벌떡벌떡 일어나 손에
잡히는 대로 이불이며 솥을 들고 집 밖으로 튀어나왔다. 그러나 새벽
하늘엔 별들이 총총히 빛나고 강 쪽에서는 사르르 잔조로운 새벽바
람이 강물을 잠재우는 소리가 들릴 뿐이었다.

부르뫼에 모두먹기 떼가 밀어닥친 것을 안 것은 동이 훤하게 터올
무렵이었다. 날이 밝자 개태 쪽에서도 징소리가 울렸다. 모두먹기 떼
는 선두에서 징을 치며 마을을 덮쳤다.

새끼내 남자들은 돈들막에 올라와 해가 떠오기를 기다렸고, 아낙

들은 집 앞 고삿에 나와 쪼그리고 앉아서 모두먹기 떼가 지나가기를 기다렸다.

철없는 아이들이 개태와 부르뫼로 모두먹기 떼를 구경하러 간다고 집을 뛰쳐나갔지만 어른들은 그들을 말리지 않았다. 차라리 모두먹기 떼에 어울려 생쌀 한줌이라도 얻어먹고 오기를 바랐다.

새끼내 아이들은 두 패로 갈라서 개태와 부르뫼를 향해 산비탈을 보듬고 신나게 뛰었다. 나이가 들어 슬거운 아이들이 앞장을 서고 어린 조무래기들이 뒤를 따랐다.

"밥 뺏어묵으러 가자—"

새끼내 아이들은 마을로 접어들며 힘껏 소리쳤다. 철없는 조무래기들이 와아 하고 함성을 올렸다.

새끼내 아이들이 마을에 들어서자 마을 앞에 사람들이 벌떼처럼 득실거렸다. 그들은 군데군데 불을 피우고 수십 명씩 덩이덩이 모여 있었다. 장작불에 개를 그슬리는 축들도 있었고, 털을 뜯은 닭의 잔털을 태우는 사람들도 있었다. 노리착지근한 개 그슬리는 냄새가 바람에 실려 새끼내 아이들의 코를 덮쳤다.

마을 앞 큰 귀목나무 밑에서는 소를 잡아 내장을 꺼내놓고 살코기를 찢어 나누고 있었으며, 귀목나무 옆 실개울에서는 뜨거운 물을 죽은 돼지 몸통에 엎지른 다음 놋그릇으로 문질러 털을 벗겨내느라 바빴다. 칼자국이 난 목에서는 멍털멍털 피가 멍울졌으며, 뜨거운 물을 엎지를 때마다 쿠루루 숨을 몰아쉬며 발을 부르르 떨었다.

모두먹기 떼의 아이들이 빙 둘러서서 소와 돼지를 잡는 모습들을 구경하고 있었다.

새끼내 아이들은 후두둑 마을 안 고샅으로 뛰어 들어갔다. 집집마다 모두먹기 떼들이 마당이며 마루며 방 안에 가득 들어차 있었다. 그들은 집 안을 샅샅이 뒤져 식량과 먹을 것들을 찾았다. 모두먹기 떼가 몰려온다는 소문이 미리 나돌아, 마을사람들은 여축해놓은 식량을 모두 땅속에 묻거나 나뭇더미나 두엄자리 속에 항아리를 놓고 감추었기 때문에 쉽게 찾아내지를 못한 그들은 큰 소리로 찍자를 부리고 먹을 것을 내놓으라고 다그치기도 하였다.

모두먹기 떼 중에는 긴 쇠창을 가지고 다니면서 식량을 감추었음직한 땅과 나뭇더미, 두엄자리, 헛간의 더그매를 쿡쿡 찔러가며 용하게 잘 찾아내는 사람도 있었다.

식량과 먹을 것을 찾지 못한 그들은 집 안에 열린 감을 죄 땄으며 배추뿌리 하나까지도 깡그리 가져갔다. 그들은 먹을 것을 찾아내는 대로 그 자리에서 먹어치웠다.

모두먹기 떼들은 새끼내 근동에서 가장 부자인 박 초시네 집에 가장 많은 수가 몰려들었다.

영악스러운 박 초시인지라 식량을 그대로 버젓하게 놓아두지 않았다. 그는 뒤주 하나에만 겨우 쌀을 채워놓고 나머지는 미리 집 뒤 대밭 둔덕을 깊이 파고 감추어두기도 하고, 나머지는 사랑채 뒷마당에 볏섬을 쌓아올린 다음 두엄을 덮어놓았다.

그러나 감추어둔 식량을 찾아내는 데 도가 트인 모두먹기 떼들은, 두엄을 덮어놓은 곡식들을 그냥 지나칠 리가 없었다. 끝이 날카로운 쇠창으로 두엄 속을 몇 번 쿡쿡 쑤셔여본 그들은 당장 두엄을 허물라 하였고, 감추어둔 곡식들을 옴씰하게 들어냈다.

"천하에 없는 무뢰배놈들아, 너희놈들은 어느 나라 백성이기에 법도 모르고, 대명천지에 도적질이냐!"

박 초시가 모두먹기 떼를 향해 호령을 했으나 아무도 그런 박 초시를 무서워하지 않았다. 되레 그들은 박 초시가 장죽을 휘두르며 화를 내고 있는 모습이 우스운지 끼득끼득 웃었다.

"그래, 영감태기는 어느 나라 백성이기에 이 흉년에 굶어 죽어가는 사람들도 못 본 척하고 혼자만 먹을 것 처쟁여놓고 배터지게 사는 거요? 나라님께서도 흉년에는 부자들에게 진휼미를 풀어 부황 든 가난한 백성들을 도우라 하셨는디, 영감태기야말로 대역죄인이 아니오?"

긴 쇠창을 들고 다니는 모두먹기 떼의 사내가 박 초시를 향해 큰소리로 꾸짖자 박 초시는 더욱 화가 머리끝까지 치밀어 올라 장죽을 쥔 손을 바들바들 떨고 있었다.

"흉년 도둑은 도둑이 아닌 것이외다."

사내는 쇠창을 박 초시의 가슴에 바싹 들이대며 소리쳤다. 박 초시는 얼굴이 창백해져서는 흐물흐물 주저앉아 버렸고 하인들이 업고 사랑채로 들어갔다.

모두먹기 떼들은 박 초시의 사랑채 뒷마당에서 찾아낸 볏섬들을 마을 앞 물레방앗간으로 져 날랐다. 온종일 물레방아가 삐그덕 쿵덕 쉬지 않고 돌았다.

부르뫼와 개태를 덮친 모두먹기 떼들은 쉽게 마을을 떠나지 않았다. 그들은 먹을 것이 바닥이 나기 전에는 다른 마을로 옮겨가지 않았다. 병아리 한 마리라도 다 잡아먹고 더 찾아먹을 것이 없게 되어서야, 다시 징을 울리며 다음 마을로 떼 지어 한꺼번에 몰려갔다.

그런데 이때 모두먹기 떼들이 비단 개태와 부르뫼 두 마을에만 몰려온 것은 아니었다. 영산포 선창을 제외한 새끼내 근동 마을마다 모두먹기 떼들이 몰려들어 바글거렸다.

이상하게도 새끼내에만 들어오지 않았다. 새끼내 사람들은 아마 모두먹기 떼들도 새끼내에는 가난한 사람들만이 산다는 것을 알고 있을지도 모른다는 말들을 하였다. 어떤 사람은 모두먹기 떼들 중에는 소맷동냥을 하기 위해 외지로 나간 새끼내 사람들도 끼여 있을지도 모른다는 말을 하기도 했다.

모두먹기 떼들은 사흘째가 되는 날까지 꼼짝하지 않고 한 자리에 눌러앉아 먹을 것들을 모조리 찾아 먹어 없앴다. 그들이 남긴 것은 군데군데 불을 피운 불더미 흔적과 똥오줌뿐이었다.

나흘째 되는 날 해넘이 무렵에 갑자기 비가 쏟아졌다. 마을 인근 강변과 나무 밑에서 아무렇게나 한뎃잠을 자던 모두먹기 떼들은 비가 억수같이 퍼붓자 집으로 들어갔다. 그러나 수가 워낙 많은데다가 비를 피할 집은 부족한지라, 모두먹기 떼의 상당수가 새끼내 마을까지 들어왔다. 그러나 새끼내에 들어온 모두먹기 떼들은 먹을 것을 찾기 위한 것이 아니라 다만 비를 피하려는 것뿐이었다.

웅보네 집에도 스무 남은 명도 더 되는 수가 후두둑후두둑 이불을 말아들고 뛰어 들어왔다. 웅보네 식구들은 막 저녁을 먹고 있었다. 저녁이라야 옥수수를 맷돌에 빻아 훌렁하게 쑨 죽이었다.

기름심지 불을 켜고 여섯 식구가 둘러앉아 옥수수 죽을 둘러 마시고 있는데, 밖이 시끌벅적하더니 벌컥 방문이 열렸다. 방문 밖에 모두먹기 떼들 사내 대여섯 사람이 쇠창과 실팍한 작대기들을 들고 쫑긋쫑긋 방안을 들여다보았다.

"미안하외다. 잠시 비를 피하려고 들어온 것뿐이니 놀라지 마시오."

작대기를 든 키 큰 남자가 말했다.

"어서 오씨오. 이 집에는 빈방도 있고 허청도 있으니 들어와서 비를 피하도록 하씨요."

웅보가 죽 그릇을 상 위에 놓으며 일어섰다. 웅보가 방에서 나갔을 때는 이미 많은 사람들이 부엌과 술청, 헛간, 아랫방으로 들어가고 있었다.

"자, 어두우니 우리 방으로 잠시 들어가시지요."

모두먹기 떼가 비를 피해 저마다 방이며 헛간, 술청으로 들어간 뒤, 웅보가 작대기를 든 키 큰 남자에게 말하고 식구들이 저녁을 먹던 큰방으로 향했다.

작대기를 든 키 큰 사내는 미적거리지 않고 웅보를 따라 기름심지 불이 타고 있는 큰방으로 들어왔다.

비에 휘주근하게 젖은 사내의 몸에서 빗물이 뚝뚝 떨어졌다. 사내가 웅보를 따라 방으로 들어서자 저녁을 먹다 말고 놀라 웅크리고 앉아 있던 식구들이 경계하는 눈빛으로 비에 젖은 사내를 흠칫거렸다.

"이거 저녁을 잡수시는데 죄송합니다요."

비에 젖은 사내가 웅보 아버지 어머니를 향해 허리를 굽적거렸다.

"잠시 앉으십시다."

웅보가 먼저 앉으며 사내에게 말하자 사내는 지싯지싯 웅보 아버지의 눈치를 살피며 문 쪽에 엉거주춤 쭈그리고 앉았다.

"저녁을 안 드셨으면 강냉이 죽이라도 한 사발 드실란가요?"

웅보가 다시 사내를 보며 말하자, 사내는 목을 길게 뽑아 윗목에 밀쳐둔 밥상을 쓸어보았다.

"아니오. 우리는 해가 떨어지기 전에 배부르게 저녁을 잘 먹었소. 저녁을 드시다 우리 땜시 상을 밀쳐둔 것 같은디, 괘념 마시고 어서들 드시지요."

사내가 식구들을 향해 머리를 조아리며 정중하게 말했다.

"아버지 어머니, 어서 드셔요."

웅보도 부모들을 향해 웃으며 말했다.

"흉년을 넘기시느라 어려움이 많으시겠습니다."

사내가 웅보 식구들을 조심스럽게 둘러보며 말했다.

"그래도 아직은 이르케 살아 있습니다요."

"우리덜도 댁네와 똑같은 처지외다. 살아남기 위해서 고향을 떠나 이 짓들을 허는 게지요."

"헌디, 근동 마을은 다 찾아가면서 우리 새끼내 마을엔 삐끔도 안 허니 모를 일이구만요."

"이 마을사람들 처지가 우리덜과 같다는 것을 알고 있기 땜시 그런 거라우."

"어뜨케……"

"다 아는 수가 있습지요. 어느 마을에 부자가 살고, 곡식은 얼매나 있고 하는 것을 죄 알지요."

"영산포는 왜 안 가시는 게요?"

웅보가 물었다.

"갈 겝니다."

"미리 곡식을 감춰버렸을 겁니다요."

"그랬겠지요. 허나 다 찾아내는 수가 있습죠."

"고향에는 언제 돌아가시려우?"

"날씨가 추워지면 가야지요. 겨울을 날 식량을 구터가지고 가서 농사를 지어야지요."

"농토는 있수?"

"배냇논이야 있지요. 날씨가 추워지면 다덜 고향으로 갈 겝니다. 우리덜을 날도둑으로 생각 마씨요. 할 수 없이 이짓을 하는 거외다. 흉년 도둑은 도둑이 아니라고 안합디까. 우리덜이 이러코롬 떼 지어 댕김서 메뚜기모양 닥치는 대로 살고는 있지만 행패를 부리거나 한 적은 없다우. 아직 살인이나 부녀자 겁탈이 하나도 없었수. 살인을 하면 여럿이 보는 앞에서 목을 자르기로 하고, 아녀자 겁탈을 한다 치면, 겁탈한 사람의 가족을 홀랑 벗겨갖구 조리돌림을 허기루 단단히 약조가 돼 있지요. 우리덜이 하는 일이란 단지 먹을 것을 도둑질하는 것뿐이외다. 우리덜 수가 워낙 많기 땜시 여태껏 어디서고 충돌은 한 번도 없었소. 수가 적으면 충돌이 생기고 부지하지를 못합니다. 수가 워낙 많은지라 관에서도 당해낼 재간이 없는 게지요. 백성들이 굶어 죽어가는 판에 관가에서도 진휼을 못할 바에야 무신 할 말이 있겠어요?"

사내는 자기네들의 입장을 설명하느라 긴 말을 하면서 얼핏얼핏 웅보네 가족들의 표정을 살폈다.

"이 마을에서도 흉년을 살아남기 위해서 잠시 외지로 나간 사람덜이 많구만요."

"그들도 우리덜 모양으로 떠돌아댕길 겝니다요. 그렇지 않고는 살아남을 재간이 없다우. 이 흉년에 누가 을매나 동냥을 주었어요. 흉년에는 인심까지 사나워져서 소맷동냥질로는 살아남기가 어려워요. 떼도둑 소리를 들어감시로라도 살아남아재 별수 있남요?"

"그래도 댁네덜을 무서워하는 걸 어쩌겠수?"

"부자놈덜이나 무서워하겠지요. 가난뱅이들이 우리덜을 겁낼 턱이 있나요? 우리는 인명을 해치지도 않거니와, 살림은 지푸락 하나도 손대지 않는다우. 비렁뱅이 꼬락서니지만 부자 놈덜 집에 가서 헝겊하나 가져오지 않아요. 우리는 다만 먹을 것만 찾어 먹는 거지요. 우리는 여태껏 우리가 사람이다 허는 생각을 해보지 않았어요. 사람이라는 생각을 한다 치면 어찌코롬 떼 지어 댕김시로 남의 집에 쳐들어가 음식을 찾어먹겠수?"

"사람이 아니라……."

웅보는 혼잣말처럼 중얼거렸다.

"이르케 떠돌아 댕기는 때는, 우리가 사람이 아니고 미물이다 하고 생각한다우. 들쥐 떼나 메뚜기 떼같이 먹을 것만 찾어서 몰려 댕기는 미물이라 이 말이외다. 그나저나 이 비가 그치면 추워질 건듸, 이제 고향에 돌아갈 채비를 해야 되겠구만요."

사내는 말을 하면서 잠시 슬프고 피곤한 얼굴을 해 보였다. 희끄무레한 기름심지불빛 사이로 사내의 얼굴에 검은 구름 한 조각이 흘러가는 것이 보였다.

"고향이 으디유?"

여태껏 잠자코 심드렁한 얼굴로 사내를 휘어보고 있던 웅보 아버지가 거칠게 물었다.

"고흥 과역입니다요."

사내가 고개를 떨군 채 힘없이 말했다.

"그쪽에도 흉년이 들었수?"

이번에는 웅보가 물었다.

"모 한 포기 꽂지를 못했수다."

"그 많은 사람덜이 죄다 고흥에서 올라왔단 말이우?"

웅보 아버지가 다시 물었다.

"워디가요. 고흥 사람은 얼마 되지 않습니다요. 보성, 장흥, 강진, 영암을 거쳐 오는 동안에 사람덜이 눈덩이모양 불어난 게지요. 첨엔 모두덜 소맷동냥질을 나섰다가 한 덩어리가 된 겝니다요."

"언제 고향으로 가실 거요?"

"영산포로 해서 남평을 거쳐 화순으로 내려갈 작정이외다."

"그러면 아직 멀었구만요."

"오던 길로 되돌아갈 수는 없는 일이지요. 메뚜기도 낯짝이 있는 듸, 어찌케 오던 길로 되돌아가겠남요?"

사내는 밤이 깊어지자 시무룩해져서는 자기네 가족들이 들어 있는 아랫방으로 들어갔다.

이튿날 아침 눈을 떠보니 하늘은 언제 비를 뿌렸느냐는 듯이 닦아 놓은 면경 알처럼 해맑았고, 그 맑은 하늘에서 아침의 첫 햇살이 윤기 있게 꽂혀 내리고 있었다.

웅보가 늦잠을 자고 일어나 마당으로 내려가 보았더니, 모두먹기 떼들이 한 사람도 눈에 띄지 않았다. 부엌에서 덤벙거리고 있는 쌀분이와 난초에게 물어보았으나, 그녀들도 아침에 일어나보니 집안이 조용하더라는 거였다. 허청과 술청을 기웃거려보고 아래채 방문을 열어보았으나 한 사람도 남아 있지 않았다.

웅보는 돈들막으로 내려가 보았다. 모두먹기 떼들이 보이지 않았다. 잠시 후에 그는 마을 모퉁이 숲정이와 개산 밑 영산강변 여기저기에 연기가 하늘로 꽂꽂하게 치솟는 모습을 발견했다. 필시 모두먹기 떼들이 아침밥을 짓고 있는 것이리라 생각했다. 날씨가 개자 약속이나 한 듯 들로 나와 다시 한 덩어리가 된 것이었다.

웅보가 돈들막에 서서, 바람이 불지 않아 연기가 기둥처럼 하늘로 뻗질러 올라가는 모습들을 보고 있는데 난초가 허위허위 뛰어내려왔다.

"부삭에 쌀차두허고 돼지고기가 그대로 있어라우. 어젯밤에 그 사람들이 놔두고 갔는갑는디 갖다 줘야지라우."

그러면서 난초는 웅보가 그것을 모두먹기 떼한테 갖다 주었으면 하고 말했다.

"그냥 두거라. 아마도 그 사람들이 부러 놔두고 갔을 것이다."

"일부러 우리 묵으라고 두고 갔다고요?"

난초는 그제야 얼굴을 펴며, 쌀밥에 고기를 먹을 생각에 부리나케 돈단을 뛰어올라갔다.

웅보는 돈들막에 서 있다가 몇몇 새끼내 마을사람들을 만났는데 그들도 저마다 간밤에 비를 피해 들어왔던 모두먹기 떼들이 고기와 쌀을 두고 갔다는 말들을 하였다.

아무튼 그날 아침 새끼내 사람들은 모두먹기 떼 덕분으로 몇 년 만에 고깃국과 쌀밥을 푸짐하게 먹을 수가 있었다.

그날 따갑지도 싸늘하지도 않은 가을 해가 머리 위에 달처럼 떠오르자 갑자기 징이 울리기 시작했다. 징이 울리자 개산 앞 강변이며 새끼내 숲정이, 부르뫼와 개태 마을 앞 귀목나무와, 실개천의 버드나무 밑에 흩어져 있던 모두먹기 떼들이 덩어리가 되어 움직이기 시작했다. 징소리는 계속 울렸으며 모두먹기 떼들이 영산포 쪽으로 쏠렸다.

쇠창을 든 젊은 사내들 수십 명이, 그리고 그 뒤에는 작대기를 든 남정네 수백 명이 선두대로 앞장을 서고, 작대기를 든 남정네 뒤에 이불이며 취사도구를 걸머진 남자들과 보퉁이를 인 아낙들이 줄을 이었으며 아이들과 노인네들이 꼬리를 물었다. 맨 뒤에도 쇠창과 작대기를 든 남정네들이 수십 명 따르고 있었다.

모두먹기 떼들이 새끼내 앞을 지날 때 새끼내 사람들이 모두 마을 앞 돈들막에 나와 구경을 하였다. 철없는 새끼내 아이들이 모두먹기 떼의 와중으로 섞여들기도 하였다.

모두먹기 떼는 여러 패로 나뉘어 영산포를 에워싸고 다가갔다. 새끼내 마을 앞에서 네 갈래로 갈라졌는데, 그 한 패는 멀리 우회하여 질목굽이로 향했고, 또 한 패는 세지(細枝) 쪽에서, 나머지는 마바리가 다니는 큰길과 강변 둑을 타고 죄어들었다.

그들이 영산포에 가까이 갔을 때 징소리와 함께 와아 와아 함성이 대낮의 해맑은 가을 하늘을 쮀흔들었다.

새끼내 사람들은 돈들막에 나와서 먼발치로 모두먹기 떼들이 홍수처럼 영산포 선창으로 휩쓸려 들어가는 모습을 지켜보고 있었다. 모두먹기 떼가 올 것을 알고 있는 선창 사람들이 미리 식량과 먹을 것들을 모두 감추어버린 뒤였으나, 모두먹기 떼들이 쇠창으로 어김없이 그것들을 모두모두 찾아낼 것이었다.

모두먹기 떼들은 영산포에서 사흘 밤 나흘 낮 동안 직신거리며 머물러 있었다. 영암 쪽에서 올라온 패와 장흥 쪽에서 올라온 패가 한데 엉켜, 선창이 바글거렸다. 그러나 그들은 사람은 다치게 하지 않았고 먹을 것만 찾아먹었다. 그들은 돈이 눈에 띄어도 결코 엽전 한 닢 가져가지 않았다.

6

모두먹기 떼들이 휩쓸고 지나간 땅에 눈이 푹신하게 내리고, 눈이 녹자 다시 봄이 찾아왔다.

봄이 되자 흉년이 들어 고향을 떠났던 새끼내 사람들은 곡우를 넘기지 않고 모두 돌아왔다.

그들은 고향에 돌아오자 오랫동안 헤어져 있었던 마을사람들을 만나 밤이 깊도록 객지에서 살아온 이야기로 성을 쌓았다.

어촌으로 가서 고기를 잡아먹고 살았다는 사람, 장마다 돌아다니며 장돌뱅이 신세로 떠돌음 했다는 사람도 있었으나 대처로 떠돌아다니며 소맷동냥질로 연명을 한 사람들이 대부분이었다. 돌아온 새끼내 사람들 중에는 함평을 거쳐 영광, 장성, 정읍 등지에서 모두먹기 떼를 따라다닌 축들도 있었다. 그들은 살아온 이야기를 하나도 숨기지 않고 버선코 까뒤집어 보이듯 자랑삼아 죄 까발렸다. 그들의 이야기에 배꼽을 쥐고 웃기도 하고 눈물을 질금질금 짜기도 하였다. 이름모를 병으로 아이를 날리고 슬픈 얼굴로 돌아온 사람도 있었다. 그들도 오랫동안 헤어져 있었던 고향 사람들을 만나자 살아온 이야기를 주고받으며 울다가 웃다가 하였다.

고향에 돌아온 사람들은 빈집을 말끔하게 치우고 농사준비를 서둘렀다. 내리 삼 년 흉년에 굶주리면서도 씨앗망태는 베고 죽는다는 푼수로 그들은 비렁뱅이 노릇을 하면서도 못자리할 씨나락을 마련해 돌아온 거였다.

목포로 갔던 염주근네도, 전주, 정읍, 남원까지 떠돌음 하였다는 덕칠이네, 대처로만 돌아다니며 소리가락을 뽑고 연명을 했다는 판쇠도 모두 돌아와 한자리에 모였다.

웅보는 무엇보다 염주근이와 판쇠가 다시 돌아온 것이 기뻤다. 그들이 새끼내를 떠날 때 다시는 못 만나게 될지도 모른다는 예감이 들었었기 때문이다.

"그래, 목포라는 데 살 만허든가?"

웅보가 염주근이한테 물었다. 그는 혹시 염주근이가 막음례를 만나지 않았을까 하는 기대도 가져보았다.

"살 만허긴— 한가한 어촌인데."

"다시 돌아와줘서 고맙네."

"이 사람아, 당연히 고향으로 와야재. 앞으로는 굶어죽는 한이 있어도 고향은 안 떠나겠네."

"참말인가?"

"허투루 허는 말이 아니네. 객지에서 고생을 허면서도, 돌아갈 고향이 있다고 생각을 헌게 저절로 힘이 생기드란 마시, 나헌티 새끼내 같은 고향이 없었다면 말이시, 나는 지쳐서 죽어버렸을란가 모를 일이여. 아매도 나뿐만 아니었을 거로구만. 살아서 돌아온 사람들 모두덜 마찬가지였을 거여. 돌아갈 고향이 있다는 것이 얼매나 큰 힘이 되어주었는지 몰라."

"그래서 고향이 있어야 헌다고 허잖던감."

"암턴, 고향에 돌아오니 맘이 탁 풀리네. 작것, 굽이굽이 흐르는 저 눔에 영산강이 보고 싶어서 혼났어. 저 눔에 영산강이 우리를 그렇게 못 살게 허지만 그래도 좋으니 원……."

"영산강 땜시 되돌아온 게로구만."

"그럴지도 모르겠어, 저 눔에 강과 웅보, 김치근이가 묻힌 개산땜시…… 그리고 김치근이를 쥑인 박 초시, 세곡선을 불태운 죄를 애잔

한 새끼내 사람덜한테 뒤집어씌운 자네 상전 양 진사 땜시 다시 돌아
온 건지두 모르재.”

“건 또 무슨 소리여?”

“건 그렇고, 웅보 자네 강 건너 회진 치근이네 집에 한 번이라도 가
본거?”

“미안허네. 어디 그럴 정신이 있었어야재.”

“에끼! 엎지면 코앞인듸 흉년을 어찌 넹겼는지 좀 들여다보재, 원!
개산에 묻힌 치근이가 얼매나 원망을 허겄는가.”

“낼이라도 우리 한 번 가보세.”

“만신님 노릇을 허니 굶어죽기야 했겄는가만, 그래도 소식은 알고
살아야재. 그것이 사람의 도리가 아닌가.”

“내 불찰이여.”

다음날 당장에 강 건너 치근이네 가족들을 만나보러 가자고 약조
를 한 웅보와 염주근이는 농사준비로 차일피일 미루고 말았다.

고향에 돌아온 새끼내 사람들은 농사를 서둘렀다. 그해엔 그런대
로 날씨가 무던하여 좀 늦긴 했지만 하지 무렵에 모를 다 내어 평년작
을 거두었다.

겨우 풋바심이나 할 때에 서울에서 조세 독촉관 전성창이 다시 내
려왔다. 지난해에 영산포에 와서 조세 대납을 해주기로 하였고, 그로
부터 관아의 독촉이 사그라진 터라, 모두 전성창의 큰 은혜로 생각하
여 마음속으로 고마움을 금치 못하고 있던 차에 그가 내려오자 영산
포 근동 사람들은 그를 칙사 맞아들이듯 하였다.

전성창이 선편으로 영산포에 당도하던 날, 새끼내 사람들도 지난해의 고마움을 잊지 않고 선창에 나가 그를 환영하였다. 새끼내 사람들은 햅쌀로 떡을 빚어 전성창을 대접했다.

　　전성창은 근동의 향임(鄕任), 풍헌(風憲), 약정(約正), 이정(里正) 등 유지들을 모이게 하였다. 딸린 관속인 듯도 싶고 하인이나 서기인 듯싶기도 한 건장한 두 사내를 대동하고 온 그는 유지들에게 거년 조세는 나라 형편이 딱하여 연기나 탕감이 안 되었기에 자기가 대납을 했노라고 하면서 대납한 세미를 받으러 왔다고 말했다.

　　전성창의 말에 모두들 여부가 있겠느냐는 얼굴들이었다. 영산포 근동 사람들은 전성창의 말이 떨어지기가 바쁘게 벼를 거두어 그가 대납했던 세미를 마련하였다.

　　전성창은 지난해에 그가 묵었던 선창 객줏집에 머물러 있으면서 봉구네 미곡전을 지정하여 세미를 받아들였다. 그를 따라온 장정 두 사람이 온종일 봉구네 미곡전에 붙어 있으면서 대납해준 조세의 장부를 확인하고 가져온 곡식을 받았다.

　　그 무렵 손칠만이는 봉구네 미곡전에서 일을 보고 있었다. 지난해 비렁뱅이 떼들한테 맞아 골병이 든 그는 주막에서 나와 반년 가까이 새끼내 집에서 쉬다가 그의 형 손팔만이의 주선으로 달포 전부터 미곡전 일을 거들어주고 있었다.

　　대풍은 아니었지만 평년작은 웃돌았는지라 그해 가을 선창에는 여느 해보다 많은 곡식가마니들이 쌓였다.

　　선창거리에 볏섬가리가 여기저기 쌓여 있었다. 웬만한 집채덩이만한 볏섬가리에는 나래장을 엮어 두르고 다시 두껍게 이엉을 하여 어지간한 비에는 물 한 방울 스며들지 않았다.

전성창이 받아들인 곡식들만 해도 여러 가리가 되었다. 쌀은 봉구네 미곡 창고에 넣어두고 벼는 가리로 쌓았다.

손칠만이는 낮이나 밤이나 선창에서 전성창의 볏섬가리들을 지켰다.

강 한가운데에는 황포 돛을 내린 큰 화륜선 두 척이 떠 있었다. 영산포에서 곡식을 실어가기 위해 일본에서 온 일신환(日新丸)이었다.

나룻목 쪽 언덕바지에서는 인부들이 둔덕을 까뭉개고 창고를 짓고 있었다. 이 창고 역시 일본사람들의 것이었다. 곡창인 전라도 지방의 곡식을 싼값으로 사들여 창고에 가득가득 넣어두었다가 일본으로 실어가려는 것이었다.

게다짝을 짜글짜글 끌며 일본사람 하나가 볏섬가리 쪽으로 다가왔다. 홑두루마기 같은 얼룩덜룩한 옷을 걸치고 손칠만이 쪽으로 오고 있다. 일본사람 뒤에는 조세 감독관 전성창과 미곡전 주인 박봉구, 통역하는 사람, 이렇게 셋이 바짝 따랐다.

"이 노적가리 비가 들치지 않겠느냐고 물으십니다."

통역하는 남자가 일본사람의 말을 받아 봉구에게 물었다.

"오까모도상한테 염려 마시라고 하십시오."

통역인의 말에 오까모도는 발로 노적가리를 툭툭 차보기도 하고 작대기를 집어 쿡쿡 쑤셔보기도 하였다.

오까모도는 볏섬가리들을 모두 둘러보고 나서 "지금 쌓여 있는 것이 얼마나 되고 앞으로 더 나올 것이 얼마요?" 하고 통역을 통해 물었다.

"노적가리로 오천오백 석이 쌓여 있고 앞으로 일만 삼천 석이 더 나옵니다."

전성창의 대답이었다. 그는 거년에 대납해주었다는 조세로 벼 일만 칠천이백 석을 거두어들인 것이다.

전성창의 말에 오까모도는 만족한 얼굴로 연신 고개를 커다랗게 끄덕였다. 그는 전성창이 거둔 곡식을 모두 사들이기로 한 거였다.

노적가리들을 둘러본 오까모도는 나루턱 언덕바지 창고를 짓고 있는 공사장 쪽으로 향했다. 그가 몇 발짝 발을 떼어 옮겼을 때 오까모도는 질푸덕 개똥을 밟았다. 오까모도는 오만상을 찡그리며 마구 욕을 퍼부어댔다. 그를 따라가던 전성창, 박봉구, 통역인 모두 함께 개똥 밟은 얼굴로 송구스러워하였다.

"이눔에 자석아, 노적가리 주위를 깨끔하게 치우라고 했더니 뭣했어!"

박봉구가 쥐어박듯 소리를 내지르며 손칠만이의 귀싸대기를 후려쳤다. 엉겁결에 뺨을 맞은 손칠만이가 놀란 오소리 눈을 하며 얼떨떨해하였다.

"이런 개똥 같은 자식!"

봉구가 두 번째 뺨을 후려치려고 하자 칠만이가 재빨리 몸을 피했다. 그 바람에 제 힘에 쏠린 봉구의 몸이 우쭐 앞으로 꺾이더니 그대로 힘없이 꼬꾸라지고 말았다. 그것을 본 오까모도가 개똥 묻은 게다짝의 오른발을 들고 앙감질로 뛰면서 깔깔대고 웃었다. 전성창과 통역관도 어깻죽지를 들먹이며 웃었다.

웃음거리가 된 박봉구가 더욱 화가 나서 칠만이에게로 달려들었다. 이번에도 칠만이는 잽싸게 몸을 피한 뒤에 저고리를 벗어 오까모도의 개똥 묻은 게다짝을 쓱쓱 문질러 닦았다. 봉구는 칠만이의 이 모습을 보자 주춤 멈추어 섰다.

칠만이는 오까모도의 게다짝을 말끔히 닦아낸 다음, 저고리를 뚤뚤 말아 쥐고 히죽거리며 오까모도와 봉구를 번갈아 보았다.

"이 청년 누구네 고용인입니까?"

오까모도가 통역에게 물었다.

"네, 오까모도상, 우리 미곡전에서 잔심부름을 하는 놈입니다."

박봉구의 말에 오까모도는 알 수 없는 묘한 웃음을 떠올렸다.

"이 청년 나 주시오."

오까모도가 말했다.

"이런 바보 같은 놈을 어디에 쓸려고 그러시오."

"새로 짓는 창고의 창고지기를 맡길 생각이오. 이 청년 충성심이 아주 대단하오."

이렇게 하여 칠만이는 예기치도 않게 오까모도의 곡식창고 창고지기가 되었다.

전성창이 대납했다는 조세를 거의 받아들였을 무렵 영산포 근동 마을마다 방문이 나붙었다. 독촉관 전성창이 박 초시의 하인들을 데리고 다니며 붙인 것이었다. 요즈막 어찌된 것인지 전성창은 선창 객줏집에서 박 초시의 집으로 거처를 옮겼다. 어떤 연유로 전성창과 박 초시 사이가 가깝게 되었는지는 알 수 없는 일이었다.

웅보가 점심상을 물리고 그의 딸 오동네가 졸라 콩 주워 먹기 놀이를 하고 있는데 염주근이가 허위단심 뛰어 들어오며 숨넘어가는 소리로 웅보를 불러댔다.

"웅보, 이런 날벼락이 어디 있당가. 세상에 이런 일도 있는가?"

염주근의 손에는 꾸깃꾸깃해진 종이가 들려 있었다. 돈들막 뒷간의 벽에 붙은 방문을 뜯어온 것이었다.

"무슨 일인듸 그러는가?"

"글쎄, 이것 좀 보소!"

염주근은 손에 쥐고 있던 방문을 웅보 앞에 던졌다.

"이것이 뭔가?"

웅보는 염주근이가 던진 창호지를 들어 펴보다 말고 얼굴에 가벼운 경련을 일으켰다.

"이 방문이 어디에 붙어 있던가?"

웅보가 잠긴 목소리로 물었다.

"마을마다 붙어 있다는구먼. 독촉관이 박 초시 하인들을 시켜 붙인 거라여!"

"독촉관 나리가?"

순간 웅보의 얼굴빛이 여러 가지로 변했다. 손도 떨렸다. 그는 큰 소리로 방문을 읽어내려 갔다.

동리 사람들에게 널리 고지(告知) 하는 바는 거년 흉년에 이동(里洞)에 남아서 조세고지서를 받은 자에 한해서는 본인이 호조에 대납을 하였기로 추심(推尋)이 끝났으나 유리표박(流離漂泊)하는 자의 조세는 호조에서 토지를 방기(放棄)한 것으로 보고받고 본인이 매입하였으니 차후로는 본인의 소유가 되였기로 매년 소작료를 바칠 것이로되 만일 이에 응하지 않을 시는 법대로 조처하겠기에 널리 고지하는 바이라……

이 같은 방문에는 전성창 이름이 명기되어 있었고, 지난해 고향을 등지고 타관에서 입벌이를 하느라고 조세를 내지 못했던 사람들의 성명과 전답의 필지가 모두 적혀 있었다.

"이 무슨 날벼락인가?"

염주근은 쿠르르 숨을 몰아쉬며 주먹을 흔들었다.

"이럴 리가 없어! 뭔가 잘못된 게어!"

웅보는 방문을 다시 읽었다. 두 번 세 번 읽었으나 읽을 때마다 방문의 글자들이 뱀처럼 살아서 꿈틀거렸다. 뱀의 눈이 전성창의 얼굴로 변하기도 하였다.

"어느 눔이 우리 전답을 가로챈단 말인가? 거년 조세야 모 한 포기 못 심어 폐농을 했으니 나라에서 마땅히 탕감을 하거나 연기를 해주었을 것이 아닌가?"

"일 년 치 조세를 안 냈다고 전답을 나라에서 맘대루 몰수해서 팔아 묵을 수가 있단 말인가?"

"그 돼먹지 않은 방문을 보고 시방 마을사람들이 길길이 뛰며 난리네."

"이것은 분명코 뭔가 잘못된 일일세."

"허지만 방에 써 있지 않은가. 전성창이란 눔이 호조에서 조세가 체납된 전답을 샀다고 말여."

"알아봐야재. 사실을 알아봐야 해."

"그것을 말이라고 허나!"

"독촉관을 만나보세!"

"방문에는 당장 올해 소작료를 이달 그믐 안으로, 선창 봉구네 미곡전이나 박 초시네 집으로 가져다 내라고 써 있담서?"

염주근이가 울부짖는 목소리로 물었다.

"그렇구먼."

"이런 염병을 헐 세상, 피땀 흘려 장만한 내 땅이 어째서 소맷동냥질을 허고 돌아왔다고 해서 독촉관 눔 것이 된단 말이여!"

염주근은 전성창을 만나기만 하면 당장 멱살을 휘어잡고 메어쳐 허리를 못 쓰게 할 것 같은 얼굴로 웅보를 앞세우고 집을 나섰다. 그들은 박 초시네 집으로 전성창을 만나러 가는 길이었다.

마을 앞에 많은 사람들이 모여 웅성거리다가 웅보와 염주근이가 박 초시 집으로 전성창을 만나 따지러 간다는 말에 자기네들도 따라가겠다고 나섰다. 그들은 염주근이보다 더 흥분들을 하고 있었다. 얼추 헤아려도 스무 남은 명이나 되는 새끼내 사람들이 박 초시네 집으로 몰려갔다.

"박 초시가 농간을 부린 게로구먼."

"지난번 모두먹기 떼헌티 당헌 일을 우리헌티 애풀이를 허는 겨."

새끼내 사람들이 박 초시네 집으로 몰려갔을 때, 박 초시네 집 대문밖에는 근동에서 방문을 보고 전성창을 만나러 온 사람들로 벅신거렸다. 그들은 제정신이 아니었다. 그러나 박 초시의 집에는 전성창도 박 초시도 없었다. 나주 관아에 갔다고 하였다.

"관아로 가서 따집시다."

염주근이가 큰 소리로 말하자 전성창을 만나러 몰려온 사람들이 모두 그렇게 하자고 하였다.

"사또를 만나 따집시다."

누구인가 소리쳤다.

"나주로 갑시다."

염주근이가 소리치며 앞장을 서자 모두들 그를 따라 몸을 돌렸다. 그들은 발길을 돌려 새끼내 앞을 지나 영산포 나루턱으로 갔다. 처음 박 초시네 집 대문밖에 모인 수는 서른 명 남짓밖에 안 되었었는데, 나루턱에 이르렀을 때는 근동 여러 마을에서 방문을 보고 흥분하여 관아로 찾아가는 사람들이 얼추 백여 명이나 되었다.

그들은 여러 패로 나뉘어 나룻배를 타고 강을 건넜다.

나주 성내로 들어가 관아로 몰려가려고 하자 나졸들이 막아섰다. 그러나 농사꾼들의 기세가 워낙 드세어 나졸들도 함부로 그들을 막지 못하였다.

그 무렵 독촉관 전성창은 함께 간 박 초시와 함께, 부사 김성기의 초청을 받아 동헌 별당에서 술상을 벌이고 있었다. 딩당동 딩당동동 가야금 산조가락이 윤기 나는 가을햇살과 함께, 별당 뜨락에 가득 괴어 넘쳤다.

"자, 드시지요. 소관이 진작에 어르신을 초대했어야 했는데 이리 늦어 면구스러울 뿐입니다."

김성기는 독촉관 전성창한테 깍듯이 공대를 하였다.

"이것들아, 어서 한양 어르신네 잔을 채우지 않고 무엇들 하는 게냐!"

김성기가 전성창의 옆에 나비처럼 사뿐히 앉아 있는 관기를 보며 밉지 않게 나무람 하였다. 그는 독촉관 전성창이 상감의 총애를 받고 있는 경선궁의 엄 상궁과 가까운 사이라는 것을 알고 부랴부랴 술좌석을 마련한 것이었다.

"사또—"

전성창이 술잔을 든 채 김성기를 보았다.

"말씀을 하시지요."

"내 거년에도 이곳에 왔었소만, 백성들의 원성이 대단합디다. 상감께서는 그저 백성들 걱정으로 노심초사 성려를 아끼지 않으신 터에, 지방 수령들이 원성을 사고 있으니, 이는 상감께 크나큰 불충이라 아니할 수 없소."

전성창이 은근히 김성기를 나무람 하였다.

"소관이 불민한 탓이옵니다."

"독촉관 나리, 사또께오서는 오직 적선으로 백성들을 돌보고 계시옵니다요."

옆에 있던 이방이 곁방아질을 하며 김성기를 두둔하였다.

"허허! 내가 지금 사또를 두고 하는 말이 아니오. 거년에 이곳을 다녀갔을 때도 사또께서는 드문 목민관으로 백성들의 칭송이 대단하더라고 진언을 했었다오."

전성창의 말에 김성기의 얼굴이 밝아졌다.

"그저 소관은 어르신만 믿겠소."

"아닙니다. 오히려 내가 부탁을 드릴 것이 많소."

"부탁 말씀이라니오?"

"우선 사또께, 이 박 초시를 잘 좀 부탁하겠소. 나와는 각별한 사이지요."

전성창의 말에 박 초시가 김성기를 향해 고개를 숙여 보였다.

"잘 알아 모시겠소. 소관이 부임하던 날 한 번 상면한 적이 있지만 그간 너무 적조했소이다."

김성기는 박 초시에게까지 깍듯하게 대했다.

"그리고 또 한 가지는……."

전성창은 말꼬리를 맺지 못하고 김성기의 얼굴만 바라보았다.

"괘념치 마시고 말씀을 하시지요."

"그러지요. 거년에 내가 강 건너에 전답을 좀 장만했소이다. 이건 내 땅이라기보다는 경선궁에서 임시방편으로 내 앞으로 해둔 것이지만……."

"그러셨든가요, 사두신 전답이 얼마나 되시는지요."

"대략 천사오백 두락이 될 겝니다. 그것은 백성들한테서 직접 매입을 한 것이 아니고 호조에서 조세 체납으로 경매 처분을 한 것을 경선궁에서 미리 손을 쓴 것이지요."

김성기는 경선궁에서 사들인 전답이 생각보다 엄청난 데 적이 놀랐다. 더욱이 그것이 전답의 주인으로부터 정당하게 산 것이 아니라, 일 년분의 조세를 체납하였다 하여 나라에서 몰수한 것을 매입한 것에 더욱 놀랐다. 허나 경선궁에서 하는 일에 털끝만큼도 불만을 말할 수는 없는 노릇이었다.

"사또, 왜 그러시오?"

"아, 아닙니다. 잘하셨습니다. 이 고을에 토지가 있으니 자주 오셔야겠습니다 그려."

"어디 그것이 내 땅인가요?"

"하긴 그렇군요."

"경선궁의 궁토가 되는 거지요. 그러니 사또께서는 앞으로 소작료를 거두는 데 협조를 해주셔야겠소. 그 대신 사또 서운하게는 하지 않겠소이다. 소작료를 잘 받아내도록 해주시면 매년 일백 석씩 사또께 주겠소."

"어허, 일백 석씩이나요?"

"그리고 사또께서 이 고을에 계시고 싶을 때까지 계시도록 해드리지요."

"그러고 보니 오늘 소관이 큰 은인을 만나게 된 셈입니다그려."

"자, 술이나 드십시다."

이들이 별당에서 흐드러지게 행주를 하고 있을 때 통인이 다급하게 뛰어들었다.

"사또, 사또오ㅡ"

통인의 목소리가 자지러지듯 하였다.

"무슨 일로 그리 오두방정이냐."

전성창과 기분 좋게 한창 술타령을 벌이고 있던 김성기가 계하의 통인을 내려다보며 꾸짖었다.

"사또, 큰일 났습니다요."

"이놈이 왜 이러는고."

사또는 불쾌해진 얼굴을 찡그리며 버럭 소리를 내질렀다.

"몰려왔습니다요."

"이놈아, 몰려오긴 뭣이 몰려왔다는 말이냐?"

옆에 있던 이방이 꾸짖었다.

"강 건너 농투성이들이 떼 지어 몰려왔습니다요."

"농투성이들이 무엇 때문에 떼 지어 몰려왔다는 게냐?"

이때 동헌 쪽에서 웅성거리는 소리와 알아들을 수 없는 고함이 터지곤 하였다.

"저 소리가 무슨 소리인고?"

김성기가 이번에는 이방을 향해 물었다.

"몰려온 농투성이들 소리입니다요."

계하의 통인이 떨리는 목소리로 대답했다.

"그놈들이 감히 여기가 어디라고 몰려와서 방성이냐?"

"워낙이 수가 많아서 손을 쓰지 못했습니다요."

그 사이에 장교 한 사람이 계하에 허리를 꺾은 통인 옆으로 다급하게 뛰어 들어오며 경위를 말했다.

"이런 병신 같은 놈들! 그래 무엇 때문에 몰려왔다더냐?"

"실은…… 실은 독촉관 나리를 만나서 담판을 짓겠다고 합니다요."

"독촉관 어른을?"

김성기는 짐짓 사건의 실마리를 헤아리고 있으면서 놀라는 얼굴로 전성창을 보았다.

"그놈들이 기어코 가만히들 있지를 않는구만."

전성창은 난처한 얼굴이었다. 그는 약간 당황해하였다.

"소작인이 된 것을 못마땅하게 생각하는 것이겠지요."

"그렇다면 밖에 몰려온 놈들이란, 경선궁 엄 상궁께서 사들였다는 농토 때문에?"

김성기는 전성창의 얼굴에서 잠시도 시선을 떼지 않고 당황해하는 그의 표정을 주욱 읽고 있었다.

"그런 것 같소, 제놈들 전답이 궁토가 된 것이 못마땅해서……."

"이런 무례한 놈들을 봤나. 내 이놈들을 당장……."

김성기가 술잔을 상 위에 놓고 벌떡 일어섰다.

"내 이놈들을 당장 내쫓고 오겠소. 말을 안 듣는 놈이 있으면 모조리 하옥을 시키겠소."

"이거 면구스럽소이다."

"걱정할 것 없소이다."

김성기는 이방과 장교를 앞세우고 동헌 쪽으로 향했다. 그는 기분이 좋은 김에 과음을 한 탓으로 두 다리가 자꾸 꼬여드는 것 같았다.

동헌 앞뜰에는 상곡, 지죽, 욱곡 등 세 면에서 억울하게 농토를 빼앗기게 됨을 알고 몰려온 농사꾼들이 가득 들어서 있다가 김성기가 나타나자 웅성거리는 소리를 멈췄다.

"무엇 때문에 이런 소란이냐!"

동헌 마루 끝에 선 사또는 위엄을 갖추고 계하를 내려다보며 꾸짖 듯 입을 열었다.

"사또나리, 어찌하여 저희들 전답이 궁토가 되었습니까요."

"우리는 독촉관을 만나서 담판을 하러 왔습니다요."

"거년 흉년에 굶어죽지 않으려고 유리걸식하고 돌아와 뼈 빠지게 농사를 지었는디, 왜 우리 땅을 몰수해갑니까요."

동헌에 몰려온 농사꾼들이 여기저기서 억울함을 하소연하였는데 그 목소리에 분노와 슬픔이 뒤엉켜 있었다.

"이 많은 수가 난리를 일으킬 듯 관아로 몰려온 것은 국법을 능멸 하고 본관을 무시한 처사가 아니고 무엇인고."

사또가 쩌렁쩌렁 목소리를 높였다.

"아니옵니다. 쇤네들은 단지 사또어른께 억울함을 하소연하러 온 것뿐이옵니다."

웅보가 앞으로 나서며 큰 소리로 말했다.

"독촉관을 만나게 해주십시오."

웅보 뒤에 서 있던 염주근이도 울부짖듯 소리쳤다.

"시끄럽다."

사또는 무섭게 짓부릅뜬 눈으로 농사꾼들을 쓸어보았다.

"내 너희들 뜻은 대강 알겠다. 그렇다고 이렇게 함부로 관아로 몰려 온다고 해서 일이 풀리는 것은 아니다. 그러니 다들 돌아가고, 각 이동의 대표들만 남아서 본관에게 전후 사정을 소상히 아뢰도록 해라.”

김성기의 말에 이방이 뜰 아래로 내려가 사또가 한 말을 그대로 다시 전하고, 각 마을의 대표 되는 사람들만 남기고 나머지는 집으로 돌아가라고 설득을 하였다. 그러자 몰려온 농사꾼들은 각기 마을의 대표를 뽑아 남게 하고, 나머지는 동헌 밖 큰길의 팽나무 밑에서 기다리기로 하였다. 대표만 남고 모두들 동헌에서 물러났는데 남은 대표만 해도 쉰 명이 넘었다.

새끼내 대표로는 염주근이가 남았다. 모두들 웅보가 남아야 한다고들 했으나 따지고 보면 그의 전답은 그대로 살아 있었으므로 웅보가 한사코 염주근을 남게 한 것이었다.

“대표가 이리 많으냐?”

사또가 여전히 짓부릅뜬 눈으로 쉰 명쯤 되는 마을의 대표들을 쓸어보며 내질렀다.

“상곡, 지죽, 욱곡 삼 개 면의 마을 대표들이 다 남았습니다요.”

대표들 중에서 누구인가 죄지은 사람처럼 허리를 굽적거리며 말했다.

“너무 수가 많다. 이 많은 사람들을 상대로 무슨 말을 들을 수가 있겠느냐.”

사또 김성기는 짜증이 나기도 하고 한편으로는 독촉관 전성창이 너무했다는 생각이 들기도 하였다. 욱곡, 상곡, 지죽 삼 개 면의 반이 넘는 농토를 순전히 거저먹기로 궁토로 만들어버리다니 장차 이 일이 순조롭게 매조짐이 될 것 같지가 않을 듯싶었다. 김성기가 알기로,

농사꾼한테 전답은 삶의 근본인데, 일 년치 조세를 내지 못했다고 하여 억울하게 땅을 몰수해버린다는 것은 아무래도 지나친 일이 아닐 수가 없었다. 삶의 근본을 빼앗긴 농사꾼들이 죽기를 무릅쓰고 나설 터인데 장차 이 큰일을 어떻게 수습해야 좋을지 모를 일이었다.

아무리 세도가에 빌붙어 벼슬살이를 해오고 있지만 사리를 분별할 줄 아는 김성기는 실로 난감해졌다. 그렇다고 경선궁의 처사를 무시할 수도 없는 일이 아닌가. 만일 전성창의 요구를 들어주지 않았다가는 그의 벼슬이 하루아침에 나뭇잎 떨어지듯 할 것이라는 것을 잘 알고 있지 않는가. 전성창은 이런 일이 있을 줄 알고 그 수습을 부탁하지 않았는가.

"대표 열 사람만 남고 다들 물러가도록 하라"

궁리 끝에 김성기가 말했다. 이방이 다시 뜰 아래로 내려가 사또의 그 같은 뜻을 전하자, 대표들은 한 마을에 한 사람씩 남았는데, 어찌 또 줄일 수 있겠느냐면서 가볍게 불만을 토했다.

"뭣들 하는 게냐. 열 사람만 남으래도!"

짜증이 섞인 사또의 추상같은 분부가 동헌을 찌렁찌렁 울렸다.

사또의 분부대로 그들은 스스로 대표가 되어 남겠다고 자청한 열 사람만 두고 동헌에서 물러섰다. 염주근이도 대표가 되기를 원해 남게 되었다.

사또는 한동안 말없이 앉아 있기만 하였다. 동헌 뜰에 엎드린 열 사람의 대표들은 사또가 먼저 그들에게 진상을 물어오기를 기다렸다. 그런데 사또는 그들에게 진상을 묻기는커녕 청천벽력을 내렸다.

"이놈들을 모조리 하옥시켜라. 이놈들은 관아로 함부로 몰려와 소란을 피운 놈들이니 큰 벌을 내리리라."

김성기는 벌떡 일어서서 형방을 향해 호령을 하였다.

"그리고 한 놈도 동헌에 접근하지 못하게 단단히 지키도록 하라."

김성기는 그 말만을 남기고 전성창이 박 초시와 함께 술상을 마주하고 있는 별당으로 들어가 버렸다.

마지막까지 남게 된 열 사람의 대표들은 발버둥을 치며 방성통곡을 하였으나 사또의 명령대로 개 끌리듯 옥에 갇히고 말았다.

동헌 밖 큰길의 팽나무 밑에서 대표들이 사또를 만나고 나오기만을 기다리고 있던 농투성이들은, 해가 설핏해지도록 소식이 없자 콩볶는 마음이 되었다. 대표로 남은 열 사람이 하옥되었다는 소식을 들은 것은 어둑어둑 하늘이 내려앉기 시작할 무렵이었다. 그들은 처음에 그 말을 믿지 않았다. 그것이 사실이냐고 몇 번이고 되묻자 나졸들 여남은 명과 함께 그들을 집으로 돌려보내기 위해 팽나무 밑에 나온 장교는 똑같은 말로 말했다.

"대표 열 사람은 관아에서 소란을 피운 죄로 하옥되었소. 그러니 여러분들은 냉큼 집으로 돌아가시오. 돌아가지 않으면 모두 하옥시켜 벌을 주라는 사또의 분부가 내렸소."

장교는 농투성이들을 경계하는 눈빛으로 굽어보며 멀찌막이 떨어져서 큰 소리로 말했다.

"대표들을 하옥시키다니, 대명천지에 이런 법이 어디 있소."

"이대로는 돌아갈 수 없소."

"우리덜 모두 하옥되는 한이 있어도 돌아가지는 않겠소."

"이러고만 있을 것이 아니라, 사또를 만나러 들어갑시다."

팽나무 밑에 모여 있던 농투성이들이 우르르 동헌 쪽을 향해 움직였다. 그러자 그들을 돌려보내려고 나왔던 장교와 나졸들이 뒤로 밀렸다. 동헌 앞에 이르자 수십 명의 관노사령들이 창을 들이대며 그들을 막아섰다. 하는 수 없이 농투성이들은 뒤로 물러섰다.

날이 어두워졌다. 농투성이들은 동헌 밖에 불을 피우고 버티었다. 창을 곧추세운 관노사령들과 십여 보 간격으로 팽팽하게 대치하고 있었다. 농투성이들은 날이 어두워져도 한 사람도 집에 돌아가지 않았다. 되레 수가 불었다. 얼추 헤아려도 이백 명이 넘을 듯싶었다.

농투성이들이 동헌 밖에서 불을 피우고 버티고 있자 별당에서 술을 마시던 전성창과 박 초시는 꼼짝을 하지 못했다.

일이 여기에 이르자 김성기도 난처해졌다. 처음에 그는 대표들을 하옥시키면 나머지는 겁에 질려 돌아갈 것으로만 알았다. 그러나 돌아가기는커녕 이백 명이 넘는 수가 동헌 밖에 불을 피우고 몰려 있으면서 하시라도 틈이 생기면 관아로 밀려들 기세로 버티고 있으니 겁이 나기도 하였다. 그렇다고 그 많은 수를 모두 하옥시킬 수도 없는 일이었다.

밤이 늦어서야 김성기는 하옥시킨 대표 열 사람을 끌어내게 하였다.

"관아에 몰려와 소란을 피운 것은 역적에 버금가는 큰 죄라는 것을 모르느냐. 내 네놈들의 죄상을 생각하면 당장 물고를 낼 것이되, 무식한 놈들이 앞뒤 가리지 않고 행동한 처사로 그냥 뇌줄 터이니 그

대신 밖에 몰려와 있는 사람들을 데리고 돌아가겠느냐."

사또 김성기는 한풀 꺾여 있었다.

"그렇게는 못하옵니다. 저희들은 억울하게 땅을 뺏긴 사람들이옵니다. 독촉관을 만나 해결을 보기 전에는 물러나지 않을 것이옵니다."

염주근이 빳빳하게 고개를 쳐들어 어둠속으로 사또를 올려다보며 입을 열었다.

"사또께서 억울한 우리 일에 개탕을 쳐주셔야 하옵니다요."

염주근이의 말에 이어 누구인가 하소연을 하였다.

"아니 이놈들이, 제놈들 죄지은 것은 제쳐두고 딴소리를 하는구나. 여봐라, 이놈들이 정신을 차리게 곤장을 매우 쳐라."

사또가 발끈하여 호령을 하자 관노사령들이 형틀을 내오고 염주근이와 또 한 사람의 사지를 각각 묶었다.

"어쩔 테냐. 곤장을 맞을 테냐, 아니면 밖에 있는 사람들을 데리고 집으로 돌아갈 테냐."

사또 김성기가 물었다. 형틀에 묶이지 않은 나머지 여덟 사람은 아무 소리도 없이 엎으려 있었다.

"냉큼 아뢰지 못하고 무엇 하는 게냐?"

이번엔 형방이 버럭 소리를 내질렀다.

"차라리 곤장을 맞겠습니다요."

염주근의 말에 사또는 벌떡 일어서서 형틀에 묶인 두 사람을 무섭게 내려다보았다.

"네놈도 그러하느냐!"

사또가 손으로 형틀에 묶인 다른 한 사람을 가리키며 벼락 치는 듯한 목소리로 물었다.

"저들은 쇤네의 말을 듣지 않을 것이옵니다요."

"이런 고얀 놈들! 여봐라, 이놈들을 매우 쳐라!"

사또의 호령이 떨어지자 곤장이 내리쳐졌다. 그들이 각각 열 대씩의 곤장을 맞자, 사또가 매를 멈추게 하더니 "어쩔 테냐. 곤장을 더 맞을 테냐, 마을사람들을 끌고 돌아갈 테냐" 하고 약간 누그러진 목소리로 달래듯 말했다.

"사또나리, 우리 같은 무지렁이들을 높으신 사또께서 돌봐주시지 않으시면 누구를 믿고 사옵니까요. 사또나리. 수령의 직책은 이리를 내쫓고 양을 기르는 데 있다고 들었습니다. 사또께 억울하고 분함을 토로하려고 온 백성들을 어찌 그냥 쫓아보내시려고만 하시옵니까. 백성들로 하여금 관아를 제 부모의 집 드나들듯 하게 한다면 그이야말로 일등 가는 목민관일 것입니다요. 바라옵건대 저들을 그냥 내쫓지만 말고 차근차근 사실을 살펴봐주십시오. 자고로 토지 소송은 백성의 죽고 사는 문제이니 공정하게 처리하여 주시옵소서. 맹자께서는 목민관이 백성을 함부로 학대하면 저도 죽고 나라도 멸망할 것이요, 설령 그만 못하다 하더라도 제 자신이 위태롭게 되고 나라는 깎일 것이라고 했사옵니다요. 사또나리, 바라옵건대 저들의 죽고 사는 일이오니 제발 청을 물리치지 말아주시옵소서."

염주근은 또렷또렷 목메는 목소리로 이치에 맞는 말을 하였다. 사또 김성기가 듣기에도 모두 옳은 말이었다. 그러나 사또는 형틀에 묶인 무지렁이가 기세 좋게 옳은 말만 골라 하는 것에 은근히 화가 치밀었다. 그는 무식하고 못난 놈들이 옳은 말을 지껄이는 것을 싫어했다.

"저런 무지렁이 농투성이가 감히 내게 교화를 하는 게냐. 여봐라, 저놈이 아직 정신을 못 차렸구나. 매우 쳐라!"

사또의 호령이 떨어지자 염주근이는 이를 옹등물었다. 그는 열대의 곤장을 더 맞고도 고개를 빳빳하게 세우고 동헌 마루에 앉아있는 사또를 똑바로 올려다보았다.

"그래도 더 고집을 부릴 테냐?"

사또가 염주근을 내려다보며 나직하게 물었다.

"쇤네들한테는 목숨보다 더 귀한 전답이옵니다요. 농토를 잃으면 쇤네들은 죽은 목숨이나 진배없습니다요. 저들을 불쌍히 굽어 살피시어 억울함을 풀어주시옵소서. 만일 농토를 억울하게 빼앗기면 저들은 죽을 각오가 되어 있습니다요."

염주근의 말에 사또는 아찔한 생각이 들었다. 그들을 선불리 다루었다가는 낭패를 자초할 것만 같았다.

"내 너희들의 사정을 잘 알았으니 오늘은 모두 그만 돌아가도록 하여라. 호조에 연락을 하여 어찌된 것인지 경위를 소상히 알아보도록 하겠다. 그때까지 너희들은 모두 집에 돌아가서 하회를 기다리도록 해라. 하회가 있기 전에 또 오늘같이 관아로 몰려오면 그때는 반드시 중벌로 다스리리라. 자, 어서들 가거라."

사또의 그 같은 말을 듣고 염주근을 위시하여 대표 열 사람이 동헌 밖으로 나가, 불을 쬐며 버티고 있는 군중들에게 사또의 뜻을 그대로 전했다. 그제야 그들은 강을 건너 각기 마을로 돌아왔다. 곤장을 맞은 염주근은 신음 한마디 없이 누구의 부축도 받지 않고 혼자 힘으로 새끼내까지 터덜터덜 걸어왔다.

나주 관아로부터 좋은 소식이 오기만을 기다리고 있던, 농토를 옴씰하게 빼앗기고 만 농사꾼들은 끝내 아무 기별이 없자 한숨만 땅이 꺼지게 몰아쉴 뿐이었다.

전성창이나 사또가 모두 한통속인데도 좋은 소식이 오기만을 바란다는 것은 오뉴월 쇠불알 떨어지기를 기다리는 이치나 진배없는 일이라고들 하였다.

관아에서 좋은 소식이 오기는커녕 박 초시가 나졸들과 하인들을 앞세우고 마을마다 소작료를 받으러 다니는 것이었다. 박 초시는 이미 궁토가 되었으니 도지를 내지 않으면 국법을 어기게 되는 것이고, 그렇게 되면 중벌을 받게 된다고 엄포를 놓으며 마을마다 돌아다녔다.

박 초시가 나졸들과 하인배들을 앞세우고 도지를 받으러 돌아다니자 농토를 억울하게 빼앗기게 된 농사꾼들은 그의 말을 듣기는 고사하고 보이지 않는 곳에 숨어서 돌팔매질까지 해댔으나, 어찌된 일인지 하나 둘 도지를 내는 사람들이 늘어났다. 박 초시는 군말 없이 도지를 잘 내는 사람들은 머지않아 경선궁에서 땅을 원주인한테 되돌려준다는 소문을 퍼뜨리고 다녔던 것이다. 믿을 것이라고는 아무 것도 없이 약하디 약한 농사꾼들은 박 초시의 그 말에 마음이 동하기 시작한 것이다.

박 초시가 마을마다 돌아다니며 궁토가 되었다는 땅의 도지를 받아내고 있을 무렵, 전성창이 조세 대납을 해주어 궁토가 되지 않은 나머지 땅에 2년 치의 조세고지서가 한꺼번에 날아들었다. 조세고지서를 받은 농사꾼들은 잠자코 있다가 쇠망치로 뒤통수를 얻어맞은 격이었다. 그들은 분명, 전성창이 그들의 조세를 대납해주었다고 하여 전성창에게 가을걷이를 서둘러 그가 대납한 조세를 미리 바치지 않았던가.

분통이 머릿속에서 숯불처럼 이글거려 관아로 몰려갔으나 관아에서는 전성창의 일은 모르는 일이라면서, 호조에서 2년 치 조세가 한꺼번에 나왔다고만 하였다. 호방의 말로는 작년 치 조세는 호조에서 흉년 때문에 이듬해로 뒤늦게야 연기를 해주었다는 것이었다. 그렇다면 전성창이 대납을 해주었다는 말은 거짓이란 말인가. 거짓으로 대납을 해주었다고 하고, 미리 내려와 대납해주었다는 조세를 받아냈다는 말인가.

2년 치 조세 독촉을 받은 농사꾼들은 눈에 불을 켜고 나주와 영산포를 되작거리며 전성창을 찾았으나, 그는 이미 자취를 감춰버린 뒤였다. 그가 미리 받은 세미도 이미 일본인 오까모도에게 팔아 거의 일본으로 실어가 버린 뒤였다.

욱곡, 상곡, 지죽 세 면의 농민들은 도깨비한테 홀린 것처럼 머릿속이 휑뎅그렁해졌다. 전성창이라는 사람이 그들의 등을 두드려주고 간까지 내어먹고 만 것이었다.

떼를 지어 여러 차례 짚신이 닳도록 나주 관아로 몰려가보았지만 사또를 만날 수조차 없었거니와 호방이 똑같은 말만을 되풀이하였다. 호방은 그들에게 노골적으로 흉년이 든 해의 조세를 전성창이 대납을 해주었다는 것은 거짓이 분명하려니와, 그가 미리 받아간 것은 사복을 채운 것이라고 하였다. 그러니 억울한 사정을 따지려면 전성 창을 찾아가는 것이 좋으나 밀린 2년 치의 조세는 기한 내에 내야 한 다고 독촉을 하였다.

호방의 그 같은 말에 토지를 빼앗긴 사람들이, 그렇다면 흉년 때 유리걸식하던 사람들의 전답이 궁토가 되었다는 것도 거짓이 아니겠 느냐고 따졌으나 호방은 그것만은 사실이라고 하였다. 어떤 연유로 하여 그 전답이 궁토가 되었는지는 모르지만(전성창이 토지 값을 받아 가 로챘다는 소문도 있었다) 도지를 받아 올리라는 경선궁의 분부가 사또한 테 내려졌다는 것이었다.

호방의 말마따나 홀맺힌 억울함의 실꾸리를 풀기 위해서는 한양 으로 올라가 전성창을 찾는 길밖에 다른 도리가 없었다.

7

밀린 2년 치의 조세를 내라느니 독촉관 전성창을 만나기 전에는 낼 수 없다거니 나졸들과 농사꾼들 사이에 날마다 입씨름이 계속되 었다. 어떤 마을에서는 농사꾼들이 밀린 조세를 받으러 온 나졸들을 뭇매질을 하여 돌려보낸 죄로 관아에 붙들려가서 곤욕을 치르기도 하였다.

개산에 분홍색의 구절초 꽃이 시들고 참억새 꽃이 바람에 날리기 시작하자 강바람이 쌀랑거렸다. 상강이 되기도 전에 서리가 내렸다.

서리가 내린 날 밤의 달빛은 명주붙이처럼 윤기가 자르르했다.

달이 환하게 떠오르던 날 밤에 낯선 사내가 웅보를 찾아왔다. 늦게까지 먹서리를 만들다가 어깨가 뻐근하여 잠자리에 들려고 하는데, 밖에서 그를 찾는 소리가 들렸다.

"계시옵니까."

찾는 목소리가 말투로 보아 관아에서 나온 사람이 아닌 듯싶어, 미적거리지 않고 방문을 열고 나가보았다. 달빛을 받고 마당 한가운데 서 있는 사내의 키가 유별나게 커 보였다. 아닌 밤중에 사람이 찾아오자 식구들이 모두 잠에서 깨어 문을 열고 밖을 내다보았다. 요즈막 전성창의 일로 그들은 발을 펴고 잘 수가 없었다.

"뉘시우?"

웅보가 토마루 아래로 내려서며 달빛을 등진 키 큰 사내를 보았다.

"밤늦게 찾아와서 송구스럽습니다요. 긴히 여쭐 말이 있어서……."

사내는 방문을 열고 뾰끔히 내다보고 있는 웅보의 식구들 쪽으로 두렷거리며 말했다.

"뉘신데요?"

"저…… 대불이 형님이 되시지요?"

사내의 입에서 대불이의 이름이 흘러나오자 웅보는 섬칫 놀랐다. 얼마 전까지도 관아에서 대불이를 찾고 있었던지라 철렁하지 않을 수가 없었다.

"그렇소만……."

웅보는 정중히 예를 갖추려고 하는 사내의 모습을 달빛에 되작거려 살펴보며 대답했다.

"긴히 드릴 말씀이 있사오니 잠시만……."

사내는 말끝을 흐리며 술청 쪽으로 몸을 돌렸다. 웅보가 지싯지싯 그를 따랐다.

"저는 대불이와 같이 있는 짝귀라는 사람입니다."

사내는 웅보의 가족들이 보이지 않는 곳에 이르자 걸음을 멈추어 서며 낮은 목소리로 말했다.

"대불이허고 함께 있다니요?"

"실은 대불이가 와 있습니다요."

"대불이가요? 어디에 있소?"

"강 건너 구진포에 있답니다. 대불이가 오고 싶어도 아직도 관가에서 찾고 있다기에, 제가 대신……."

"그러셨구만요. 그러시다면 누추하지만 안으로 좀 드시지요."

"웬걸요. 대불이가 형님만 잠시 모셔왔으면 해서요."

"아먼요. 당장 가봐야지요."

"그러시면 서둘러 가보실까요. 수구막 쪽에 쪽배를 대놨으니께."

"그러십시다."

웅보는 가족들한테는 말도 않고 짝귀라는 사내를 따라 돈단을 내려가 수구막 쪽으로 갔다. 사내의 말대로 수구막 갈대밭 속에 쪽배가 달빛을 담뿍 받고 있었다. 둘이는 쪽배를 강으로 밀고가다 올라앉았다. 짝귀가 서투른 솜씨로 노를 저었다.

"언제 왔습듸까?"

"어저께 밤에 왔습죠. 제가 구진포에 온 것은 한 열흘 됐굽쇼."

"언제 떠난답듸까?"

"클세요. 그건…….."

"구진포에 무신 일이 있습네까요?"

"클쎄올습니다요."

짝귀라는 사내는 웅보가 묻는 말에 회피하는 것 같아 그는 더 이상 묻지 않았다.

쪽배가 구진포 나루턱 수양버드나무 밑에 이르자 짝귀가 먼저 내려 배를 매었다.

"자, 이쪽으로."

짝귀가 나루턱을 오르다가 갈대밭 쪽으로 방향을 바꾸며 말했다.

잠시 후 웅보는 짝귀의 안내로 외딴 주막 앞에 이르렀다. 술청은 캄캄했고 방안에만 불이 켜져 있었다.

"잠시만 기다리시지요."

짝귀가 웅보에게 말하고 그 혼자 어두운 술청 안으로 들어섰다. 웅보는 주막 앞에 서서 초조한 마음을 가라앉히느라 달빛과 함께 흐르고 있는 영산강을 내려다보았다. 차갑고 윤기 나는 가을의 달빛이 바람과 함께 어우러져 강물 위에 곤두박질을 치고 있었다.

포구라기에는 너무 초라한 구진포에는 주막이 서너 곳 있었으나 술손님이 들지 않았는지 너무 조용하여, 강물이 가을바람에 뒤척이는 소리만이 소소하게 들려왔다.

"형님!"

웅보가 강물 흐르는 소리에 눈과 귀를 기울이고 있을 때, 어두운 술청 안에서 대불이가 나오며 소리쳤다.

형제는 덥석 두 손을 잡고 흔들었다. 그리고 말없이 달빛이 흐르고 있는 서로의 얼굴을 되작거려 보았다. 대불이는 수염을 기르고 패랭이를 쓰고 있었다. 얼핏 보면 잘 몰라볼 것 같았다.

"형님, 안으로 들어가십시다."

대불이는 웅보 손을 붙잡은 채 술청 쪽으로 들어갔다. 어두운 술청을 지나 뒤꼍으로 돌자 방이 있었고 불빛이 새어나왔다. 대불이가 방문을 열자, 조금 전 웅보와 함께 왔던 짝귀라는 사내를 비롯하여 모두 패랭이를 쓴 네댓 명의 젊은 사람들이 엉거주춤 일어섰다.

"들어가십시다."

대불이가 웅보를 끌다시피 하여 기름심지불이 호드득호드득 튀는 자그마한 골방으로 들어섰다. 웅보는 처음 대하는 젊은이들 앞이라 서먹한 기분으로 방안을 둘러보고 서 있었다.

"우리 형님이서요."

대불이가 젊은이들을 둘러보며 말하자 모두들 데면데면 웅보에게 인사를 하였다. 웅보도 그들이 내미는 손을 잡고 수인사를 하였다. 짝귀와 다른 젊은이들은 웅보한테 인사닦음을 한 뒤에 슬금슬금 방에서 나갔다. 오랜만에 만난 형제를 위해 자리를 비켜주는 듯싶었다.

"저 사람들이 뭣허는 친구들이냐?"

잠시 후 웅보가 너덜너덜 떨어진 죽석 바닥에 앉으며 넌지시 물었다.

"한솥밥을 묵고 지내는 사람들입니다요."

"한솥밥이라니?"

"마음으로 맺어진 형제들이지요."

"형제라고?"

"달리 생각 마셔요. 모두 좋은 사람덜이니께요."

"여기는 뭣허러 왔느냐. 시방도 관가에서는 너를 찾고 있는듸."

"당분간 구진포에 머물러야 할 것 같구만요."

"얼마나 오래 있을 것 같으냐."

웅보가 걱정스러운 얼굴로 물었다.

"얼마나 있을지는 모르겄구만요. 암턴 이 집에 머물러 있을 겁니다요."

"저 친구들이랑 말이냐?"

"우리덜이 이 주막집을 샀어요."

"남자덜이 주막을 낸다는 말이냐."

"거야 주모가 있지요."

"말바우 어멈 말이냐?"

"아니구만요. 형제들 중에 부인이 주모 노릇을 할 겁니다."

웅보는 대불이한테 말바우 어미의 소식을 물으려다가 대불이가 겸연쩍어할까 싶어 잠자코 있었다.

"말바우 어미도 함께 오기는 했는듸……."

대불이가 말끝을 흐리자 웅보도 그녀에 대해 묻지 않았다.

"말바우는 제 외할머니가 데려갔다."

"알고 있구만이라우."

대불이의 목소리가 갑자기 목구멍 깊숙이 잦아들었다. 그는 한동안 고개를 떨군 채 깊은 시름에 잠겨 있는 듯하다가 "부모님이랑 형수님은 무고하시지요?" 하며 얼굴을 바로 들었다.

"부모님들 양 진사 댁에서 뫼서온 것 모르지야?"

"알고 있구만이라우."

대불이는 다시 고개를 무겁게 떨구었다.

"말바우가 외할머니 댁으로 간 것이랑, 부모님을 뫼서온 것이랑 어뜨케 알고 있느냐?"

"떨어져 있음시로도 집안 소식은 대충 알고 있었어요."

"그랬어?"

"같이 있던 형제들이 내 대신 두어 번 영산포에 왔었지라우. 조카 이름이 오동녜라는 것도 알고 있는디요 머."

그러면서 대불이는 다시 얼굴을 들고 희미하게 웃었다.

"나는 그것도 모르고 을매나 네 걱정을 했는지 모른다."

웅보도 대불이를 마주보며 벙긋이 웃음을 보냈다. 그때 밖에서 헛기침소리가 들리더니 방문이 열렸으며, 웅보와 함께 왔던 짝귀가 개다리소반에 술상을 받쳐 들고 허리를 방으로 꺾었다.

"대접헐 것도 없고…… 모주나 한 사발 드시지요."

짝귀가 술상을 방안에 드려 넣고 문을 닫았다. 웅보가 같이 목을 축이자고 하였으나, 짝귀는 오랜만에 만난 형제끼리 싫도록 회포를 풀라면서 나가버렸다.

"참 좋은 사람 같더라."

웅보가 짝귀에 대해 말했다.

"형님처럼 모시고 지냅니다요."

"그동안 주욱 어디 있었느냐?"

"장성에 있었지라우. 백암산에 있다가 입암산으로 옮겼구만요."

"장성이라면 양 진사 어른이 현감으로 가 있다던듸."

"얼마 전에 파직이 되어, 시방은 노루목에 와 있을 겝니다요."

"파직이라니 어쩐 일로?"

"너무 물욕을 챙기다가 그쪽 토반들의 눈 밖에 난 거지요. 장성에
는 울산김씨(蔚山金氏), 행주기씨(幸州奇氏), 황주변씨(黃州邊氏) 같은 토
반들이 짱짱하드만요. 토반들이 짱짱해놓으니, 수령들이 함부로 못
하고 눈 밖에 났다가는 쫓겨나지요."

"나주도 토반이 없는 것은 아니재. 반남박씨(潘南朴氏), 나주정씨(羅
州鄭氏), 회진임씨(會津林氏), 나주나씨(羅州羅氏), 풍산홍씨(豊山洪氏), 제
주양씨(濟州梁氏), 나주김씨(羅州金氏), 금성나씨(錦城羅氏), 문화유씨(文
化柳氏) 같은 짱짱한 토반들이 있단다."

"그런데도 전성창 같은 작자가 애잔한 농사꾼들의 농토를 빼앗고,
조세를 두 번씩이나 물려도 보고만 있어요? 토반들이 짱짱하다면 그
런 일이 없어야지요. 안 그래요 형님?"

대불이는 갑자기 목소리를 높이며 따지듯 물었다.

"너 독촉관 이얘기를 알고 있구나."

웅보는 울화를 가라앉히기라도 하려는 듯 단숨에 술잔을 쫙 비우

고 나서 말했다.

"알고 있다마다요."

"그놈의 일만 생각허면 오장이 활딱 뒤집힐려고 헌다."

"형님뿐이 아니지라우. 상곡, 욱곡, 지죽 세 면에서 애잔한 농사꾼들이면 다 같이 당한 일이 아니우? 토반들도 토반들이지만 사또라는 작자가 못난 놈입니다."

대불이도 화가 치밀어 오르는지 거푸 술잔을 비웠다.

"실은 그 일 땜시 왔구만요."

대불이가 손으로 입언저리를 훔치며 차분한 목소리로 말했다.

"그 일이라니?"

"전성창이 일 말이우."

"네가 어쩌겠다는 게냐?"

웅보는 놀라움과 걱정스러움이 뒤엉킨 시선으로 대불이를 짯짯이 집어보며 물었다.

"형님은 모르셔두 됩니다. 형님한테는 뒤에 이야기해 드릴께요. 오늘은 이만 가보셔요. 그리고 아무한테도 내가 여기에 와 있다는 말 마씨요 잉. 부모님이나 형수씨한테도 말이우."

그러면서 대불이는 웅보의 잔에 마지막 술잔을 채워주었다.

웅보는 대불이가 머지않아 또 큰일을 저지를 것만 같아 작두 위에 선 기분이었다. 그는 대불이한테 전성창의 일을 어찌하려고 그러느냐고 자상하게 물어 알고 싶었지만, 보암보암이 그가 말해줄 것 같지가 않았기에 그만 입을 봉한 채 마지막 술잔을 비우고도 말없이 앉아 있기만 하였다.

"섣불리 나서지 말거라. 모든 일은 하늘에 맡겨야 헌다. 큰일일수록에 하늘의 순리에 맡겨야 탈이 안 생기는 뱁여. 섣불리 나섰다가는 애잔한 사람들만 다쳐!"

웅보는 다른 할 말이 없을 것 같았다.

"떳떳허게 새끼내에 부모님 찾아뵐 날이 곧 있을 거로구만요."

"나 오늘은 그만 갈란다."

웅보가 일어섰다.

"그렇게 허씨요. 그리고 이쪽에서 기별이 있기 전에는 여기에 오시지 마셔요."

"알았다."

웅보는 방을 나가 짚신을 꿰고 앞선 대불이를 따라 컴컴한 술청을 지나 주막 앞마당으로 나왔다. 그가 앞마당에 나타나자 방에서 마주쳤던 젊은이들이 기다리고 있다가 잘 가라는 인사말을 했다.

"지가 강을 건네드리지요."

짝귀가 웅보를 앞서 나루턱으로 내려가며 말했다.

대불이는 잠자코 웅보의 뒤를 따랐다. 주막에서 나와 나루턱 쪽으로 내려가던 웅보는 그가 돌아갈 때까지 얼굴 한 번 내밀지 않은 말바우 어미에 대해 섭섭한 생각이 들었다. 대불이와의 관계 때문에 부끄러워 낯을 내밀지 못하는지는 몰라도, 지난날의 정리로 봐서 잘 가라는 말 한마디쯤이야 건넬 수 있지 않겠는가 싶었다. 웅보가 느끼기에 말바우 어미는 분명 불이 켜져 있는 주막의 큰방에 있는 듯싶었다.

"저, 형님. 난초는 잘 있지요?"

쪽배를 매어둔 갈대밭에 이르자 대불이가 물었다.

"이제는 수국꽃모양 활짝 피어났다. 커가는 지집애들이란 하루하루가 달라진다니께."

웅보는 이미 마음속으로 난초를 제수감으로 점찍어두고 있는 터이라 대불이한테 좋게좋게 말해주었다.

"사나흘 뒤에나 한 번 난초를 나헌테 좀 보내주서요. 아무도 눈치 못 채게 살짝 보내주셔야 헙니다요."

"알았다. 그렇게 하마."

"그리고…… 저…… 형님."

대불이는 한사코 형의 눈치를 살피며 말을 꺼내지 못하고 머무적거렸다.

"왜 그러느냐."

"저어…… 형님, 양 의원님을 잘 아시지요?"

"양 의원님이라니, 금쇄동 사시는 분 말이냐."

"그렇습니다."

"금쇄동 양 의원님이라면 지난 돌림병 때 새끼내에 와서 병자들을 돌봐주시던 분이 아니냐. 그런데 양 의원님은 왜?"

"형님이 한 번 그분을 뵙고 오셨으면 해서요."

"뭣 땜시?"

"병자가 있어서 그렇구만요."

"병자라니."

"말바우 어미가……."

"말바우 어매가 어째서?"

"대풍창입니다요."

"뭣이여?"

웅보는 창에 찔린 듯 놀라는 얼굴로 대불이를 보았다. 대불이는 어둠 속에서 깊숙이 고개를 떨구었다.

대풍창(大風瘡)이라 함은 문둥병을 말함이다. 여풍(癩風)이라고도 하는 천형지질(天刑之疾)로 음양(陰陽)이 숙살지기(肅殺之氣)하고, 피부가 쪼그라들고 사지가 상하는 무서운 병이다.

"아니, 그 증세가 언제부터 있었는디?"

"지난여름부터요."

"그렇다면 지금 어디 있느냐?"

"죽어도 고향에 와서 죽겠다고 허기에 데리고 왔구만요. 시방은 산속 움막에 있고요."

"허허 참, 어쩌다가 그런 몹쓸 병이…… 허허 참."

웅보는 애간장이 끊어지는 듯하였다. 소리 내어 울고 싶기까지 하였다. 비록 동생과 배가 맞아 야행을 친 여자이긴 하지만 그들 식구한테는 은인이기도 하였다.

"시방 증세가 어느 정도냐?"

"얼굴에 흰 가루가 생기고 눈썹이 빠지고…… 불그스름허고 거뭇거뭇헌 부스럼이 생겼습니다요."

"허허 저런……."

"그러니 형님이 양 의원댁엘 좀……."

"그러다마다. 당장 낼 새벽에 댕겨오마. 저런……."

웅보는 몇 번이고 혀를 차며 아픈 마음을 억제하느라 한숨을 뱃속 깊숙이서 토해냈다.

"부탁해요, 형님. 말바우 어미를 죽게 내버려둘 수는 없구만요."

"걱정 말그라. 내가 애를 써볼 테니께……."

웅보는 쪽배에 오르며 우울하게 말했다.

대불이는 쪽배가 달빛을 가르는 갈대밭 속을 빠져나가 강심에 이를 때까지 나루턱에 혼자 서 있었다. 그는 쪽배가 가물가물 여뀌풀꽃만큼 작아져서야 몸을 돌렸다.

대불이는 나루턱에서 돌아오는 길로 그들이 눌러 있는 주막으로 들어가지 않고, 주막 앞을 지나, 길 건너 참나무 숲속으로 올라갔다. 가파른 등성이를 추어 올라 후미진 골짜기로 내려가자면, 집채덩이만한 바위가 있고, 그 밑에 움막이 달빛에 차갑게 웅크리고 있다. 대불이가 구진포로 오기 전에 짝귀를 미리 보내 만들어놓은 움막이었다.

대불이는 나지막하게 헛기침을 하면서 움막 가까이로 다가갔다.

"말바우 어매, 나요."

대불이가 움막 앞에 서서 말바우 어미를 불렀다. 움막 안에서는 아무 인기척도 없었다.

"쪼금 전에 새끼내서 웅보 형님이 왔다갔구만요. 부모님이랑 형수님, 조카 죄 무사하다느만요. 말바우놈도 외가댁에서 잘 지내고 있다고 헙니다."

대불이는 가시나무 잎새에 걸린 달을 쳐다보며 말했다. 그러자 움막 속에서 여자의 흐느낌소리가 흘러나왔다. 말바우 어미가 울고 있는 것이다.

"죽어도 고향땅에서 죽겠다고 노래를 해쌓덩만, 오고 싶은 고향에 와서 왜 울어요, 원! 식구들이랑 말바우 잘 있다는 소식 들었으면 됐재."

대불이는 여전히 가시나무 잎새들을 쳐다보며 혼잣말처럼 말했다.

"울지 말어요. 내 수일 안으로 말바우 외가댁에 가서 말바우란 놈을 한 번 만나보고 올 텐께."

"아서요. 말바우헌티 가지 말어요."

움막 안에서 말바우 어미가 눈물 머금은 목소리로 말했다.

"알았어요. 말바우 어매 허라는 대로 헐께요."

대불이는 한동안 하염없이 나무들 잎새 사이로 밤하늘만 쳐다보고 있었다. 움막 안에서는 말바우 어미의 흐느낌이 바람에 풀잎 흔들리는 소리처럼 들려왔다.

"묵고 싶은 것 있으면 말해 봐요. 노상 영산포 게젓이 묵고 싶다더니……."

대불이가 움막 쪽으로 고개를 돌리며 말했다.

"묵고 싶은 것 암것도 없어라우. 밤이 늦었그만, 어서 내려가재."

말바우 어미는 흐느낌을 멈추고 밭은기침을 했다.

"그러면 잘 자씨요. 내일 새벽 일찌감치 올라올 텐께."

그러면서 대불이는 움막 앞에 내놓은 밥그릇 망태를 들고 일어섰다. 밥그릇과 반찬그릇들은 언제나처럼 깨끗하게 씻겨 망태 속에 들어 있었다.

대불이는 밥망태를 들고 골짜기에서 등성이 쪽으로 올라갔다. 그는 몇 번이고 큼큼 낮은 헛기침을 토하며 바위 아래 움막을 돌아다보았다.

다박소나무가 촘촘한 등성이에 올라와 뒤를 돌아다보았을 때, 움막 앞에 희끔하게 서 있는 말바우 어미를 보았다. 깨끗하고 부드러운 달빛을 온몸에 담뿍 받고 서 있는 말바우 어미의 모습이 이른 봄 깊은 산 숲속에 피는 하얀 노루귀꽃처럼 아름답게 보였다. 대불이는 다박소나무들 속에 서서 오랫동안 말바우 어미의 모습을 내려다보고 있었다.

그녀는 문둥이였다.

대불이는 몇 년 전 장성 백암산에서 뜻하지 않게 그녀를 잃어버렸던 일을 생각했다. 대불이와 말바우 어미가 장성 사거리에서 주막을 내고 있다가, 주세를 내라는 현청의 나졸들 들볶임에 견디다 못해 본 때 있게 한바탕 힘자랑을 하고, 지나가는 허우룩한 과객들을 따라 백암산으로 들어왔을 때였다.

짝귀를 따라 장성장에 갔다가 어둑하게 산이 어둠속에 묻혀서야 백암산에 돌아와 보니 그들의 초막은 모두 불타버리고 초막에 남아 있던 말바우 어미는 자취도 없이 사라져 버렸었다.

그날 밤 대불이는 관솔불을 밝혀들고 백암산 등성이와 골짜기를 훑고 다니며 그녀를 찾았으나 헛일이었다.

초막에 은거 중이던 도인들의 이야기로는 틀림없이 현청의 나졸들이 한 짓이라면서, 서둘러 입암산으로 근거지를 옮겼다. 대불이도 말바우 어미를 찾지 못한 채 백암산과 어깨를 비비고 선 입암산으로 그들을 따라갔었다.

입암산으로 근거를 옮긴 뒤에도 그는 심마니로 가장하고 며칠 낮을 백암산을 속속들이 뒤지고 다녔다. 말바우 어미가 죽었다면 시신이라도 찾아서 묻어주고 싶었기 때문이었다. 그러나 짚신 한 짝도 찾아내지를 못했다.

어쩌면 나졸들이 초막에 불을 질렀다면 그때 말바우 어미까지 붙잡아갔을지도 모른다는 생각이 화살처럼 그의 뇌리를 뚫고 지나가서야 아차 하였다. 그는 기수선 교장이 산을 내려갈 때마다 입는 낡은 도포에 삿갓을 쓰고 장성으로 내려가 현청 주위를 배돌았다. 그러나 그의 재주로는 말바우 어미의 행방을 알아낼 도리가 없었다. 며칠을 현청 담 주변을 배돌다가 입암산으로 돌아오고 말았다.

그로부터 석 달 뒤에 하늘의 도움으로 다시 만나게 된 말바우 어미의 이야기로는, 그때 대불이가 생각했던 대로 그녀는 현청에 갇혀 있었노라고 하였다.

모두들 장성장에 장을 보러가고, 기수선 교장마저도 백양사에 내려가 버려 혼자 고즈넉한 산속 초막에 앉아 있는데 난데없이 나졸들 스무 남은 명이 들이닥치더니 초막에 불을 지르고 숨어 있는 동학당들이 어디에 있느냐고 족쳤다. 모른다고 하자 나졸들은 그녀를 현청까지 끌고 갔다. 얼마 전 사거리 주막에서 대불이한테 혼쭐나게 당했던 나졸들이 그녀를 알아보고는 대불이의 행방을 족쳤다. 그녀는 모른다고 잡아뗐다.

사거리 주막에서 당했던 나졸들은 아직도 그때의 분이 풀리지 않았는지, 이를 북북 갈며 말바우 어미한테 똘똘 몰아 분풀이를 하려 들었다.

나졸들은 그녀의 두 무릎을 포개어 포승으로 묶고 또 두 엄지발가락을 묶었다. 그러고 나서 두 정강이 틈에 곤장을 비벼 끼웠다. 이 곤장을 지렛대로 이용하여 서서히 젖혔다. 그녀의 다리뼈가 활처럼 굽었다. 다리가 부러질 것만 같았다. 세 번씩이나 주리질을 당해보았는데 견딜 수가 없었다. 그러나 그녀는 모른다고만 하였다.

온몸의 살점이 떨어져나가는 것 같고 정신을 맷돌에 갈아놓은 듯 생각이 혼몽한 가운데서도 그녀는 관가에서 무엇 때문에 백암산의 동학도들을 찾아내려고 하는 것인지 알 수가 없었다. 그녀를 고문하는 형리들의 말로는 백암산에 숨어사는 동학도인은 국법을 능멸하고 세상을 어지럽히는 반역 죄인들이라고 하였으나, 말바우 어미는 그 말뜻을 알아들을 수가 없었다.

그녀를 고문하는 수령은 백암산에는 동학도가 모두 몇 명이나 되며, 그 사람들 이름은 무엇이고, 좌장은 누구이며, 무엇을 하여 연명을 하느냐는 둥 버선코 까뒤집듯 미주알고주알 캐물었다. 그러면서 그녀한테도 동학도라는 것이었다.

말바우 어미 생각에 대불이는 말할 나위 없고 다른 백암산의 초막 사람들이 잡히면 영락없이 죽음을 면하지 못할 것만 같았다. 그렇다면 뼈가 깨져 죽는 한이 있더라도 그들이 장성장으로 장을 보려 내려왔다는 말을 하지 않아야겠다고 혀를 물고 결심을 하였다.

말바우 어미는 차라리 죽고 싶었다. 하나뿐이 자식 말바우를 버리고 총각 대불이를 따라나선 죄, 일부종사를 못하고 다른 남자를 맞아 살게 된 죽은 남편에 지은 죄, 이 천근보다 더 무겁고 불붙은 시우쇠 덩이보다 더 겁나는 죄 때문에 고향에도 못 돌아가고 떠돌음 할 바에야 차라리 죽고 싶었던 것이다. 이제라도 죽어야 아들과 남편에게서 용서를 받게 될지 모른다고 생각했다. 그리고 이제 그만 대불이를 놓아주고 싶었다.

말바우 어미가 끝내 입을 열지 않자 형리들은 그녀를 땅바닥에 엎어놓고 거적을 씌운 다음 곤장으로 난장질을 하였다.

더욱이 수령은 말바우 어미가 새끼내에서 온 것과 그녀와 같이 살고 있는 남자가 대불이라는 것을 알고는 형리들한테 사지를 다 잘라서라도 대불이 있는 곳을 알아내도록 하라고 거듭 호령이었다.

그곳 수령은 바로 다름 아닌 대불이의 상전이었던 양 진사였다. 그렇지 않아도 대불이가 세곡선에 불을 놓고 세미를 훔쳐낸 일이 있어 눈에 불을 켜고 찾는 중이라 말바우 어미를 닦달함이 이만저만이 아니었다.

끝내 말바우 어미는 그 모진 고문을 당해내면서도 입을 열지 않았다. 한 번 죽기로 작정을 하자 그렇게 마음이 독해질 수가 없었다. 그녀는 차라리 죽을 날을 기다렸다.

모진 고문으로 혼절을 거듭하고 몸은 걸레처럼 갈기갈기 찢어졌다. 어느 날 수령 앞에 끌려가 주리질을 당한 끝에 그녀는 혼절한 뒤 정신을 수습하지 못했다.

말바우 어미가 깨어난 곳은 마을이 발부리 아래로 내려다보이는 참나무 숲속 움막에서였다. 사람이 사는 것 같지 않게 헌옷가지 하나 널려 있지 않은 움막인데도 그녀의 머리맡에는 나무그릇과 숟가락이 놓여 있었다. 죽을 먹은 흔적이 남아 있었다. 그리고 보니 누구인가 그녀의 입에 음식을 떠 넣어준 기억이 꿈처럼 희미하게 떠올랐으나 얼굴 모습이 눈에 밟히지는 않았다.

그녀가 혼절하여 깨어나지 못하자 형리들은 그녀를 밤중에 장성 장터 뒷목 참나무 숲속에 내다버린 것이었다. 그곳에는 문둥이들이 살고 있다고 하여 대낮에도 아무도 얼씬하지 않는 곳이었다.

말바우 어미는 삭신이 엿가락처럼 늘어진 채 꼼짝 못하고 참나무 숲속의 움막 안에 누워 있었다. 그런데 참 이상한 일이었다. 그녀가 잠든 사이에 누구인가 머리맡에 먹을 것을 갖다 놓곤 하였으며, 그때마다 그녀가 먹고 비운 나무그릇을 바꿔가곤 하였다. 음식이라야 옥수수죽이 아니면 삶은 감자나 밀개떡이 고작이었다.

움막에 들어와 있은 지 사흘째 되는 날 밤 말바우 어미는 음식을 가져오는 사람이 누구인가 싶어 잠을 자지 않고 기다렸다. 한밤중이 되어서야 인기척이 있었고 누구인가 지싯거리며 조심스럽게 움막 안으로 들어오고 있었다. 잠이 든 척 누워 있다가, 음식그릇을 놓아두고 대신 빈 그릇을 들고 나가려고 하자 "죽은 목숨이나 다름없는 이 하찮은 것을 살려준 댁은 뉘시우?" 하고 뚜벅 입을 열었다.

달이 뜨지 않은 깜깜한 밤의 움막 속이라 음식을 갖다 놓은 사람의 얼굴은커녕 그가 남자인지 여자인지조차 알아볼 수가 없었다.

말바우 어미가 뚜벅 묻는 말에 빈 그릇을 들고 나가려던 사람이 흠칫 놀라며 섰다.

"은혜를 갚자면 뉘신지를 알아야 헐 것이 아닌감요."

말바우 어미는 앓는 소리로 다시 입을 열었다.

"알 것 없쇠다. 댁을 해치지는 않을 터이니 걱정 마시고 몸조리나 잘허씨요. 그리고 거동을 헐 수 있을 때가 되면 냉큼 여기서 떠나두룩 허씨오."

가늘게 들리는 남자의 목소리였다.

말바우 어미는 몸을 돌려 움막 입구 쪽에 엉거주춤 서 있는 남자의 희끄무레한 그림자를 보았다. 몸피가 작은 남자였다.

"거동을 헐 수 있기 전에는 움막 밖으로 나와서는 안 돼요."

몸피가 작은 사내는 그 말만을 남기고 서둘러 나가버렸다.

다음날 밤에도 얼굴을 보여주지 않는 그 사내는 말바우 어미가 하루 동안 먹고 마실 음식을 놓아두고 갔다.

그로부터 다시 사흘쯤 뒤 달빛이 약간 희끄무레하게 어둠을 적시기 시작하는 날 밤에, 말바우 어미는 눈을 붙이지 않고 기다리고 있다가 음식을 가지고 움막 안으로 들어온 사내를 만났다.

"저…… 장날이 언제인가요?"

말바우 어미가 잠든 것으로 알고 있던 사내는 흠칫 놀라며 음식 그릇을 든 채 빳빳하게 굳어져 버렸다.

"장날에 만날 사람이 있어서 그러는구만요."

말바우 어미는 언제까지나 움막에 누워서 정체 모를 사내의 구완만 받고 있을 수가 없었다. 장날에 맞춰 길가에 나가 있노라면 장에 오는 백암산 사람들과 만날 수가 있을 듯싶었다.

"그저께가 장이었으니께 사흘 뒤가 장성장인갑네요."

사내는 여전히 낮고 가늘게 얼어붙은 목소리로 대답했다.

"그렇다면 지가 여기 온 지가 메칠이나 지났으까요?"

"오늘로 여드레째가 되는구만요."

사내는 얼굴을 돌리고 밥그릇을 놓으며 말했다.

말바우 어미는 희끄무레한 달빛으로나마 사내의 얼굴을 어림하려고 눈시울을 팽팽하게 잡아당겼으나 사내는 끝내 고개를 돌린 채였다.

"장날 누구를 만나실라고요? 아직은 거동을 못하실 건디……."

사내가 움막을 나가려다 주춤거리며 물었다.

"만날 사람이 있구만요."

말바우 어미의 말에 사내는 잠시 무슨 말인가 할 듯 말 듯하다가는 움막에서 나가버렸다.

그 뒤 사흘 동안 그녀는 다시 그 사내를 만날 수가 없었다. 음식 그릇은 그녀가 잠든 사이에 어김없이 움막 안에 놓여 있곤 하였다.

장성 장날을 하루 앞둔 날 아침 말바우 어미는 처음으로 움막에서 밖으로 기어 나왔다. 아침 해가 너무 눈부시게 뻗질러 내리꽂히는 바람에 눈을 바로 뜰 수가 없었으며, 머릿속이 어질어질하여 한동안 눈을 감은 채 움막 앞 며느리배꼽풀이며 한삼덩굴이 어우러진 풀섶에 엎더 있었다.

그녀는 한참 뒤 눈이 햇빛에 익숙해지기를 기다렸다가 팔뚝만한 아기참나무를 붙들고 가까스로 일어섰다. 보이는 것은 불기둥처럼 화끈거리는 햇빛과, 햇살을 묶음으로 토해내는 맑은 하늘과, 햇살들이 뒤엉킨 잡목 숲의 푸른 잎새들과, 무성한 산풀뿐이었다. 사람이라고는 그림자의 그림자도 보이지 않았다.

움막 안에 있을 때 그녀는 낮에 밖에 나오기만 하면 그녀를 구완해주고 있는 얼굴 모르는 사내를 만날 수가 있을 것으로 생각했었다. 그러나 막상 밝은 대낮에 밖에 나와 보니 눈에 보이는 것이라고는 산과 하늘뿐이었다. 이런 깊숙한 잡목 숲속에 사람이 살 것 같지가 않았다.

말바우 어미는 비척거리며 숲속의 여기저기를 돌아다녀보았으나 사람의 그림자는 찾지 못했다. 오싹한 무섬증을 느끼며 다시 움막 안으로 돌아오다가 숲 아래 멀찌막이 황룡강(黃龍江)이 고기비늘처럼 햇빛에 반짝이는 게 보였고, 강 옆에 마을이 납작하게 엎디어 있었다. 그녀는 강줄기를 내려다보고 서 있었다. 강을 따라 상류로 거슬러 올라가면 백암산에 이르게 되리라고 생각했다. 그러나 백암산으로 찾아간다 해도 이미 대불이와 다른 사람들은 거처를 옮겨버렸을 것이 뻔한 일이 아닌가.

숲속을 쏘다니다가 다시 움막으로 돌아온 말바우 어미는 지쳐 쓰러진 채 잠이 들었다. 긴 잠에서 깨어났을 때는 찐득찐득한 어둠이 움막 안에 가득 괴어 있었다.

어젯밤까지만 해도 얼굴 모르는 그 사내가 자기를 지켜주고 있을 것이라는 생각에 조금도 무섭지가 않았었는데 그날 밤에는 이상하게도 섬칫섬칫 몸이 죄어들었다. 휘휘 바람이 잡목가지를 흔드는 소리에도 온몸의 개털들이 빳빳하게 곤두서고 심장이 쿵쾅거리는 듯싶었다. 아마도 낮에 움막 밖으로 나갔다가 사람의 그림자 하나 찾지 못했기 때문인 듯싶었다.

아무도 없는 깊은 숲속의 움막에 혼자 덩그렇게 들어 있다는 생각이 온몸을 꼼짝 못하게 친친 동여맸다. 밤이 깊을수록 공포는 더욱 커졌다. 멀리 마을에서 닭이 새벽을 알리는 홰치는 소리가 들려올 때까지 그녀는 한숨도 눈을 붙이지 못하고 움막 안에 갇힌 채 바들바들 떨었다. 얼굴 모르는 사내가 음식그릇을 가지고 오기를 애타게 기다렸으나 끝내 그는 와주지 않았다. 지금까지의 고마움이 싹 가시면서 갑자기 그가 원망스럽게 생각되어지기까지 하였다.

날이 밝자 다시 움막에서 나가 숲속을 더듬었다. 사내를 만나지 않고 그냥 떠날 수가 없을 것만 같았다. 그러나 그날 낮에도 역시 사람의 그림자를 찾아볼 수가 없었다.

해가 머리 위에서 기울기 시작해서야 그녀는 얼굴 모르는 그 사내를 찾는 것을 포기하고 비척거리며 산에서 내려왔다. 아직 기력이 완전하게 살아난 것도 아니고, 난장질을 당한 엉덩이의 상처가 아물지 않고 진물이 흐르고, 정강이도 뻑적지근한데다가 간밤부터 아무것도 먹지를 못한지라 자꾸만 두 다리가 후들거리고 온몸이 짚불처럼 허물어져버릴 것만 같았다.

말바우 어미는 구실잣밤나무며 엄나무, 북가시나무들이 촘촘히 들어선 등성이를 내려가 바위가 많은 계곡 아래로 들어섰다. 계곡을 지나면 오른쪽에 잔솔밭이 있고 그 잔솔밭 아래에 마을이 있었다.

민둥갈퀴며 호장근, 뚜깔이 깔린 계곡 아래로 내려서서 마을 쪽으로 계속 걸었다. 물이 말라붙어버린 계곡을 거의 빠져나가자 마을이 한눈에 들어왔다. 마을이 눈앞에 보이자 갑자기 심한 갈증을 느꼈다. 그녀가 계곡의 돌 더미를 들어내자 물이 괴었다. 흙탕물이 가라앉고 맑은 물이 괴기를 기다렸다가 허리를 꺾고 두 손으로 한 움큼 물을 담아 깔깔해진 입을 축였다.

몇 차례 계속해서 손으로 물을 쥐어 입에 털어 넣고 있는데 저벅저벅 가까이 다가오는 발짝 소리가 들렸다. 화들짝 고개를 돌리자 눈부신 햇살 속에 덩치가 큰 사내들 대여섯 사람이 다급하게 다가오고 있는 모습이 보였다. 그들 중에는 작대기를 짚고 절뚝거리며 오고 있는 사람도 있었는데, 풀상투머리가 두엇 되었고 나머지는 상투도 댕기머리도 아닌 쑥대머리 귀신 형용 그대로였다.

계곡의 찬물로 목을 축여 정신을 수습한 그녀는 가까이 다가오고 있는 사내들의 모습을 지켜보다 말고 귀신을 본 듯 외마디 비명을 지르며 까무러치고 말았다.

잠시 후 다시 그녀가 정신을 차렸을 때 사내들은 그녀를 솔새풀이 푹신하게 깔린 풀섶 위에 반듯하게 눕혀놓고 그녀의 옷을 벗기고 있었다. 있는 힘을 다해 버둥거려보았으나 네 사람은 각각 팔다리를 붙들고 있었고 한 사내가 그녀의 속곳을 잡아당겼다.

말바우 어미는 사내들의 얼굴을 똑바로 볼 수가 없었다. 그들은 모두 볼때기가 꺼지고, 코가 납작하게 내려앉았으며 귀때기가 이지러져 있었다. 그들은 말을 하지도 않았으며 씩씩거리기만 했다. 그들은 문둥이였다.

말바우 어미는 목청껏 비명을 지르며 다시 까무러치고 말았다.

다시 눈을 떴을 때는 낯선 움막 안이었다. 그녀가 관아에서 죽은 것이나 진배없는 몸으로 버려져 얼굴 모르는 사내의 구완을 받으며 누워 있었던 그 움막이 아니었다. 그녀는 정신을 차리자 옷매무새부터 살펴보았다. 저고리 고름도 단정하게 매어져 있었고 속곳과 치마의 말기끈도 아무렇지도 않게 감겨져 있었다. 그런데도 사지와 온몸의 살점들이 떨어져나갈 듯이 쑤시고 아팠다.

말바우 어미는 네 발로 기어서 움막 밖으로 나왔다. 어둑어둑 어둠이 내리고 있었는데 여기저기에 불빛들이 보였다. 움막이 여러 개 있었고 움막 앞에서 사람들이 옹기종이 붙어 앉아 불을 피우고 있는 모습이 보였다. 그녀가 방금까지 누워 있었던 움막에서 열 걸음도 안 떨어진 곳에도 움막이 있었고, 그 앞에 서너 사람이 쪼그리고 앉아서 솥같은 것을 매달아놓고 불을 피우고 있는 모습이 손에 잡힐 듯 보였다. 불빛에 비쳐 보이는 그들의 얼굴도 찌그러져 있었다.

말바우 어미는 도망쳐야 한다는 생각으로 무릎과 팔꿈치에 힘을 모아 모닥불 빛이 비치지 않는 어둠속으로 기어나갔다. 어둠이 도사린 가시덤불 밑으로 기어들려고 하는 순간 거무칙칙한 그림자가 그녀의 앞을 가로막아 섰다. 고개를 들어 힘겹게 올려다보았다. 구부정한 키에 희끔한 풀상투가 눈에 잡혀왔다.

"밤이 어두웠으니 움막으로 들어가씨오. 내가 밖에서 지켜줄 테니 딴 걱정을 마시고요."

앞을 가로막아선 풀상투 사내가 조용하고 가느다랗게 얼어붙은 목소리로 타이르듯 말했다.

그녀는 사내의 목소리가 귀에 익었다. 그녀는 무릎을 끌어당기고 손바닥으로 땅을 짚고 바로 앉아 사내를 올려다보았다. 그러고 보니 끝이 뾰족한 풀상투도 생각이 났다. 밤마다 그녀의 움막에 음식을 가져다 놓은 바로 그 사내였다. 순간 그녀는 반가움과 놀라움과 두려움이 한꺼번에 뒤죽박죽으로 전신을 훑어 내렸다.

"저어…… 댁은……?"

말바우 어미는 무엇부터 물어야 좋을지 몰라 그렇게 얼버무렸다.

"자아, 어서 움막으로 들어가시지요."

"저어…… 댁은…… 지헌테 먹을 것을 가져다 준……."

"이제야 알았겠지만 나는 병자요, 그렇기 땜시 낮에 얼굴을 나타내지 못헌 것이요."

사내의 얼어붙은 목소리에 말바우 어미는 잠시 고개를 숙인 채 앉아 있었다. 그녀는 이미 문둥병의 벌레들이 자신의 몸에 달라붙어 살을 갉아먹고 있을지도 모른다는 생각을 하였다. 그러나 이상하게도 슬픈 생각이 별로 없었다.

"자아, 어서……."

풀상투 사내가 다시 움막 안으로 들어가기를 재촉했다. 그제야 그녀는 무릎을 짚고 일어서서 비척거리며 움막 안으로 들어갔다.

"아직도 댁은 성한 몸이요. 그러니 여기를 빠져나가야 헙니다. 낼 새벽에 나가씨요. 나는 성한 사람헌테 더러운 손을 대는 것을 싫어하오. 그래서 장터 쇠전머리 뒤 참나무숲에 죽어가는 몸으로 내버려져 있던 댁을 업어다 아무도 모르는 움막 안에 감추고 구완을 하면서도 손가락 하나 건드리지 않았다오. 댁이 놀랄까 싶어서 얼굴을 나타내는 것도 싫어했지요. 허나, 우리 병자들은 쌍불을 켜고 여자를 탐낸다오. 그러니 빨리 여기를 빠져나가씨요. 댁이 잠시 우리 병자들 속에 있었으니 우리 같은 병자가 될지, 아니면 아무렇지도 않을지는 모를 일이로되, 다행히 성한 사람이 되면 몰라도 그렇지 않고 나 같은 문둥이가 되면 댁은 내 여자요. 내가 이미 그렇게 점을 찍었소. 아까 여러 병자들 앞에서도 내가 그렇게 말했소. 이 여자는 내 여자이니 아무도 손을 대지 못한다고 말이오. 그래서 댁은 무사할 수가 있었소. 그러니 다시 말허건대 댁이 문둥이가 되거든 다시 나를 찾아와야 허요. 만일 댁이 문둥이가 되고서도 나헌테 오지 않으면 내가 가서 데려올 것이오. 우리들은 자기 여자가 만 리 밖에 있어도 기어코 찾아오고야 만다오."

풀상투 사내는 자근자근 긴 말을 하고 움막에서 나가버렸다.

그리고 새벽이 되자 말바우 어미는 움막을 빠져나와, 이를 응등물고 젖 먹을 때의 힘까지 다 쏟아가며 골짜기에서 내려와 황룡강변으로 갔다. 황룡강물로 허기진 배를 채우고 백암산 쪽으로 가다가 까무러쳐 쓰러지고 말았다. 그녀는 소나무 등걸에 등을 기대고 앉은 채 눈알만 말똥말똥 굴리고 있었다. 파장이 되어 백암산 사람들이 지나가기만을 기다렸다. 그녀는 반쯤 죽어가고 있었다.

천우신조로 장성장에서 입암산으로 돌아가던 짝귀가 먼저 말바우 어미를 발견한 것은 그날 해가 설핏하게 기울기 시작할 무렵이었다.

대불이를 다시 만난 말바우 어미는 온몸의 물기가 다 빠지도록 소리 없이 울었다. 얼마나 많이 울었던지 핏줄까지도 말라붙어버린 기분이었다.

그녀는 꼬박 하루 낮 하루 밤을 소리 없이 흐느껴 울다가 울음에 탈진을 해버리고 이틀 낮밤을 잠들었다.

입암산으로 살아 돌아온 지 달포가 지나자 그녀는 기력을 회복하여 남정네들의 빨래를 해주고 밥을 짓기 시작하였다. 그때 그녀는 대불이의 아기를 가지게 되었으며, 아기를 갖게 될 무렵 몸에 문둥병의 증상이 나타나기 시작했다. 처음 대불이는 그 증상을 전혀 눈치 채지 못했었다.

입암산에 같이 있던 심마니 고달준이가 어느 날 얼어붙은 얼굴로 대불이를 조용히 만나자고 하더니 말바우 어미의 얼굴에 흰 가루가 생기고 눈썹이 없어지는 것이 아무래도 예삿일이 아닌 듯싶다고 넌지시 입을 열었을 때 대불이는 벌컥 화를 냈다. 그러나 고달준은 자기가 살던 고향에서도 대풍창이 걸린 친구가 있었는데, 처음 나타나는 증세가 말바우 어미와 비슷하더라고 자신 있게 말하면서, 어쩔 수 없이 말바우 어미를 입암산에서 하산을 시키는 게 좋겠다고 하였다.

고달준은 말바우 어미의 증세를 입암산 산사람들한테 죄 말해버렸으며, 그 후로는 모두들 표가 나게 말바우 어미를 피하는 것이었다. 그들은 따로 대불이를 만나자고 하더니 고달준의 말대로 말바우 어미를 쫓아내지 않을 수 없다고 하였다.

그때까지도 대불이는 그녀와 잠자리를 같이하고 있었다.

매사에 신중을 기하던 기수선 교장까지도 말바우 어미를 하산시키자는 데에는 얀정머리가 없이 단호했다. 대불이는 말바우 어미를 하산시키면 자기도 함께 입암산을 떠나겠다고 하였다. 그러자 그들은 펄쩍 뛰며 그러다가 대불이마저 대풍창에 걸리면 어쩔 테냐고 나무람 하였다. 그러나 대불이는 말바우 어미 혼자만 쫓아낼 수는 없는 노릇이었다. 더구나 그녀는 아기를 갖고 있지 않는가.

어느 날 대불이는 말바우 어미 병세를 자상하게 살펴볼 생각으로, 그녀를 데리고 초막에서 멀리 떨어진 깊은 골짜기 안으로 들어갔다. 그때까지만 해도 그녀는 자신이 몹쓸 병에 걸려 있다는 것을 까맣게 모르고 있었으며, 기실 기동하고 밥 짓고 빨래하는 일에는 아무런 몸고생을 느끼지도 않는 터였다.

초가을의 신선한 햇살이 곱게 내리꽂히는 골짜기의 판판한 바위 위에 앉은 대불이는 계곡물에서 함께 목욕을 하자고 말바우 어미를 졸라댔다.

고달준이와 대불이가 말바우 어미의 증세가 대풍창이라거니 아니라거니 서로 입씨름을 하고 있을 때 기수선 교장이 대불이한테 말바우 어미의 속살 피부를 자상하게 되작거려 보라고 하면서, 몸에 붉고 검은 종환(腫患)이 생겼으면 두말할 나위 없는 여풍이라고 말했다.

대불이는 기수선 교장의 말대로 말바우 어미의 속살을 샅샅이 되작거려 보기 위해 대낮에 그녀를 계곡 깊숙이까지 끌고 들어온 것이었다. 밤에 잠자리를 같이하는 동안에도 얼마든지 속살을 만져 볼 수 있었지만 기교장의 말대로 종기의 색깔과 크기를 알고 싶었기 때문에 대낮을 택했다.

느닷없이 골짜기로 끌고 와서 함께 목욕을 하자는 대불이의 말에 말바우 어미가 이상한 눈으로 흘겨보았다. 대불이는 입암산의 깨끗한 물로 목욕을 하면 뱃속의 아기한테 좋다고 얼렁뚱땅 얼버무렸다.

말바우 어미도 처음엔 그런 말을 하는 대불이를 이상한 눈으로 질러보는 것 같더니 차츰 마음이 움직이기 시작하는 눈치였다. 이슬방울을 모아놓은 것처럼 맑은 물을 한참 동안이나 내려다보고 있던 그녀는 참말로 이 물로 몸을 씻으면 아기에게 좋은 것이냐고 싫지 않은 표정으로 반문했다. 기실 그녀도 몸을 씻은 지가 너무 오래 되었다. 산에서 남정네들과 한데 어울려 살다보니 몸 한 번 제대로 씻을 수가 없었다. 그러나 계곡의 물이 너무 차가와 뱃속의 아기가 놀라면 어쩌나 싶었다.

말바우 어미가 머무적거리고 있을 때 대불이가 먼저 훌훌 옷을 벗고 물속으로 툼벙 뛰어들었다.

잠시 후 말바우 어미도 대불이한테 등을 돌려달라고 하더니 치마 저고리를 벗었다. 대불이가 눈을 뜨고 몸을 돌렸을 때 그녀는 속곳 바람으로 물속에 몸을 깊숙이 담근 채 앉아 있었다. 대불이가 그녀 가까이 기어가서 속곳마저 벗으라고 하였다.

"우리 둘뿐인데 뭣이 부끄럽소. 새와 나무와 하늘 말고는 우리를 볼 사람이 아무도 없다니께 그려!"

대불이는 그러면서 물속에서 속곳을 벗을 것을 재촉하였다.

"그래도 부끄러운디……."

"뭣이 부끄럽소?"

"하늘도 부끄럽고……."

"또 뭣이 부끄럽소?"

"새들한테도 부끄럽고……."

"내 원 참! 아기를 가진 아낙은 아무헌테도 부끄러울 것이 없답니다. 그래, 사람인 대불이헌티는 부끄럽단 말을 안 흐고 기껏 하늘이나 새들헌티만 부끄럽다니 원!"

그 사이 말바우 어미는 물속에서 앉은 채 속곳을 벗어 그것으로 가슴을 가렸다. 그녀는 대불이한테 알몸을 보이지 않으려고 한사코 물이 목에 차오를 만큼 온몸을 물에 담근 채 앉아 있기만 하였다. 대불이는 그런 말바우 어미 보란 듯이 뻣뻣하게 서서 그녀 가까이 다가갔고 그녀는 결코 얼굴을 돌리지 않았다. 그녀는 갑자기 타오르는 눈으로 대불이의 건장한 알몸을 빨아들이듯 바라보았다.

말바우 어미 곁으로 바짝 다가선 대불이는 번쩍 그녀를 안아 올렸다. 아기를 담은 배가 큰 바가지만큼 봉송하게 부풀어 있었으며, 그녀의 부른 배가 대불이의 치골에 밀착하자 그는 순간적으로 편안한 행복감에 젖었다. 대불이는 먼저 손으로 그녀의 봉송한 배를 쓰다듬은 다음, 그녀가 관가에 갇혀 난장질을 당했을 때 터진 엉덩이의 상처를 만져보았다. 엉덩이의 상처는 깨끗하게 아물어 있었다.

대불이는 신선하고 넉넉하게 깊은 산 계곡에 쏟아져 내리는 햇살로 말바우 어미의 알몸을 비쳐가며 되작거려 살펴보았다. 허벅지 사타구니 가까이 희부옇고 부드러운 살결 위에 콩알만큼씩 한 종기가 불그스레 돋아나 있었다. 겨드랑 밑과 다리의 오금팽이, 목덜미 밑과 팔 쪽에도 군데군데 붉고 검은 종기가 헤아릴 수 없을 만큼 돋아나 있었다.

순간 대불이는 날카로운 삼지창에 심장을 찔린 듯 물속에 주저앉고 말았다. 물속에 주저앉은 채 구름 한 점 없는 맑은 가을하늘을 올려다보았다. 그리고 마음속으로 하늘을 원망했다. 하늘을 향해 목에서 멍울멍울 피가 솟구치도록 울부짖고 싶었다.

갑작스레 태도가 이상해진 대불이를 보자 말바우 어미가 당황해하였다. 갑자기 왜 그러느냐고 다그쳐 묻는 그녀에게 대불이는 가슴이 뻐개질 듯이 아프다고만 말했다. 대불이가 아프다고 하자 그녀는 서둘러 물에서 나와 물에 젖은 속곳을 짜 입더니 빨리 초막으로 돌아가자고 하였다.

대불이는 물기가 촉촉한 말바우 어미를 업고 초막으로 돌아갔다. 그녀가 아픈 사람한테 업히기 싫다고 하였으나, 그가 당장 그녀를 위해 해줄 수 있는 일이 떠오르지 않았기 때문에 우선 업어주기라도 하고 싶었던 것이다.

다음날부터 대불이는 동학도들의 초막과는 멀리 떨어진 계곡 쪽에 초막 하나를 지어 말바우 어미를 따로 살게 하였다.

대불이가 울면서 말바우 어미한테 그녀의 병을 이야기했을 때, 그녀는 놀랄 만큼 초연해 있었다. 마치 자기의 병을 이미 알고 있었던 것처럼 대불이 앞에서 눈물 한방울 보이지 않았다.

"내가 천벌을 받은 거랑께. 천벌을 받아도 싸재 잉. 영산강에 떠내려간 죽은 말바우 압씨의 혼령을 배반허고, 하나뿐인 말바우꺼정 버렸으니께 천벌을 받아야재. 장성 관가에 끌려가 난장질을 당하고 죽었어야 허는 것인듸…… 모진 목숨 깔딱깔딱 붙어 있는 것이 죄스럽구만. 하면, 내가 사는 것이 죄여!"

말바우 어미는 눈물 한 방울 보이지 않으며 푸념처럼 그렇게 말했을 뿐이었다.

그녀는 이미 오래전부터 자신이 그렇게 될 것이라는 것을 알고 있었다. 이제, 말바우 어미는 다시 장성으로 풀상투를 찾아갈 수밖에 없다고 생각하기에 이르렀다. 그것만이 대불이를 위하는 마지막 길인 것이었다. 풀상투를 찾아가지 않으면 그녀 혼자서 당장 목구멍 지탱하고 살아갈 힘이 없을 것 같았다.

말바우 어미한테 남은 걱정이란 뱃속에 든 아기의 일이었다. 아기를 낳고 떠날 것인지 아니면 그대로 배부른 몸으로 풀상투를 찾아갈 것인지 결정을 못하고 있었다. 낳을 아기까지 병이 옮아 있다면 차라리 배부른 몸으로 풀상투를 찾아가서 아기와 함께 살고 싶었다. 그녀는 걱정 끝에 대불이한테 아기도 문둥이가 되는 것인지, 아니면 성한 아기로 태어날 것인지 의원을 찾아가서 알아봐달라고 여러 차례 당부를 했다.

변장을 하고 장에 내려가 의원을 만나봤다는 대불이의 말로는 태어나는 아기는 절대 문둥이가 되지 않는다고 하였지만, 그녀는 그 말을 믿을 수가 없었다. 대불이가 필시 그녀를 위로해주기 위해 지어낸 말에 지나지 않을 것이라 짐작하고 있었다.

그녀는 차라리 목을 매달아 죽어버릴까 하는 생각도 해보았다. 그러나 막상 죽는다는 생각을 하면 할수록 온몸에 돋아난 부스럼딱지들이 살고 싶다고 소리치는 것만 같았다. 그녀는 죽을 수가 없었다. 병에 걸리기 이전보다 살고 싶은 욕망이 더 강하게 솟구쳤다.

그러던 어느 날, 옻나무의 잎들이 단풍보다 먼저 빨갛게 변하기 시작할 무렵, 입암산 골짜기 말바우 어미의 초막으로 풀상투가 찾아온 것이었다.

그는 다짜고짜로 그녀를 끌고 가려고 하였다. 그녀의 배가 불러 있는 것도 상관하지 않았다. 가자거니 지금은 갈 수 없다거니 한동안 실랑이질을 하였다. 언젠가는 대불이의 그늘에서 떠나 풀상투를 찾아갈 결심을 한 것은 사실이었으나, 막상 풀상투가 찾아와서 끌고 가려고 하자 이상하게도 아쉬움이 온몸에 칡넝쿨 감기듯 했던 것이다. 그녀는 풀상투에게 먼저 가 있으면 어느 때고 찾아가겠노라고 하였다. 그러나 풀상투는 막무가내로 그녀의 손을 잡아끌었다.

마을에서 마늘을 구해오던 대불이가 이 광경을 보고 버르르 성깔을 돋우며 작대기를 휘둘러대는 바람에 풀상투는 하는 수 없이 입암산을 내려가고 말았다.

그러나 한 번 말바우 어미의 거처를 알아낸 풀상투는 다음날에도 다시 찾아왔다. 이번에는 대여섯 명과 함께 몰려왔다. 대불이는 혼자 힘으로는 이들을 막아내지 못할 것 같아 짝귀와 고달준 그리고 다른 두 사람과 합세하여 작대기를 휘두르고 모래를 휘뿌리며 쫓아냈다. 풀상투 패거리들은 몽둥이보다 모래를 더 무서워하였다.

같이 있는 동학도들은 그들이 말바우 어미를 데려가도록 내버려두는 것이 좋을 듯하다면서 풀상투 패거리들을 쫓는 데 소극적인 태도를 보였다.

"저 사람덜은 저들과 같은 처지의 여자를 발견하면 죽기를 무릅쓰고 찾아간다는 것을 모르는감."

고달준은 그러면서 도저히 그들을 막아낼 수 없을 것이라고 하였다.

고달준의 말대로 풀상투 패거리들은 날마다 하루도 거르지 않고 입암산으로 올라와서 말바우 어미를 데려가려고 기를 썼다. 그 숫자도 날마다 더 불어났다. 모래를 뿌리고 돌멩이를 던져도 그때뿐이었으며, 수가 불어난 데다가 도저히 물러설 기미를 보이지 않자, 동학도들도 은근히 겁을 먹기 시작했다. 더구나 그때는 이미 말바우 어미도 그들을 따라가겠으니 말리지 말라고 나오는 판이라 막아낼 길이 없게 되었다.

대불이는 하는 수 없이 말바우 어미와 함께 입암산을 떠날 결심을 하고 기수선 교장한테 그 뜻을 전하자 기왕이면 고향으로 가서 은밀히 포덕(布德)을 하라고 일렀다.

그 무렵 영광을 비롯하여 광양, 강진 등지에서 동학교도들이 한창 포덕을 하고 있는데 반해서 나주 지방에는 아직 손을 뻗치지 못하고 있는 터였다. 기수선 교장은 짝귀와 고달준, 송기화, 문치걸, 김한봉 등을 딸려 보내면서 나주 고을에서 덕망 있는 유학자를 은밀히 포섭하여 장차 교장이나 집강으로 모시도록 하라고 당부하였다.

대불이가 말바우 어미의 초막에서 구진포 주막에 돌아와 보니 모두들 깊이 잠들어 있었다. 웅보를 새끼내까지 쪽배에 실어다주고 온 짝귀만이 불도 켜지 않은 방 문턱 옆에 앉아서 곰방대를 삐억삐억 담뱃진 끓는 소리를 내며 빨고 있다가 대불이의 발짝 소리를 알아듣고 방문을 열었다.

"밤이 깊었는디 뭣흐고 이제야 오는가?"

"형님은 잘 가셨는가요?"

대불이와 짝귀가 거의 동시에 물었다.

"강을 다 건널 때까지 아무 말도 없으시등만."

"말바우 어매 땜시 그러실 겝니다요."

"그런 것 같등만."

"우리 식구가 종문서를 태워 없애고 맨 첨 새끼내로 찾어왔을 때 말바우 어매 도움을 많이 받었었지요. 말바우 어매 아니었으면 우리는 굶어죽었을 거로구만요."

"내가 보기에도 좋은 여자여."

"날이 갈수록 병세가 더 심헌 것 같은디 어째야 좋을지 모르겠어요. 얼마 전버틈 종기가 터지고 농이 흐르는 것 같은디…… 말바우 어매도 그렇거니와 뱃속에 든 애기 땜시……."

"하늘도 무심허시지 원, 그렇게 좋은 여자가 그런 병을 얻고 엎친 데 덮친 격으루 애기까지 생기다니……."

"모두가 다 내 탓이로구만요. 내가 쥑일 놈이어요."

"형님이 잘 아는 의원을 만나고 오겠다고 했으니 기다려보세."

"어디 그 병이 의원 힘으로 고칠 수 있는 병인감요. 한 번 걸렸다허면 골로 가는 게지요."

"자, 그만 자세. 낼 새벽에 모두덜 잠시 고향에 댕겨오기로 했으니 나도 눈을 좀 붙여야겠네."

짝귀는 문을 열어 곰방대를 털고는 옷을 입은 채로 자리에 벌렁 누웠다.

대불이는 짝귀의 코고는 소리를 들으면서 그대로 우두커니 어둠 속에 앉아 있었다.

이튿날 새벽 고달준이와 주모만 남기고 모두들 고향으로 떠났다.

해가 뜨자 서둘러 아침을 먹은 고달준이마저 영산포 선창으로 동정을 살피러 가버리자 주막에는 대불이와 주모만 남았다. 쉰이 가까운 주모는 고달준의 여자다. 조강지처를 잃은 고달준은 죽 홀아비로 떠돌음 하다가, 입암산에서 심마니 행세를 하며 산과 마을을 오르내리다가 눈에 마주친, 화전을 일구며 혼자 사는 주모와 배가 맞은 거였다.

그날 저녁나절 느지막이 웅보가 난초를 데리고 구진포 주막에 왔다.

"오라버니!"

난초는 대불이를 보더니 잦아들어가는 목소리로 그렇게 부르고 옷보다리를 가슴에 꼭 껴안은 채 고개를 숙였다.

그녀는 너무 오랜만에 대불이를 만나게 되자 반가움과 원망스러움이 한꺼번에 땅가시덩굴처럼 뒤엉키면서 울컥 눈물이 솟구치는 것을 어찌할 수가 없었다. 그녀는 눈물을 참으려고 고개를 깊숙이 숙여 이빨로 옷보다리를 물어뜯었다.

"난초가 큰애기가 다 되었구나."

육 년 전 헤어질 때까지만 해도 열두 살로 아직 계집아이 티를 벗지 못하였었는데 이제는 숙성한 처녀가 되어 있었다. 그때까지만 해도 난초는 대불이를 아저씨라고 불렀었다.

대불이는 눈여겨 난초의 모습을 살폈다. 동글납작한 얼굴이 수국꽃처럼 탐스럽게 활짝 피어났고, 오동포동한 몸피에 엉덩판이 실하게 보였다. 게다가 어렸을 때는 언제나 웃음을 잃은 두 눈에 슬픔이 자오록이 담겨져 있었는데, 이제 보니 말아 삼킬 듯 서글서글한 시울에서 빛이 툭툭 되쏘였다.

"당분간 네 옆에 있음서 너를 도와주어야 헐 것 같아서 옷보다리를 싸들고 오자고 했다."

웅보는 난초가 보듬고 있는 옷보다리를 보며 말했다. 대불이는 그 말을 어떻게 받아들여야 좋을지 몰라 그냥 말없이 난초의 얼굴만 보고 있었다.

"몰라보게 컸구나. 어디서 만나면 몰라보겠어."

대불이는 똑같은 말만 혼잣말처럼 나지막하게 뇌까렸다.

잠시 후 웅보가 대불이의 옆구리를 찌르며 강변 수양버드나무 밑으로 데리고 갔다.

"양 의원을 만나고 오는 길이다."

"다행히 댁에 계셨구만요."

"증세가 어느 정도인지 물으시더라."

"농이 흐른 지가 오래되었어요."

"코가 꺼지면 살기가 어렵다고 하시더라."

"아직 그렇지는 않어요."

"잘해야 열 사람 중에서 한두 사람쯤 살아날 수 있다는듸."

"이미 각오는 되어 있구만요."

"암만해도 맘을 단단히 묵고 기다리는 도리밖에 없을 것 같다."

"너무 불쌍허구만요."

"나도 어저께 밤에 한숨도 잠을 못 잤단다."

"그래, 약은 있답디까?"

"양 의원님 말로는 통천재조음(通天再造飮), 방풍통성산(防風通聖散), 추풍산(追風散), 세대풍방(洗大風方) 같은 처방이 있다고 허시더라마는……."

"약은 어찌되었나요."

대불이가 다급하게 물었다.

"통천재조음이 있는듸, 울금(鬱金) 다섯 냥에 쥐엄나무 열매껍질과 대황(大黃) 한 냥쭝, 나팔꽃씨 한 냥쭝 반을 가루로 만들어 해뜨기 전에 청주에 타서 동쪽으로 향하고 앉아서 복용하라고 허시더라. 이 약을 묵은다 치면 반드시 그날 설사를 하게 되는듸, 냄새가 고약하고 충(蟲)과 고름이 섞여 나온단다. 병이 오래 된 병자는 설사에 섞여 나온 충의 주둥이가 검고, 얼마 안 된 병자의 충은 붉은색이라고 허시더라. 그리고 설사를 한 뒤에도 충이 나오지 않을 때는 계속 약을 복용해야 한다는듸……."

그러면서 웅보는 고의춤에서 창호지로 여러 겹 감은 약봉지를 꺼내 대불이의 손에 쥐어주었다.

"형님, 고맙구만요."

"그런 소리 말고 어찌게 해서든지 우리가 애를 써보자."

"고마와요."

"별소리 다 허는구나."

"참, 그리고 형님. 어저께 미처 말씀 못 드렸는디, 말바우 어미가 애기를 가졌단 말이오."

"애기를? 해산달이 언제냐?"

"내년 봄이구만요."

대불이는 부끄러운 듯 고개를 깊숙이 떨구었다.

"새로 태어날 애기도 에미한테 대풍창병에 걸려 나올 것인지 아니면…… 태어날 애기꺼정 대풍창에 걸려 나온다고 허면 말바우 어미는 해산 전에 영산강에 빠져죽어버릴 것이로구만요. 애기는 괜찮다고 내가 귀에 못이 백히도록 이야기를 해놔서 아직껏 살고 있는 것이라우. 그러니 형님이 한 번 자세하게 알아봐주셔요."

대불이는 얼굴을 들지 못한 채 웅보한테 부탁을 했다. 웅보는 아우의 등을 쓸어주며 양 의원한테 다시 찾아가서 자세하게 알아보고 올 터이니 걱정하지 말라고 마음을 다독거려주었다.

웅보는 금쇄동으로 해서 새끼내로 건너가야겠다면서 난초를 구진 포 주막에 남겨둔 채 곧 돌아갔다. 웅보가 돌아가자 대불이는 난초를 고달준의 여자인 늙은 주모한테 소개를 시키고 당분간 주막 일을 거들어주도록 하라고 부탁을 하였다.

대불이를 오랜만에 만난 난초는 둘이서만 하고 싶은 이야기가 많은 듯싶었으나, 대불이의 안색이 흙탕물처럼 어두워 있는 터이라 지싯지싯 눈치만 보았다.

대불이는 난초를 잠시 주막에 있도록 하고 웅보 형이 구해온 약을 옷섶에 감추어 참나무숲 등성이로 올라갔다. 한시라도 빨리 말바우 어미한테 약을 먹이고 싶었던 거였다.

대불이가 정신없이 참나무숲 등성이로 기어 올라가는 것을 흘금흘금 쳐다보고 있던 고달준의 과부 주모가 끌끌 혀를 찼다.

"대불이라는 양반이 오래비가 된다고 했는감?"

과부 주모가 난초에게 물었다. 난초가 그렇다고 말하자 "대불이 오래비가 시방 어디를 저리 부산 나게 가는지나 아남?" 하고 다시 물었다. 난초가 그것을 알 턱이 없었다. 그녀를 구진포까지 데리고 온 웅보는 그녀한테 아무 말도 하지 않았다. 그는 되레 대불이가 와 있다는 말을 아무에게도 하지 말라고 몇 번이고 다짐을 받곤 했다.

"말바우 어미 병 때문이여."

참나무숲 등성이를 기어오르던 대불이의 모습이 보이지 않자 과부 주모가 난초를 향해 돌아앉으며 말했다.

"말바우 어머니가 여기 와 있남요?"

난초는 탱자나무 가시에 찔린 듯 섬칫하게 놀라며 물었다.

"와 있는 것이 다 뭐여!"

난초는 과부 주모한테서 말바우 어미가 몹쓸 병에 걸려 참나무 숲속에 움막을 짓고 따로 살고 있다는 말을 듣고 심신이 갑자기 마른 장작개비처럼 빳빳하게 굳어져버린 듯싶었다. 그녀는 입안이 수세미속처럼 물기가 바싹 말라버려 찬물을 한 바가지 떠 마시고 나서야 토마루의 과부 주모 옆에 앉았다.

"그 여자 땜시 께름칙해서 못 살겄다니께. 그라다가 대불이 오래 비라도 덜컥 그 병에 걸리면 으짤 것인가 잉. 그러니 큰애기가 오래비한테 잘 말해서 말바우 에민가 하는 여자를 멀찌감치 쫓아뿌리라고 좀 허소. 한 번 그 병에 걸리면 하느님도 어쩌지 못헌더고 안허든가."

난초는 과부 주모의 말에 왈칵 울고 싶어졌다. 대불이 오빠가 불쌍하게 생각되었다. 대불이 오빠가 말바우 어미와 야행을 친 것에 대해, 철이 들기 전까지만 해도 그녀를 돌봐줄 대불이 오빠가 옆에 없는 것만이 아쉬웠을 뿐이었는데, 나이가 들면서부터는 그 일만 생각하면 괜히 속이 상하고 뿌질뿌질 화가 치밀어 오르기까지 했었다. 대불이 오빠보다 말바우 어미가 훨씬 더 밉게 생각되었었다. 마치 말바우 어미한테 대불이 오빠를 빼앗기기라도 한 심정으로 투기를 느끼기까지 하였다.

그런데 지금 말바우 어미가 대풍창병에 걸려 있다는 것을 알게 된 난초는 그런 생각을 했던 자신이 미워졌다. 그리고 병에 걸린 말바우 어미도 그렇거니와 대불이 오빠가 불쌍해서 미칠 것만 같았다.

대불이는 어슴어슴 어둠이 내려덮이고 있는 참나무숲 계곡으로 내려가 말바우 어미의 움막으로 갔다. 움막에는 아직 기름심지불이 켜 있지 않았다. 움막 앞 판판한 바위에 앉아 있던 말바우 어미는 대불이가 오는 것을 보자 부리나케 안으로 몸을 숨겨버렸다.

"약을 구해왔어요. 웅보 형님이 금쇄동 양 의원한테 가서 약을 구해왔다니께요.”

움막 앞에 뛰어 내려간 대불이는 흥분을 누르지 못하고 큰 소리로 환성을 지르듯 말했다. 그러나 움막 안으로 몸을 숨긴 말바우 어미는 대꾸 한마디 없었다.

“이봐요. 약을 구해왔다니께.”

대불이는 흥분하여 움막 안으로 들어서려다 말고 주춤 몸을 사렸다.

“바보같이로…… 웅보 형님헌티 내 병을 말하다니…… 새끼내에 내 소문이 쫙 퍼졌겄구만…… 바보같이…….”

움막 안에서 말바우 어미가 울음 섞인 목소리로 울부짖듯 말했다.

“걱정 말아요. 웅보 형님이 아무한테도 말하지 않겠다고 했으니 말이오. 그리고 양 의원한테 알아봤더니 병자의 몸에서 태어난 아기는 괜찮다고 그러드랍디다. 그러니 맘을 놓아요.”

대불이는 조금이라도 말바우 어미의 마음을 가라앉히려고 거짓말을 하고 있었다.

그는 약봉지를 움막 안으로 밀어 넣으며 웅보 형이 시키는 대로 해 뜨기 전에 동쪽을 향하고서 복용하라고 당부하였다.

“이 약을 먹으면 설사를 함시로 충이 나온다고 합디다. 충이 나오면 병이 낫게 될 것이오.”

대불이는 말바우 어미로부터 정성들여 약을 먹겠다는 다짐을 받고서야 주막으로 내려왔다. 그리고 그는 다음날도 그 다음날도 아침과 점심, 저녁 때 꼬박꼬박 하루에 세 차례씩 먹을 것을 가지고 참나무숲을 오르내렸다. 음식을 날라다 주는 것에 대해 고달준의 과부 주모가 노골적으로 따지고 불만을 말하자, 그는 난초를 시켜 주막 뒤 강변 미루나무 밑에서 따로 밥을 지어주도록 하여 날라다 주곤 하였다.

약을 가져다 준 지 사흘째 되는 날 저녁 대불이가 말바우 어미의 움막에 밥을 가지고 갔을 때, 그녀는 움막 안에서 통곡을 하고 있었다. 약을 먹은 지 사흘이 넘도록 벌레는커녕 설사도 나오지 않는다면서, 자기는 낫지 못할 것이라고 낙망하여 울고 있는 것이었다. 그러나 대불이는 화를 내고 윽박지르며 계속 약을 정성스럽게 먹으라고 나무람 하였다.

떡갈나무와 개옻나무 잎이 빨갛게 물들고, 가시나무 열매가 후두두 떨어지기 시작하자 대불이는 말바우 어미가 춥지 않게 겨울을 넘기기 위해 구들을 들인 움막을 다시 만들었다. 영산강변에서 하얗게 꽃이 핀 갈대를 베어다 움막을 여러 겹으로 푹신하게 덮어, 군불을 조금만 지펴도 후터워졌다.

차가운 강바람이 참나무숲으로 드밀고 올라오기 시작하면서부터 말바우 어미의 배는 개산만큼 불렀다.

그 무렵 새끼내에는 이상한 소문이 돌았다. 밤만 되면 웬 여자가 흰 수건으로 얼굴을 싸매고 치맛자락 나풀거리며 새끼내 들판을 쏘다닌다는 것이었다. 염주근은 한밤중 돈들막 아래서 그 여자를 보았다고 하였고, 칠복이 영감도 새벽에 강가에 어살을 치고 오다가 마을에서 갈대숲으로 뛰어가는 것을 보았다고 하였다.

사흘 전에는 쌀분이가 자다가 뒷간에 갔다 오다 말고 비명을 지르며 방으로 뛰어 들어오는 바람에 잠자던 온 식구들이 놀라 깨어났다.

쌀분이의 말로는 허청으로 사용하고 있는 술청에서, 흰 수건을 머리에 쓰고 검정 치마를 입은 여자가 나오다가 쌀분이를 보더니 날듯 돈단 아래로 뛰어 내려가더라는 것이었다.

새끼내 마을사람들은 새끼내에 귀신이 떠돌아다닌다고들 하였다. 그런 소문이 퍼지자 밤에 뒷간 가는 것도 무서워들 하였다.

웅보는 그 여자가 다름 아닌 바로 말바우 어미일 것이라고 짐작하고 있었다. 강 건너 구진포 참나무 숲속 움막에 숨어살면서, 세상이 잠든 한밤중에 쪽배를 타고 강을 건너오는 것이라고 믿었다. 오죽 새끼내에 오고 싶으면 그럴까 하고 생각하니 호비칼로 내장을 긁어내는 듯 마음이 쓰리고 아팠다. 그러나 웅보는 아무에게도 그 여자가 귀신이 아니고 바로 말바우 어미라는 말을 할 수가 없었다.

아침이면 벼를 베어낸 논바닥의 벼 그루터기에 서리가 하얗게 내려앉기 시작할 무렵, 풀상투가 다시 구진포에 나타났다. 이번에도 풀상투는 얼굴이 심하게 일그러지고 내려앉은 대풍창 병자 떼거리들을 다섯이나 몰고 나타났다. 말바우 어미가 구진포의 참나무 숲속에 숨어 살고 있는 줄 어떻게 알고 찾아왔는지 참으로 알 수 없는 일이었다.

"잔칫날에 아무리 먼 데 있는 쉬포리들도 음식냄새를 맡고 날아오지 않던감. 그 이치와 같은 벱일세. 그것들은 말바우 어미를 땅 끝에 숨겨둔다고 해도 기어코 찾아오고야 말 것일세. 그러니 인제는 단념을 하소. 말바우 어미와 대불이 자네와의 이승에서의 인연은 이미 끊어져버렸네. 자네가 그 병에 걸리기 전엔 두 사람은 그만 헤어지는 것이 당연허고말고!"

대불이가 함께 풀상투 떼거리들을 쫓아버리자고 부탁을 하자, 고 달준은 거절을 하면서 그렇게 말했다.

대불이는 하는 수 없이 짝귀와 함께 모래가마니를 말바우 어미의 움막 앞에 져다놓고, 풀상투 떼거리들이 가까이 오는 것을 막았다. 풀상투 떼거리들은 말바우 어미의 움막으로 접근하지 못하고 백여 보 간격을 두고 솔개가 어리 속의 병아리 여수듯 뱅뱅 배돌기만 하였다.

대불이와 짝귀는 움막 앞에 불을 피우고 쪼그리고 앉아서 꼬박 하룻밤을 뜬눈으로 새웠다. 아침이 되어 눈을 씻고 보니 풀상투 떼거리들은 그대로 산등성이 쪽에 쭈볏거렸다.

난초가 밥을 해서 내오다가 참나무숲 산등성이에 있는 풀상투들을 보고 밥보자기를 팽개친 채 죽을 둥 살 둥 주막으로 도망쳐버렸다. 풀상투들이 난초가 팽개친 밥보자기를 가져다가 먹어치웠다.

"그만들 내려가요. 몸을 풀기 전에는 구진포에서 한 발짝도 떠나지 않을 텐께. 그만 내려들 가시라니께요. 나는 구진포를 떠나지 않을 거로구만요. 영산강에 빠져죽는 한이 있어도 저 사람덜을 따라가지는 안헐 거여요. 아니지요. 영산강에 빠져죽으면 강물이 더럼을 타니께, 목을 매달아 죽었으면 죽었지 안 따라가요. 병자가 낳은 애기도 에미와 같은 병에 걸린다는 저 사람덜 말을 믿지 않구만요. 저 사람덜이 나를 데려갈랴고 거짓말을 하고 있다는 거 다 알구만이라우. 그러니 내 걱정은 말고 어서 내려들 가셔요."

말바우 어미는 움막 속에서 홀쩍거리며 말했다. 그러나 대불이와 짝귀는 다섯 끼니 째 꼬박 굶고 앉아서 이틀째의 밤을 새웠다.

다음날 아침, 너무 배가 고파 철판처럼 무거워진 눈꺼풀을 게슴츠레하게 열고 참나무숲 등성이를 올려다보았더니 풀상투 떼거리들 모습이 보이지 않았다.

짝귀는 너무 탈진하여 눈앞이 잘 보이지 않는 것인지도 모른다면서 모래를 한 움큼 지고 비척비척 산등성이로 올라갔다.

"그 눔덜이 가베리고 없네."

산등성이까지 올라간 짝귀가 움막이 있는 골짜기를 내려다보며 목청껏 소리쳤다. 그제야 대불이도 갈색으로 변한 떡갈나무를 움켜지며 가까스로 산등성이로 올라가보았다. 풀상투 떼거리들의 모습이 보이지 않았다. 주막까지 내려와 주위를 살펴보았으나 그림자도 없었다.

대불이와 짝귀는 지치고 허기진 몸을 이끌고 주막에 들어와 한꺼번에 밥을 두 그릇씩이나 퍼먹고는 식곤증으로 잠에 떨어지고 말았다.

쓰렁한 초겨울의 해가 머리 위에 머물러 있을 때까지 꼬꾸라져 잠이 든 대불이는 얼핏 눈을 떴다. 그는 부리나케 일어나 참나무숲 산등성이로 뛰어올라갔다. 그는 이상한 꿈을 꾸었던 것이다. 말바우 어미가 움막 앞 늙은 소나무에 목을 매고 죽는 꿈을 꾸었다. 영산강에 빠져죽으면 강물이 더러움을 타기 때문에 차라리 목을 매달아 죽겠다고 말한 그녀의 말이 마른 번갯불처럼 뇌리를 뚫었다. 꿈속에서처럼 그녀가 정말로 목을 매달고 죽어 있을 것만 같았다.

허위허위 등성이를 추어 올라가자 아침에 숲을 내려올 때처럼 풀상투 떼거리들의 모습은 보이지 않았다. 그는 마음을 가라앉히며 움막 쪽으로 뛰어 내려갔다. 다행히 움막 앞의 늙은 소나무의 큰 가지에는 초겨울 햇살만이 을씨년스럽게 감겨 있을 뿐이었다.

"말바우 어매—"

대불이는 움막을 향해 소리쳤다. 그러나 움막 안에선 말바우 어미의 대답이 흘러나오지 않았다. 움막 앞 꿀참나무에서 때까치 한마리가 푸드득 옮겨 앉았을 뿐이었다. 대불이는 불길한 예감에 휘감기면서 다시 한 번 말바우 어미를 불러보았다. 역시 대답이 없었다.

움막으로 뛰어 내려간 그는 거적문을 젖히고 어두컴컴한 움막 안을 들여다보았다. 말바우 어미의 모습은 보이지 않았다. 대불이는 두렷두렷 계곡의 여기저기를 둘러보며 말바우 어미의 모습을 찾았으나 보이는 것은 소나무와 참나무와 묽은 갈색으로 변한 떡갈나무의 잎들뿐이었다. 말바우 어미가 개산만한 배를 움켜 안고 되뚱거리며 풀상투를 따라가는 모습이 악몽처럼 눈에 밟혀왔다.

대불이는 말바우 어미의 움막 앞에 허탈하게 앉아 있었다. 그러나 해가 서산으로 뚝 떨어질 때까지도 말바우 어미는 돌아오지 않았다.

8

새끼내 들에 아침마다 갈대꽃 같은 서리가 희끗희끗 내려덮이기 시작하자 영산강 칼바람이 문풍지를 때렸다.

그러나 영산강변의 농민들은 살갗을 쑤시는 칼바람보다는 조세를 내놓으라고 다그치는 관속들의 으름장이 더 무서워 벌벌 떨고 있었다. 영산강의 칼바람이야 봄이 오면 강변의 풀꽃들을 꽃피우는 훈풍으로 바뀌겠지만 조세를 독촉하는 관속들의 매서운 눈초리는 봄이 와도 누그러질 것 같지가 않았다.

전성창이 영산포를 떠난 뒤 관가에서는 밀린 2년 치의 조세를 한꺼번에 내놓으라고 들볶아댔다. 관가의 나졸들은 날마다 영산포 근동 마을들을 쑤석이고 돌아다니며 세곡을 내놓지 않으면 전답을 몰수하겠다고 하였다.

그러나 그들은 세곡을 낼 수가 없었다. 일 년 치 것이라면 굶는 한이 있더라도 홀태 밑을 깡그리 긁어 바치겠지만, 2년 치를 한꺼번에 내놓으라니, 잡아 죽인다고 해도 어찌하는 수가 없었다.

그들은 전성창이 내려오기만을 기다렸다. 하나 한 번 영산포를 떠난 전성창은 다시는 나타나지 않았다.

전성창이 얼굴을 나타내지 않는 대신 박 초시가 관가의 나졸들을 앞세우고 소작료를 내놓으라고 하였다. 2년 치의 세곡을 내는 것도 청천벽력 같은 일이거니와, 거기다 다시 소작료까지 바치라 하니 오장육부가 뒤집히는 듯싶었다.

전성창이 사또한테 단단히 부탁을 해놓고 떠났기 때문에 박 초시는 그런 사또의 힘만을 믿고 안하무인으로 소작료를 받아내는 데에 제정신이 아니었다. 영산포 근동 마을사람들은 그들을 골탕 먹이고 떠난 전성창보다 되레 그의 힘을 믿고 꺼들먹거리는 박 초시가 더 미워 죽을 지경이었다.

두 해 치의 세곡을 내지 못한 새끼내 대표 몇 사람이 박 초시를 찾아갔다.

"초시 어른, 독촉관은 언제 다시 오시는가요?"

답답한 그들은 종당에는 몇 달이 걸리더라도 전성창을 찾아갈 수밖에 없을 것 같아 그렇게 물어보았다.

"내가 그것을 어찌 아는가."

박 초시는 귀찮다는 듯 쏘아붙였다.

"그래도 초시어른께서 도지를 대신 받고 있지 않는가요."

"나는 모르네."

박 초시는 더 이상 새끼내 사람들을 상대하기가 싫은지 안채로 들어가 버렸다. 새끼내 사람들은 실로 난감했다.

"관가에서도 모른다, 박 초시도 모른다 허니, 우리가 직접 올라가세."

"한양 가서 김 서방 찾기재. 어떻게 독촉관을 찾어?"

"호조로 가면 될 것이 아닌감. 아니면 경선궁으로 가든지……."

"우리 같은 무지렁이들을 들여 넣기나 할라구?"

"글타고 가만히 하늘만 쳐다보고 전답을 뺏길 수는 없지 않는감."

"왜 전답을 뺏겨! 내 처를 뺏겼으면 뺏겼지 전답은 어림없네!"

그들은 억울함과 울분을 풀지 못해 서로 눈을 부라리며 팩팩거렸다. 허나 벌써 영산포 근동 마을의 많은 사람들은 이미 나졸들을 앞세운 박 초시한테 소작료를 내지 못해 들볶임을 당하고 있지 않는가.

섣달이 되면서부터 두 해 치의 조세를 한꺼번에 내놓으라고 들볶아대던 관가의 독촉이 누꿈해졌다. 갑자기 관속들의 독촉이 사그라지자 농민들은 되레 불안해졌다. 관속들이 입버릇처럼 말한 대로 조세를 내지 않자 그들의 땅이 몰수당해버린 것이나 아닌가 하는 걱정이 앞섰다.

아니나 다를까 섣달그믐이 훌쩍 바람처럼 넘어 가고 설날을 맞은 지 닷새 후에, 그들은 두 해치의 조세를 내지 못한 사람들의 농토가 모두 궁토로 몰수되었다는 통지를 받은 거였다.

마을마다 주막의 벽에 붙은 방에는 차후로는 매년 꼬박꼬박 경선궁에 도지를 내야하며, 만일 이에 불복하면 국법으로 엄히 다스리겠다고 경고하고 있었다.

또한 이들 농토를 경선궁의 궁토로 몰수하는 이유로 조세를 두 해씩이나 바치지 않은 것 외에도, 당초 영산강변 무조지(無租地)의 진전(陳田)을 관가의 허락 없이 기경(起耕)하여 무지렁이 농민들이 자기들 농토인 양 농사를 지어왔기 때문이라고 밝혔다.

그렇게 하여 경선궁의 궁토로 몰수된 영산강변의 농토는 3개 면에 이르렀으며, 그런 연유로 하여 궁토가 되어버린 세 면을 궁삼면(宮三面)이라고들 불렀다.

2년 치의 조세를 내지 못한 3개 면 농민들의 토지가 모두 궁토로 몰수되었다는 청천벽력과도 같은 통지를 받은 지 열흘이 지난 뒤, 선창 마을에서 새끼내에 사람이 왔다. 선창에서 마바리꾼으로 일하면서 돈을 모아 논을 장만한 뒤부터 농사꾼이 된 김기출이라는 사람이었다. 그의 농토 열 두락도 궁토로 몰수를 당했다. 김기출의 말로는 정월 보름날 정오에 선창 조운창 앞뜰에서 억울하게 농토를 빼앗긴 3

개 면의 마을대표들이 모여 대책을 세우기로 했으니, 새끼내에서도 참석을 해달라는 것이었다. 그러면서 김기출은 새끼내에서 다음 마을에 연락을 해달라는 부탁을 하고 돌아갔다.

김기출로부터 연락을 받은 웅보는 아랫마을 부르뫼로 가 그 같은 김기출의 말을 전달하고, 부르뫼에서 개태 마을에 기별을 해달라고 했다. 웅보가 알기에 개태나 부르뫼, 점촌 등 새끼내와 가까운 마을에서도 토지를 경선궁에 빼앗긴 농사꾼들이 수없이 많았다.

웅보가 새끼내 사람들한테 김기출의 이야기를 하자 모두들 신통찮게 생각했다. 하기야 지난번 느닷없는 조세 독촉령이 발등에 떨어졌을 때에도 마을마다 대표를 뽑아 나주 관아로 몰려갔으나 헛일이 되고 말았지 않았는가. 기실 웅보도 김기출의 말에 큰 기대를 갖지는 않았다.

정월 보름날이 되자 새끼내에서는 아무도 대표로 선창에 나가려고 하지를 않았다. 새끼내 사람들은 이제 지쳐 있었다. 하늘이 도와주지 않는 한, 궁토가 되어버린 토지를 다시 찾을 수가 없게 되리라고 생각하고 있는 것인지도 몰랐다.

하는 수 없이 웅보 혼자 이른 점심을 먹고 선창으로 향했다. 그날따라 영산강의 칼바람이 독수리 발톱처럼 무섭게 몰아치면서 눈발까지 날렸다. 새끼내에서 선창까지 가는 동안 얼굴이며 귀가 얼어버렸다.

그런 추위에도 선창의 조운창 앞뜰에는 농토를 경선궁에 빼앗긴 영산포 근동의 3개 면 각 마을대표 일백여 명이 칼바람을 피해 조운창 담벽에 바짝 붙어 있었다. 조운창 구석 바람벽 밑에서 짚불을 피우는 축들도 있었다. 매케한 짚불냄새가 눈발과 함께 날렸다.

웅보는 그와 안면이 있는 개태, 부르뫼, 점촌에서 온 마을대표들과 함께 바람벽 아래 웅크리고 앉아 있었다.

"얼추 모인 것 같으니 이야기들을 해봅시다."

짚불을 쬐던 젊은이 하나가 연기 때문에 눈이 크렁하게 젖은 채 주위를 둘러보며 큰 소리로 말하자, 여기저기서들 "정오가 훨씬 지났쉐다." "추워죽겠는디, 불러다 놓고 왜 이러고만 있는 거요?" 하고 불평을 털어놓았다. 그러나 답답한 김에 마을의 대표들을 나오게는 했지만, 앞으로 이 일을 어떻게 풀어나가야 할지 너무 막막한지라 관돌 배 앓기로 머룩머룩 표정들만 살폈다.

정오가 훨씬 지나서야 세지 사는 박춘달(朴春達)이라는 사람이 마을 대표들 앞에 나섰다. 그는 작달막한 키에 몸피도 볼품이 없었으며 입성도 헌 핫바지, 핫저고리 차림이었다.

"여러분들, 내 이야기를 들으씨요. 우리는 시방 우리의 목숨보다 더 중요한 땅을 뺏겼소. 꼭 도깨비한테 홀린 기분이오. 내 여편네를 빼앗겼던들 이렇게 원통허지는 않을 것이오. 여기 모인 여러분들의 심정은 다 마찬가지일 것이오."

박춘달은 거기까지 말하고 나서 잠시 조운창 뜰을 휘둘러보았다. 모두들 박춘달의 다음 말을 기다렸다. 바람벽에 붙어 있던 사람들도 앞뜰로 기어 나왔다.

"여러분들, 이쪽으로 나와서 내 이야기를 들으씨요. 이까짓 추위가 문제가 아니오. 얼어 죽기는 쉬운 일이 아니나, 굶어죽기는 어렵지 않소. 우리가 이대로 있다가는 우리 자신들뿐 아니라, 딸린 식솔이 다 굶어죽게 됩니다. 굶어죽기 싫으면 이까짓 추위 무서워말고 이쪽으로들 나오씨요.”

박춘달의 말에 짚불을 피우던 사람들도 어기적어기적 앞뜰로 기어 나왔다. 영산강 칼바람이 드세어지고 눈발도 거칠어졌다. 그러나 박춘달은 칼바람을 정면으로 받은 채 말뚝처럼 서 있었다. 다른 사람들은 박춘달을 향해 서 있었기 때문에 강바람을 등 뒤에 받았다.

“여러분들, 지난번에 우리는 전성창이라는 도둑놈 때문에 억울하게 조세를 두 번 물게 되었을 때, 나주 관아로 몰려갔으나 뜻을 이루지 못했었소. 그러나 이번에는 이대로 있을 수가 없소. 우리의 목숨보다 더 귀한 토지를 잃게 된 것이오. 어떻게 해서라도 토지를 찾아야 합니다. 어째서 우리 토지가 궁토로 몰수를 당해야 한다는 말이오. 이것은 나주 관아에서도 해결할 수도 없는 문제요.”

“나주 관장이 전성창과 한통속이라고들 헙디다.”

누구인가 박춘달의 말의 허리를 자르고 큰 소리로 곁방아질을 하였다.

“대책을 말해보시오.”

누구인가 다시 말했다.

“대책은 나도 모르오.”

박춘달이 대답했다.

“대책을 모르면 집어치시오.”

부르퇴 사는 또삼이가 침을 칵 뱉으며 몸을 돌렸다.

"대책을 세우기 위해 여기 모인 것이 아니오? 그러니 여러분들께서 이야기를 해보시오. 나는 단지 이러고 있을 수만 없어서 홧김에 긴 이야기를 한 것뿐이오."

박춘달이 갑자기 기가 꺾인 듯싶었다.

"당신이 우리를 여기 나오라고 한 주동자가 아니오?"

또삼이가 물었다.

"나는 주동자가 아니오."

"그렇다면 주동자가 누구요? 누가 우리를 여기꺼정 나오게 했단 말이오?"

누구인가 화난 목소리로 투덜댔다. 그러나 그들은 연락을 받은 이웃마을 사람들의 얼굴을 찾느라 두렷두렷 주위를 살폈을 뿐이었다. 웅보도 고개를 돌려가며 김기출을 찾았다. 김기출도 누구인가를 찾고 있는 눈치였다.

"주동자는 없소."

김기출이가 말했다.

"니미럴, 추워죽겄는듸 쥔도 없는 공사에 나와서 이 지랄들이로구만."

그 말에 모두들 허탈하게 웃었다. 조운창 뜨락이 잠시 눈발과 함께 술렁거렸다. 모였던 사람들이 흩어져버릴 듯싶었다.

"저 사람이 누구요?"

잠자코 있던 웅보가 김기출의 옆으로 가서, 영산강 칼바람과 마주선 키 작은 사내를 턱으로 가리키며 물었다.

"세지 사는 박춘달이라는 사람이오."

웅보는 김기출의 말을 듣고 마을사람들 앞으로 걸어 나갔다.

"박춘달, 당신이 주동자가 되씨요. 당신이면 주동자가 될 수 있소."

웅보의 말에 뜨락이 술렁거렸다. 휘익 눈발이 몰아쳤다.

"그러씨요. 당신이 주동자요."

김기출이가 맞장구를 쳐주었다. 그러자 여기저기서 박수를 쳤다.

"박춘달씨, 이야기를 더 하씨요. 아무 이야기나 하고 싶은 대로 하씨요."

웅보가 다시 큰 소리로 말했다.

"좋소. 그렇다면 내가 임시 주동자가 될 테니 내 이야기를 더 들으씨요."

한동안 머무적거리는 듯싶더니 웅보의 부추김에 힘을 얻은 박춘달은 다시 말을 계속했다.

"우리가 어떻게 해서 토지를 장만했는가를 생각해봅시다. 이 중에는 손수 방천을 쌓고 땅을 파고 돌멩이를 들어내어 묵정밭을 논으로 맹근 사람들도 있을 것이며, 수년 동안 허리띠 졸라매고 굶주리고 헐벗어가면서 논을 산 사람도 있을 것이오. 우리는 궁토로 몰수당한 토지를 장만하기 위해 말로 다 할 수 없는 고초를 겪었소."

"속상허게 그 이야기는 왜 허는거요!"

박춘달의 이야기에 누구인가 윽박질렀다.

"내 말을 더 들으씨요. 여러분이 나를 임시 주동자로 세웠으니, 내 말을 들어야 합니다."

"박춘달, 이야기를 계속하씨요."

김기출이가 박수까지 쳐가며 박춘달을 거들어주었다. 영산강 칼바람은 더욱 드세어지고 하늘의 어느 한 귀퉁이가 무너져 내리기라도 할 것처럼 두꺼운 구름이 낮게 내려앉았다.

"우리가, 무신 속도 모르고 억울하게 빼앗긴 토지를 다시 찾을려면, 첨에 우리가 그 토지를 장만할 때 겪었던 고초를 다시 한 번 겪는다 하는 각오가 있어야 합니다."

"무슨 말인지 개득이 잘 안 가요. 그러면 다시 논을 치자 이겁니까?"

부르뫼 또삼이의 말에 모두들 푸실푸실 웃었다.

"땅을 되찾기가 그만큼이나 어렵다 이것 아니오."

김기출이가 대신 설명을 해주자, 그제야 또삼은 겸연쩍은 얼굴로 고개를 끄덕였다. 고개를 끄덕이던 또삼이 "논을 다시 찾는 일이라면 죽을 각오가 되어 있소. 요본에 궁톤가 개톤가로 뺏긴 내 논 다섯 두락을 장만 했던 일을 생각하면 눈물이 다 나는구만요. 그러니 나는 그 논을 찾는 일이라면 내 목숨도 내놓겠소. 논을 찾아 놔야 나 없이도 우리 식구들이 살아갈 것이 아니오?" 하고 주위 사람들을 둘러보며 말했다.

"바로 그렇소."

박춘달이 부추겨주자, 또삼은 바보처럼 벌쭉벌쭉 웃었다.

"그래서, 내 생각으로는 이 일은 나주 관아를 상대할 것이 아니라, 우리가 직접 한양으로 올라가서 전성창도 만나보고, 경선궁 엄상궁도 만나야 합니다요."

박춘달의 말에 옳다고 하는 사람과 한양까지 갔다가 전성창과 엄 상궁을 만나지 못하면 어떻게 할 것이냐면서, 한양 가는 것은 서두를 일이 못 된다는 사람이 각각 반반이었다.

"그렇다고 이대로 가만히 있으면 별수 없이 우리들 농토가 궁토가 되고 마는 것이오. 그러니 어떻게 하면 좋겠소."

이날 박춘달의 제의에 따라 각 마을의 대표들은 조세 독촉관 전성 창과 엄 상궁을 만나기 위해 한양으로 올라가야 한다는 쪽으로 매듭을 짓게 되었다.

박춘달은 마을 대표들에게 노자는 각 마을에서 각기 별도로 염출 부담하자고 하였으며, 한양으로 올라갈 의사가 있는 사람은 손을 들 어보라고 하였다. 일백 명 남짓 되는 마을 대표들 중에서 한양에 가겠 다는 사람이 서른두 명이나 되었다.

웅보는 손을 들지 않았다. 한양에 가겠다는 사람이 많은 탓도 있거 니와, 그는 새끼내 사람들한테 노자를 염출해낼 자신이 없었던 것이 다. 선창 사는 김기출이가 자랑스럽게 손을 들고 웅보를 보고 손을 들 라는 시늉을 해 보였다. 웅보는 그냥 웃고만 있었다.

이들 서른두 명은 열흘 뒤, 추운 날씨를 무릅쓰고 영산포를 떠나 한양으로 향했다. 그들은 박춘달의 말마따나 이까짓 추위쯤이야 농 토를 장만할 때 겪은 고초에 비하면 아무것도 아니라는 생각들을 하 고 한양으로 떠난 것이었다.

허나, 이들 삼 개 면의 대표들이 한양으로 떠났다는 것을 안 나주 관장 김성기는 즉각 파발을 보내 전성창에게 이를 알렸다. 김성기는 전성창으로부터 뇌물 이백 섬을 받아먹었는지라, 마을대표들이 떠난 것을 모르는 척할 수가 없었다.

김성기한테서 연락을 받은 전성창은 영산포에서 박 초시와 함께 도조를 받아내는 데에 힘써준 관찰부 주사 김영달의 아우 김영진을 시켜, 이들 대표들이 한양에 당도하는 대로 잡아들이라고 일렀다. 김영진은 그의 형 김영달의 공으로 전성창이 손을 써 궁내부 경무관 자리에 있었다. 전성창의 부탁을 받은 김영진은 미리 대기하고 있다가 박춘달을 비롯한 궁삼면에서 올라온 마을대표 서른두 명을 붙잡아 투옥시키고 말았다.

이들 서른두 명의 대표들은 그 후 아홉 달 동안이나 억울하게 옥살이를 하다가 풀려나왔다.

계사년(癸巳年, 1893년) 늦가을에는 전라도 곳곳에서 연달아 민란이 일어났다. 고부, 전주, 익산에서 관리의 횡포와 탐학에 못 견디어 농민들이 들고 일어섰다.

가결전(加結錢), 가호전(加戶錢)에 백지징세(白地徵稅), 유망(流亡), 진결(陳結), 은결(隱結) 등 무명잡세며 허복(虛卜) 외에, 불목(不睦), 불경(不敬), 독신(瀆神), 상피(相避) 등 갖가지 죄목으로 들볶는 바람에 더 이상 참고 견디지를 못한 것이었다.

고부에서는 북면에 있는 만석보(萬石洑) 아래에 필요 없는 팔왕보(八旺洑)를 백성의 무상 부역으로 만들어서, 그 봇수세로 논 매두락에 벼를 석 되씩 과하여 군수 조병갑(趙秉甲)이 착복했다.

호남전운사 조필영(趙弼永)은 전라도 각 군의 세미를 거두어 경강(京江)으로 실어 올려 보낸 쌀을 경창에서 다시 두량질을 해보니 부족하였다고 하여 부족한 분량을 고부 군민들에게 물리라고 하였다. 당초 세미를 받을 때는 각 해당 조창에서 창관(倉官)의 친봉(親捧)에 좌우 관졸이 늘어서서 쥐가 먹어서 축이 났느니 말라서 줄었느니 하고 생트집을 잡아 쌀 한 섬당 적게는 석 되, 많게는 다섯 되까지를 가봉(加捧)했었는데, 경창에서 다시 두량질을 해보니 모자란다는 것이었다.

세미가 부족한 탓은 창고에 들여놓을 때 창졸배들이 죽침(竹針)질로 빼내기도 하고, 선척(船隻)에 옮겨 실을 때 선인배들이며 색리배의 작간이 따르고, 경창에 도착하면 전운사가 각 조창에서 가봉했던 것을 다시 빼내니 부족할 것은 마땅한 이치인 것이다.

결국 관속배들이 여기저기서 작간하여 빼먹고도 다시 백성들한테 부족한 쌀을 거두어들인다는 것은 천부당만부당한 일임에도 고부 군수 조병갑은 부족량을 다시 징수하라는 명을 기화로 무리하게 받아들였다.

이에 고부군 열여섯 개 면의 수백 동리에서 농민들이 일시에 항거하여 일어섰다.

또한 균전사 김창석(金昌錫)은 김제를 비롯한 열한 개 고을의 재해지를 왕실에서 개간하게 된 것을 기화로, 삼 년 동안 면세하여 주기로 한 개간지에 과세를 하고, 심지어는 백지(白地, 무작경지)에까지 징세하는 등 농민들에게 부담을 강요하였다.

김창석의 횡포는 이것뿐만이 아니었다.

그즈음 삼남지방엔 심한 가뭄으로 토지가 황폐되어, 농민들은 진결 납세에 못 견디어 농토를 버리고 도망한 사람들이 많았다. 이것을 기화로 전주 이속 김창석은 정부 요로 대관들에 줄을 대어 주인 없는 땅을 모두 균전(均田)으로 만들어버렸다. 균전답이라는 명목으로 인근 양답(良畓)들까지도 포함시켜 개간을 한 김창석은 균전답 도조를 매두락에 원도조 외에도 석 되에서 다섯 되까지나 더 받았다. 그밖에도 수확이 없어 조세의 면세를 받아야 하는데도 백지징세를 하여, 전주 수하 여러 고을 백성들 수천 명이 전주부에 호소하였다. 전라감사 김문헌은 이것을 역시 난민이라 하여 장두 고덕찬(高德贊)과 여전관(余田寬) 등을 잡아 가두었다.

또한 익산에서는 군수 김택수(金澤洙)가, 소위 향유(鄕儒)라고 하는 자들이 소리(小吏)들과 부동(符同)하여 결세미를 집어먹고 소리의 장부에다 민미수(民未收)라 달아매어두는 폐풍 때문에 포흠(逋欠)난 삼천칠백칠십이 석의 곡수를 재차 징수하려고 하였다.

백성들은 소위 이포재징(吏逋再徵)을 반대하여 익산 열 개 면 수만 명이 들고 일어서서 왕궁탑에 모여, 도장두(都狀頭)에 오지영(吳知泳)을 뽑아 군아로 밀고 들어가서 군수에게 이포재징령을 철회하라고 하였다. 백성들은 분노하여 군아를 습격하고 군수를 잡아 죽이자고 하였으나, 도장두 오지영이 이를 효유(曉諭)하여, 자원자 이백 명을 이끌고 전라감영으로 갔다. 전라감사는 이것 역시 난민이라고 하여 도장두 오지영을 잡아 가두었으며, 익산 군수 김택수는 파직되고 이포재징령은 철회되었다.

전봉준이 삼천 명의 농민들을 이끌고 고부 관아를 습격한 것은 갑오년 정월 초열흘 새벽이었다. 이날 새벽 전봉준은 정익서, 김도삼 등과 함께 농민들을 지휘하여 죽창을 들고 동진장 어귀에 둔취(屯聚)해 있다가, 첫닭이 울자 고부로 진격하여 성부(城府)의 관문을 통과, 조당(朝堂)에 이르렀다. 군수의 침소로 쳐들어가 샅샅이 뒤져보았으나 조병갑은 이미 도망치고 없었다.

대세가 꺾인 고부 관졸들은 모두 항복하였다. 동학군은 관속들 중에서 조병갑 군수와 부동하여 탐학한 자 수명을 잡아 목을 베고, 옥문을 열어 갇혀 있었던 장두들과 백성들을 석방한 후 창고를 열어 빈민들을 구휼하였다고 했다.

전라도 각처에서 민란이 잇따라 터지자 조정에서는 장흥(長興)부사 이용태(李容泰)를 명하여 전라도 안핵사를 맡기고 민막(民瘼)을 구하라 하였다. 그러나 안핵사 이용태는 백성들의 억울함을 풀어주기는 고사하고 지방 수령들과 짜고 맘껏 재물을 긁어모았다. 그는 민란이 일어났던 고부를 비롯하여 부안, 고창, 무장 등지를 돌아다니며 백성들의 재물을 노략질하는 데에만 급급하였다.

구진포 배나무집 객줏집에는 동학도들이 기름불을 밝히고 앉아 있었다. 밖에서는 눈보라가 휘몰아치는지 휘익휘익 강바람이 거칠게 문을 때렸다. 그때마다 눈발이 스치는 소리가 났다. 방에 참나무 군불을 지펴서 그런지 구들장이 뜨뜻하게 달아올랐다.

눈 오는 밤은 쥐 죽은 듯이 조용하기만 했다. 객줏집 안방에 모인 동학도들은 사립짝 쪽에 귀를 기울였다.

장성 기수선 교장을 만나러 간 김덕배(金德陪)를 기다리는 것이었다. 그들 일곱 사람은 지난 한 달 동안 각기 자기네 고향으로 돌아가서 은밀하게 포덕을 하고 다시 모였으며, 김덕배가 그간의 경위를 보고하기 위해 장성을 다녀오기로 한 것이다.

그날 밤은 김덕배가 돌아오기로 약속한 날이다.

"왜 여적지 안 올까?"

문 쪽에 앉은 대불이가 초조한 얼굴로 좌중을 둘러보며 입을 열었다.

"걱정 말게. 올 때가 되면 올 테니께."

얼굴이 거뭇거뭇하고 나이가 지긋한 고달준이가 대답했다. 객줏집에 거처를 잡은 도인들은 좌상인 그를 형님이라고 불렀다.

"형님, 또 오는 길에 무슨 탈거지가 붙은기 아닐까유?"

다도(茶道)가 고향인, 작달막한 키에 어깨가 앙바틈한 송기화(宋基和)다. 그는 이번에 그의 고향에 내려가서 포덕을 한 결과 스무 명의 새 도인들을 입도시키고 왔다.

남평(南平)이 고향인 문치걸(文治傑), 왕곡(旺谷)의 김한봉(金漢奉)도 걱정이 되는 얼굴이었다.

멀리서 컹컹 개 짖는 소리가 요란했다. 개 짖는 소리가 가까워 오고 있는 듯싶었다.

"대불이 참, 자네 형님은 만나보았던가?"

고달준이가 물었다.

"오늘 낮에 집에 가서 만나구 왔구먼요."

"그래, 뭐라 하시든가."

"이번에는 참을 수가 없다고 했습니다요. 농토를 빼앗긴 농민들이 그대로 가만히 있을 것 같지가 않다고 허시드먼유."

"관아로 쳐들어가겠다는 건가?"

불쑥 문치걸이 물었다.

"우선 박 초시부터 요절을 낼 것 같은 눈치데유."

대불이는 말을 하면서도 문 쪽에 귀를 기울였다.

"하기야 이곳 나주는 워낙 방비가 튼튼해서 쉴하지 않을 걸세. 더욱이나 전주, 고부, 익산에서 민란이 잇따라 터져서, 관속들의 방비가 이만저만이 아닐 게로구만."

"관속들을 앞세워 독촉관 전성창의 도조로 받은 쌀이 박 초시네 창고에 가득가득 쌓여 있다고 허드먼유."

"오유학 어른께서 하루빨리 우리들 청을 들어주셨으면 허네만."

고달준은 요즘 발이 닳게 드나들며 오권선(吳勸善)을 만나 나주지방의 동학 두령이 되어줄 것을 간청하였으나 쉽사리 승낙을 해주지 않는 터라 잔뜩 마음이 달아 있는 것이다.

"그분이 매사에 그렇게 꼼꼼허시다던데요."

잠자코 있던 송기화도 한마디 하였다.

오권선은 홍 거사가 추천해준 사람이다. 대불이가 고달준과 함께 웅보를 설득하여 가까스로 홍 거사를 만나 동학도인의 집강을 맡아줄 것을 통사정하였으나 홍 거사는 자신은 이미 나이가 많아 함께 일하게 되지 못함을 애석해하며 그보다 연하이긴 해도 가깝게 지내는 오권선을 추천한 것이다.

"그래도 나주 안통을 다 뒤져보아도 오유학 어른 같으신 분은 없을 걸세!"

"내일 형님허고 다시 한 번 찾아뵙고 간청을 해보지유 머."

그때 저벅저벅 발소리가 가까이 왔다.

"누가 오는 모양일세!"

"주모가 밖에 있으니 걱정허실 거 없습니다요."

그들은 안방에서 은밀하게 만날 때마다 고달준의 여자를 밖에 세워두고 망을 보게 하였다.

"덕배 양반이 오시네요."

밖에서 주모가 다급하게 말했다. 방안에 있던 그들이 우르르 밖으로 나가자 어느 사이에 김덕배가 툭툭 눈을 털며 토마루에 올라섰다.

"늦었구나!"

고달준은 토마루로 내려서서 김덕배의 손을 잡았다.

"오다가 얼풋 집에 좀 들르느라 늦었구만요."

덕배는 바짓가랑이며 두 어깨, 머리털까지 눈을 털고 나서 방으로 들어갔다.

"그래, 집에는 별고 없더냐?"

"여편네가 하룻밤 자고 가라는 것을 뿌리치고 오느라 혼났어요."

덕배는 푸실푸실 웃음을 날리며 말했다. 그의 고향은 노안(老安)이었다. 작년 봄 혼인식을 올린 지 두 달도 못 되어 입암산으로 들어가서 동학도가 된 것이었다.

"어지간허면 하룻밤 품어주고 올 것이재!"

문치걸이 농을 하였다.

"저 앞순에 갔을 적에 온 삭신이 문드러지게 품어주고 왔단 말여!"

"아랫목에 앉아서 몸이나 녹이거라!"

고달준은 덕배를 아랫목으로 끌어 앉히고 대불이에게 눈짓을 하여 술상을 봐오도록 하였다. 대불이가 밖으로 나가 주모에게 술상 준비를 시키고 이내 들어와 덕배 옆에 앉았다.

"기 교장님은 잘 기시던?"

"언제 기회를 보아 이곳에 한 번 꼭 댕겨가시겠다고 허시데요."

덕배는 대불이가 묻는 말에 고달준을 보며 말했다.

"오나가나, 관속들이 눈에 불을 쓰고 동학군을 잡겠다고 날뛰더군요.

"이용태가 곤욕을 치른 뒤로 더 심헌 거 같어요" 하는 덕배의 말에 "이용태라니, 안핵사 이용태 말이냐?" 하고 고달준이 물었다.

"이용태라면 장흥 목사를 지낸 그 이용태 말고 또 누가 있습니까?"

"그런데 그 이용태가 곤욕을 당허다니?"

"그놈이 무장 선은사에서 밥술이나 먹는 백성들을 잡아다가 동학군이라고 트집을 잡아 모조리 재산을 빼앗고, 서울로 묶어가지고 압송하다가 손화중 포 도인들에게 붙잡혔답니다요."

"그래! 거 참 고소한 이야기구나."

"정읍 연지원(蓮池院) 주막거리에서 혼뜨게 매를 맞고 도망을 쳤다지 뭡니까요."

"어허허, 그놈 설치더니 잘했구먼—"

좌중은 한바탕 시원스럽게 웃었다. 곧이어 주모가 술상을 차려 들어오자 그들은 연배 순으로 행주를 하였다.

"그때문에 관속들은 전라도 놈들을 모두 동학군들이라고 한답니다요."

"전라도 사람들을 모두 동학군이라고?"

문치걸이 울림이 좋은 목소리로 버럭 고함을 쳤다.

"조용조용히 해! 구진포, 영포 할 것 없이, 사령배들이 지악스러워졌다니께!"

덕배는 말을 마치고 술잔을 단숨에 주욱 비웠다.

"그래, 그 외에 새로운 소식은 없느냐?"

"있습니다요. 그 전에 기 교장님께서, 나주지방에서 기포(起包)를 할 경우 그 수가 얼마나 되겠느냐고 물으시데요."

"그래서 무어라 대답했느냐?"

"나주에서만 한 오백은 쉴허다고 했습죠."

"일시에 오백이나 기포헐 수가 있을까?"

고달준이 고개를 갸웃거리자 "염려없어유. 농민들은 다 우리 편이니께유" 하고 대불이가 다급하게 대답했다.

"그리고 또 이쪽 지방에 빨리 두령을 선임하라고 허시데요."

"오유학 어른 이야기도 했겠지!"

"네, 기 교장님도 오유학 어른의 인품에 대해서 이야기를 들었다고 하시드만요."

"그래! 거 다행이구나."

"그런듸 아주 반가운 소식이 있구먼요."

덕배가 좌중을 둘러보며 말했다.

"반가운 일이라니?"

문치걸이가 덕배 옆으로 바짝 다가앉으며 물었다.

"전봉준 두령이 태인의 접주 김개남과 최경선, 무장의 손화중 접주를 만나 뜻을 같이허기로 마음을 모았다는 소식입니다요."

"손화중 접주와 뜻을 같이허기로 했다는 것이 참말이냐?"

고달준이 약간 흥분한 목소리로 다급하게 다그쳐 물었다.

"기 교장님헌티서 들은 말이여요."

"참말로 다행헌 일이로구나. 손화중 접주께서 뜻을 합쳐만 주신다면 천군마마를 얻은 것이나 다를 바가 없는 일이여."

고달준은 손화중 접주의 인물 됨됨이에 대해 여러 도인들로부터 저저한 이야기들을 들어온 터였다. 기실 고창, 무장을 비롯하여 인근 고을에서 남녀노유를 막론하고 손화중 접주의 명성을 모르는 사람이 없었다.

손화중은 정읍 과교리(科橋里) 태생으로 소년시절부터 어지러운 시국에 남다른 관심을 갖고 있던 터에, 이십대에 처남 유용수(柳龍洙)와 함께 고향을 떠나, 십승지(十勝地)를 찾아서 지리산의 청학동(靑鶴洞)으로 들어갔다가, 그곳에서 동학에 입문하게 되었다. 그는 입교 이 년 만에 고향에 돌아와 포교에 전력을 다하였다. 손화중은 처음에 부안에 자리를 잡고 포교를 하다가, 관헌의 눈을 피해 정읍 농소리(農所里)로 옮겼으며, 얼마 후에는 다시 입암(笠巖) 신면리(新綿里)로 자취를 감추었고, 잠시 정읍 과교리에 돌아가 있었다. 그 후 포교의 본거지를 무장으로 옮겼다. 이 무렵 손화중 접주의 이름이 이 고장에 널리 알려진 것은 선운사(禪雲寺) 도솔암(兜率庵)의 암벽에 비장되어 있는 세칭 검단대사(黔丹大師)의 비결록(祕訣錄)을 꺼낸 후부터였다.

임진년(任珍年, 1892년) 팔월의 일이었다. 선운사 도솔암 남쪽에 오십여 장(丈) 가량 되는 층암절벽이 있고, 그 절벽의 바위 전면에 마애불상(磨崖佛像)이 있었다. 이 고장의 전설에 의하면 그 마애불상은 삼천 년 전에 선운사를 창건했다는 검단대사가 새긴 것인데, 그 불상의 배꼽 속에 신비한 비결이 들어 있으며, 그 비결을 꺼내면 이씨조선이 망한다고 하였다. 그리고 오래전 전라감사로 부임해온 이서구(李書九)라는 사람이 이 도솔암 마애불상의 배꼽 속에 감추어놓은 비결록을 꺼내다가 갑자기 맑은 하늘에 먹장구름이 덮이고 뇌성벽력이 일어나므로, 비결을 꺼내지도 못하고 불상의 배꼽을 다시 봉해 버리고 말았다는 이야기가 전해 내려오고 있었다.

무장에 포교소를 낸 손화중은 어느 날 도인들로부터 도솔암의 마애불상 배꼽 속에 들어 있다는 이 비결록에 관한 이야기를 들었다. 손화중은 이 비결록을 꺼내기로 작정하고 새끼줄로 대를 엮은 줄사다리를 만들어 불상으로 올라가 불상의 배꼽을 열어 비결록을 꺼냈다. 손화중이 이 비결록을 꺼낼 때는 뇌성벽력도 울리지 않았다.

손화중이 이 비결록을 꺼낸 후부터 무장, 고창, 영광, 장성, 홍덕,

고부, 부안, 정읍 등지의 사람들이 다투어 동학에 입교하여, 그 교세가 날로 확장되었다.

전봉준은 전부터 손화중 접주의 명성을 들어온 터이라, 무장 괴치리 사천(砂川) 부락의 초라한 개다리 오두막집에 살면서 포교를 하고 있는 손 접주를 찾아가 도담(道談)과 시국에 대한 이야기를 나누었으며, 여러 차례 기포할 것을 부탁하였으나, 손화중은 한결같이 아직은 동학도가 일어날 때가 아니라며 전봉준의 청을 거절했었다. 그러던 중 안핵사 이용태가 역졸 팔백 명을 거느리고 고부에 들이닥쳐 마을을 뒤지고 다니며 기포 인민들을 모두 동학도로 몰아 체포하고, 부녀자들을 겁탈하고 가옥을 불살랐으며, 재산을 약탈하는 등 그 만행이 극에 달했다. 이때 전봉준, 김도삼, 정익서 등의 집이 모두 불에 탔다.

전봉준은 이용태의 만행에 분노를 느낀 나머지 두 번째의 거사를 계획하고 다시 손화중을 찾아가서 도움을 청하였다.

"손화중 접주께서는 아직은 시기상조라고 하여 기포를 기피해 오신 분이었는데 어찌하여 뜻을 합치게 되었다더냐?"

잠시 후에 고달준이 김덕배에게 물었다.

"기 교장님의 말씀으로는 이용태의 횡포가 극에 달하자 전봉준 두령이 손화중 접주를 찾아가서 닭이 울 때까지 밤새도록 기포할 것을 사정하였다고 허디요."

"나는 손화중 접주께서 언젠가는 전 두령을 도와 기포할 줄 믿고 있었다. 암턴 손화중 접주께서 뜻을 같이허기로 했다니 참말로 다행이다. 더구나 김개남, 최경선 접주도 힘을 합친다니 그 기세가 하늘을 찌를 듯허겄구나.”

고달준의 말에 좌중이 모두 고개를 끄덕거렸다.

“그래 기포는 대략 어느정께나 할 것 같다드냐?”

고달준이 조심스럽게 덕배에게 물었다.

“삼월 그믐정께나 될 것 같다고 헙디다.”

“삼월 그믐정께라면 아직 한 달 요량이나 남었구먼.”

문치걸이 하품을 삼키며 말했다.

“누구의 포에서 기포를 한다드냐?”

덕배의 말에 고달준이 다시 물었다.

“손화중 포에서 고창 두령 오하영, 무장 두령 송경찬, 홍덕 두령 고영숙, 정읍 두령 손여옥이고, 김개남 포에서는 태인 두령 김낙삼이, 김덕명 포에서 태인 두령 최경선, 김제 두령 김봉년, 금구 두령 김사인 등이라 하네요.”

“경찬 두령형님께서도?”

“분명히 송경찬 두령이라고 들었습니다요.”

“우리는 어찌하라 이르시더냐?”

“별도 연락이 있을 때까지 포덕이나 열심히 하라고 이르시데요.”

“경찬 두령께서 기포하시는데 우리가 이러고 있을 수 없습니다. 우리도 경찬 두령을 따라갑시다. 형님!”

문치걸이 고달준의 턱밑으로 고개를 쭉 뽑으며 큰 목소리로 말했다.

“좀 조용조용하거라!”

고달준은 문치걸을 나무람 하며 잠시 두 눈을 지그시 감았다.

"장성이나 강진, 해남에서는 어쩐다더냐?"

고달준은 눈을 감은 채 물었다.

"별 움직임이 없는 듯 하드만요. 요번에 고부 인근에서만 기포를 허는 모양이데요."

"형님, 우리도 경찬 두령을 따르도록 헙시다요."

잠자코 있던 송기화도 문치걸과 같은 말을 하였다.

"기다리자. 기다리면 우리도 할 일이 생길 것이 분명하다."

"그나저나 이쪽 지방에는 여적지 두령이 없으니 누구를 따라 기포를 합니까?"

짝귀는 답답한 얼굴이다. 기실 남도지방에도 무안에 배규인·배규찬·송관호, 장흥에 이방언·이인환, 담양에 남수송·김중화·이경섭·황정욱, 창평에 백학·유형로, 장성에 기수선·김주환·기동도·박진동, 보성에 문장현, 영암에 신성, 강진에 김병태·윤시환, 해남에 김도일, 곡성에 조석하, 구례에 임춘봉, 순천에 박낙양 등 대소 두령들이 각기 기백 명씩의 도인들을 포섭하고 있었다.

"어찌된 일로 나주는 포덕이 이르케 늦었지유?"

대불이도 맥이 빠진 듯한 말투였다.

"걱정 말거라. 지금부터라도 늦지 않다!"

"글쎄, 형님은 밤낮 느긋하게 그러시는디, 만약 당장 내일이라도 기포를 허자면 사람이 있어야지요? 기껏해야 일백도 못되니……."

문치걸은 사뭇 고달준에게 대드는 것 같은 얼굴이었다.

"암턴, 빨리 오유학을 만나 승낙을 얻고 보자!"

"오유학이 끝까지 승낙을 안 해주면 형님이 두령을 허시우!"

이 같은 말에 고달준은 얼굴을 험하게 일그러뜨려 문치걸을 쏘아보았다. 밤이 깊었는지 첫닭이 홰를 쳤다.

얼마 후에 전라도 일대에 동학군의 통문이 돌았다.

우리가 의를 들어 여기에 이르렀음은 그 본의가 결단코 다른 데 있지 아니하고, 창생을 도탄 가운데서 건지고 국가를 반석 위에 두고자 함이라. 안으로 탐학한 관리의 머리를 베고 밖으로는 횡포한 강적의 무리를 구축하자 함이다. 양반과 부호의 앞에 고통을 받는 민중들과 방백과 수령 밑에서 굴욕을 받는 소리(小吏)들은 우리와 같이 원한이 깊은 자라, 조금도 주저치 말고 이 시각으로 일어서라. 만일 기회를 잃으면 후회하여도 미치지 못하리라.

호남창의대장소(湖南倡義大將所) 백산(白山)에서

통문을 받아든 고달준 이하 배나무집 교도들은 다시 방에 함께 모였다.

"전봉준이 대장이 되었답니다요."

김덕배가 말하자 "손화중, 김개남이 총사령관이 되고, 김덕명, 오지영이 총참모, 최경선이 영솔장이 되었다누먼" 하고 문치걸이 말을 받았다.

"대장기에는 보국안민(輔國安民) 네 글자를 대서로 특필하였답니다."

역시 김덕배였다.

"이번에도 앉아만 있을 겁니까, 형님!"

문치걸이 고달준을 똑바로 쏘아보며 채근질이다.

"우리도 백산으로 갑시다요."

송기화도 한마디 하였다. 처음부터 입을 봉하고 있는 것은 대불이였다.

그는 오늘 낮, 오유학을 만나고 온 일이 아무래도 꺼림하여 입을 열지 않고 있는 거였다. 오유학은 이쪽을 충분히 이해하고, 분연한 마음을 금치 못하고 있으면서도 선뜻 입도를 하겠노라 승낙을 해주지 않았다.

"기 교장께서도 장성 장령으로 백산으로 가셨다 합니다."

"기 교장님뿐만 아니라 장성에서 김주환, 기동도, 박진동, 강계중, 강서중 등이 모두 백산으로 갔다 허드만요."

그러나 고달준은 말이 없다. 전라도 각지의 장령들이 도인들을 이끌고 백산으로 총 집결하였는데도 그들만이 배나무집에 눌러앉아 있으려니 답답하기도 하고 울화가 치밀기도 하였다.

남도에서 백산으로 집결한 장령들로는 보성의 문장현·이치의, 영암 신성·신난·최영기, 강진 김병태·남도균·윤시환·장의운·안병수·윤세헌, 홍양 유희도·구기서·송년호, 해남 김도일·김춘두, 곡성 조석하·조재영·강일수·김현기, 구례 임춘봉, 순천 박낙양 등이었다.

"동학이 고부를 치고 다시 백산에 진을 치고 있다는 소문이 쫙 퍼져 이곳 주민들도 들먹들먹허드만유."

오랜만에 대불이가 입을 열었다.

"관졸들이 한결 눈에 불을 키겠구나. 이럴수록 조심해야 헌다!"

"아니 형님, 우리는 죽은 듯 이러고만 있을 건가요?"

짝귀는 고달준의 말꼬리를 잡아채며 불컥거리는 말투로 따지듯 물었다.

"얼마 되지도 않는 우리가 어쩌자는 것이냐!"

"우리도 당장 백산으로 올라가야지요."

"기껏해봤자 도인들이 일백 명 안팎에 군장도 없이 우왕좌왕 백산으로 가서 어쩌자는 게냐!"

"머릿수가 대숩니까? 형님이 군장이 되라니께요!"

"그럴 수는 없다. 조금만 더 참고 기다리자."

고달준은 불컥거리는 도인들을 달랬다.

"기 교장 밑으루 들어가도 되잖겠어요?"

김덕배는 고달준의 달램에도 듣지 않고 툭툭 내질렀다.

얼마 전에 박 초시네 하인들이 새끼내에서 부르뫼로 넘어가는 황토산 등성이의 점촌 대장장이 장때구를 마을 앞 미루나무에 거꾸로 매달아 놓고 매질을 한 일이 있었다. 때구가 박 초시네 복토를 훔치다 붙들린 거였다.

이곳에서는 해마다 보름날 밤이면 부잣집의 부엌 흙을 훔쳐내는 복토훔치기 놀이를 하였다. 놀이라고는 하지만 목숨을 걸고 하는 거였다. 부잣집의 복토를 훔쳐다가 자기 집 부뚜막에 뿌리면 훔쳐 내온 부잣집의 복이 모두 옮겨온다고 믿고 있었다. 그러기에 보름날 밤만 되면 가난한 사람들은 목숨을 걸고 부잣집 복토를 훔쳐내려고 하였고 부잣집에선 또 겹겹이 하인들을 세워 집 안팎을 지키는 것이었다. 만일 복토를 훔쳐내다가 붙들리는 날에는 꼼짝없이 도둑으로 몰려 죽음을 당해도 할 말이 없는 터였다.

때구가 거꾸로 매달려 있는 아름드리 미루나무 아래에서는 그의 아내가 땅을 치며 오열을 하였다.

"이것 보셔유. 지발 저 양반을 살려주시어유. 이렇게 빌구 있구먼유."

서른이 갓 넘은 때구의 처는 작달막한 키에 엉덩이가 널찍하고 얼굴도 곱상하였다. 그녀는 얼굴에 온통 눈물범벅이 되어 박 초시 하인들의 바짓가랑이를 거머잡으며 애원을 하였다.

"우리들헌티 사정을 해봤자 헛것이니께 초시 어른헌티 가보라니께!"

텁석부리 하인이 툭 내질러버린다.

박 초시네가 마을사람들한테 워낙 혹독했기 때문에 새끼내 사람들은 보름날이 되어도 초시네 복토를 훔쳐낼 엄두도 내지 못하고 있는데, 때구가 어쩐 일인지 목숨을 걸고 담을 뛰어넘었다가 붙들리고만 거였다.

때구 처는 하인들한테 애원을 해도 아무 소용이 없다는 것을 알고는 훌쩍거리며 박 초시 집으로 쏜살같이 뛰어갔다.

마을 앞 미루나무 근처에 좌하게 모여 때구가 곤욕을 치르고 있는 양을 구경하던 새끼내 사람들은 다시 때구 처를 따라 박 초시 집 앞에 몰려들었다. 때구 처는 앞뒤 가리지 않고 박 초시 집 안으로 뛰어 들어가서는 사랑채 댓돌 아래에 엎드렸다.

얼마 뒤에야 사랑채 덧문을 반쯤 열고 댓돌 아래를 내다본 박 초시는 장죽을 털고 나서 때구의 처를 찬찬히 보았다.

"초시 어른, 지발 즈이 집 남편을 살려주시어유!"

때구 처는 칵 목이 멨다.

"아니 이보게, 그놈이 우리 집안을 망쳐먹으려고 작정을 허고 월 담을 했는데, 살려달라고 허는 말이 나오나!"

"목숨만 살려주시면 뭣이든지 하겠습니다유."

때구 처는 눈물이 크렁크렁한 눈으로 박 초시를 올려다보았다.

"지깐 눔이 대장쟁이질이나 할 것이재 감히 우리집 복토를 훔치 다니!"

박 초시는 때구 처를 꾸짖듯 빈 장죽을 버릇처럼 툭툭 치며 큰 소 리로 내질렀다.

"지발 초시 어른!"

"그놈은 살려줄 수가 없네!"

"초시 어른— 목숨만 살려주시면 무신 일이든지 허시라는 대루다 허겠습니다유. 초시 어르은—"

때구 처의 볼에 좌르르 눈물이 괴어 흘렀다.

"무슨 일이든지 허겠다는 것은 또 뭔가!"

"네, 초시 어른. 쉰네가 이 댁 비자가 되어도 좋습니다유."

"내 집 비자가?"

"네, 이렇게 빕니다유. 지발 그이 목숨만 살려줍쇼."

때구 처는 박 초시의 사람 됨됨이를 너무나 잘 알고 있는 터라 어 떻게 해서든지 목숨부터 살려놓고 봐야겠다고 생각했던 거였다.

박 초시는 덧문을 활짝 열어젖히고 나서 고개를 쑥 내밀고 때구 처를 더 자세하게 내려다보았다. 반반한 얼굴이며 푸실한 몸매가 마음에 드는지 양쪽 입가장자리가 엷게 벌어졌다.

"내 집 비자가 되겠다고?"

"네, 초시 어른— 지발 그이 목숨만—"

"내 그놈 소이를 생각하면 당장 죽일 것으로되, 지아비를 위하는 자네 마음씨가 갸륵하여 살려주기로 험세!"

"고맙습니다유!"

때구 처는 얼굴을 땅에 묻고 다시 흐느꼈다.

때구는 그길로 곧 풀려났다. 그런데 때구가 풀려난 대신 그의 처는 그날부터 박 초시 집에서 살았다. 비자가 되었다고도 했고 어떤 사람들은 박 초시의 첩이 되었다고도 하였다.

때구는 혼자 점촌 그의 대장간에서 아침부터 밤늦게까지 잠을 자지도 않고 망치질만 하였다. 그의 대장간에서는 꿍과닥꿍과닥 망치질 소리가 그치지 않았다.

때구네 대장간에서 풀무질을 해주던 작은이의 말로는 깎낫, 돌쩌귀 하나 만들지 않으면서 괜히 시우쇠를 벌겋게 달아 올려선 이리저리 되작거려가며 망치질만 하고 있다고 하였다. 작은이 말로는 또 때구는 시우쇠를 두드리면서 박 초시 놈, 하고 씨부렁거린다고 하였다. 그러면서 작은이는 아무래도 때구가 실성한 사람 같다고 하였다.

때구는 그 후에 마을 앞, 그가 박 초시네 하인들에 의해 거꾸로 매달려 묶였던 아름드리 미루나무에 목매어 죽고 말았다.

미루나무에 목을 매 죽은 때구의 시체는 꼬박 사흘 동안 그대로 대롱대롱 눈을 맞고 매달려 있었다. 어쩐 일인지 마을사람들도 때구의 시신을 수습하려고 하지 않고 내버려두었다.

그러다가 나흘째 되는 날 아침에야 때구의 시신이 없어졌다. 밤에 박 초시네 하인들이 영산강에 처넣었다고도 하였고 박 초시의 첩이 된 그의 처가 몰래 시신을 수습하여 개산에 묻었다고도 하였다.

그런데 때구가 죽은 뒤로도 점촌 그의 대장간에서는 꿍과닥꿍과 닥 망치질 소리가 밤낮없이 들린다고들 하였으며, 그것은 때구의 혼이 망치질을 하는 것이라고 하였다. 그때문에 마을사람들은 대낮에도 점촌 대장간 앞을 지날 때는 머리끝이 쭈뼛거렸다.

때구가 목을 매달아 죽은 뒤 닷새 동안은 온통 하늘이 무너져 내리듯 밤낮 쉴 새 없이 눈이 쏟아졌다. 강바람이 몰고 온 눈발이 그치지 않더니 엿새 만에야 하늘이 말갛게 개면서 햇살이 꽂혀 내렸다.

때구가 죽은 지 한 달쯤 후의 어느 날 아침 점촌 사람들은 너나없이 박 초시 집 앞으로 몰려갔다. 누가 앞장을 서서 이끄는 것도 아닌데 장정들이 괭이며 쇠스랑, 낫, 삽을 들고 박 초시네 집 앞으로 몰려들었다. 새끼내 사람들도 몇 사람 끼어 있었다. 웅보와 염주근의 얼굴도 보였다.

그들은 독촉관 전성창한테 농토를 빼앗기고 박 초시 하인들의 들볶음에 억지로 도조까지 낸 사람들이 대부분이었다. 곡식을 빼앗기고 못 먹어 얼굴이 누렇게 뜬 그들의 표정은 햇살 속에서도 돌처럼 굳어져 있었다.

"박 초시 집으로 쳐들어가자!"

누구인가 소리를 치자 여기저기서 함성이 터졌다. 원한에 사무친 울부짖음이었다.

손에 농기구를 든 그들은 서로 밀치며 우르르 박 초시 문간 쪽으로 내달았다. 박 초시네 대문이 굳게 잠겨 있었다.

"대문을 부셔라!"

다시 누구인가 소리를 치자 그들은 어디선가 도끼를 가져와서는 굳게 잠긴 대문을 쾅쾅 찍어 내렸다.

도끼로 대문을 찍는 그 소리는 마치 때구네 대장간에서 울려나온 망치 소리와도 같이 들렸다.

순식간에 대문이 박살났다.

"와아— 와아—"

얼추 헤아려도 백 명이 넘는 장정들이 우르르 집안으로 몰려 들어갔다. 대문 안쪽에서 몽둥이를 들고 지켜서 있던 하인들도, 수많은 장정들이 대문을 부수고 들이닥치자 겁에 질려 사랑채 뒤로 도망을 쳤다.

"당장 박 초시 놈을 잡아내라!"

누구인가 걸쭉한 목소리로 고함을 치자 우르르 사랑채로 몰려갔다. 사랑채엔 아무도 없었다. 그들은 다시 안채로 몰려갔다. 짚신발로 이 방 저 방 뛰어들어 직신직신 살림들을 마구 짓밟으며 박 초시를 찾았다.

안채에도 박 초시는 없었다. 별당까지 뒤져보았으나 박 초시의 처와 두 딸, 열한 살 난 아들과 때구의 처, 그 밖에 몇몇 비자들만이 있었다. 집 뒤 대밭까지 뒤져보았으나 허탕을 쳤다.

그들은 박 초시네 가족들에겐 손을 대지 않았다. 박 초시를 찾지 못해 모두들 심드렁해 있는데 누구인가 "창고를 열고 빼앗긴 곡식들을 찾아가자!" 하고 큰 소리로 외쳤다. 그 소리와 함께 우르르 창고 쪽으로 몰려갔다.

창고를 열어젖힌 사람들은 저마다 곡식가마니를 들어내 어깨에 걸머지고 나갔다. 그들은 마치 벌 떼처럼 개미 떼처럼 곡식가마니들을 집으로 날랐다.

아무도 그들을 가로막지 못했다. 그들은 박 초시네 곡식을 빼앗아 간다는 생각은 없었고, 다만 잃어버렸던 것을 다시 찾아가는 마음들이었다.

박 초시네 식구들도 우두커니 바라보고만 서 있었다.

창고를 열고 곡식가마니들을 다 들어 내간 점촌 사람들은 그래도 겹겹이 쌓인 원한과 울분이 풀리지 않았다.

"박 초시 영감을 찾아내야 혀!"

"그 영감태기가 살아 있는 한은 단 하루도 두 발 쭉 펴고 못 잘거여!"

점촌 사람들은 이제 아무것도 두려울 것이 없었다. 이젠 죽기 아니면 살기로 이판사판 단단히 마음들을 공그린 뒤라서인 듯싶었다. 그들은 다시 박 초시네 안마당에 모여서 박 초시를 찾아내야 한다고들 어울렸다. 허나 도망을 친 박 초시가 나타날 리가 없었다.

"박 초시가 강을 건너갔다누먼!"

얼마 후에 누구인가 허위단심 뛰어 들어오며 큰 소리로 알려주었다.

"어느 사이에 강을 건너?"

"사공이 분명 박 초시를 태워 건넸다구만."

"필시 사또헌티 구원을 청하러 간 게로구먼!"

그 소리들 들은 점촌 사람들의 얼굴에 불안한 빛이 흘렀다. 어느때 나졸들이 들이닥칠지 모를 일이기 때문이다.

"우리도 강을 건넙시다."

누구인가 대꼬챙이 같은 목소리로 말했다. 그러자 "그럽시다. 우리도 강을 건넙시다" 하는 소리가 여기저기서 튀어나왔다.

"강을 건너서 어쩌자는 거요?"

"강을 건너가서 관아로 쳐들어갑시다. 빼앗긴 땅을 도루 찾아야 헐 게 아니오? 곡식만 찾고 그만둬야겠소? 오늘은 사또를 만나 담판을 지읍시다."

역시 대꼬챙이 목소리였다.

"그럽시다. 관아로 쳐들어갑시다."

그 소리와 함께 점촌 사람들은 우르르 박 초시 집에서 나갔다.

"안됩니다. 그건 안되오!"

잠자코 있던 염주근이가 목이 터지게 외쳐대며 웅보를 찾았다. 웅보와 상의를 해보고 싶었던 것이다. 허나 보이지 않았다. 조금 전까지만 해도 점촌 사람들의 흥분된 얼굴들을 말없이 지켜보고 서 있었는데, 찾을 길이 없었다.

염주근은 혼자 박 초시네 안마당에 우두커니 남아 있다가 어슬렁어슬렁 걸어 나갔다. 무슨 수를 써서라도 마을사람들이 관아로 쳐들어가는 것만은 막고 싶었다. 관아로 쳐들어가서 사또를 만난다고 해서 해결될 일도 아니려니와, 십중팔구는 또 곤장을 맞거나 옥에 갇히고 말 것이 분명한 일이 아닌가.

염주근은 걱정스러운 얼굴로 흥분해서 떠들어대는 점촌 사람들의 꽁무니를 따랐다.

선창거리에 가까이 왔을 때 웅보를 만났다.

"아니, 워딜 갔었길래 코빼기도 볼 수 없었어?"

염주근이가 신경질적으로 내쏘자 "급히 갔다올 데가 있어서" 하고 웅보는 느긋한 얼굴로 대답했다.

"갔다올 데라니?"

"나룻배를 모두 강 건너로 보냈어!"

"나룻배들을!"

"아무래도 마을사람들이 너무들 흥분한 것 같아서— 강을 건너갔다간 무슨 일이 일어날지도 모르고."

"잘했다. 내가 말려도 듣지 않더구먼."

점촌 사람들이 소리소리 치며 선창 나루터에 몰려갔으나, 타고 건너갈 나룻배가 한 척도 없었다. 강을 건너갔다가 곧 돌아오겠거니 하였으나 아무리 기다려도 나룻배가 오지 않았다. 막막한 일이었다. 나룻배가 없어 강을 건널 수 없게 되자 그들은 더욱 흥분을 가라앉히지 못하였다.

선창에 모인 점촌과 새끼내 사람들은 강을 건너가지 못한 분풀이로 순포막으로 몰려가서는 직신직신 순포막을 박살내버리고 말았다. 겁에 질린 순포막 나졸들도 모두 도망을 친 뒤였다.

박 초시네 집을 직신거리고 다시 선창거리 순포막을 박살내자, 이소문을 들은 구진포의 배나무집 장정들은 농민들과 함께 강을 건너 나주 관아로 쳐들어가자고 하였다.

"형님, 때가 왔습니다요. 지금이 우리가 일어설 때가 아닙니까?"

성미 급한 문치걸은 고달준을 졸라댔다. 하나 고달준은 "더 기다려야 헌대두 그러는구나. 맨주먹으로 쳐들어가서 어쩌자는 것이냐? 자칫하다간 애잔한 농민들 목숨만 앗겨! 오유학께서도 이젠 반승낙은 허셨으니께 쪼금만 더 기다리자!" 하고 말렸다.

"허지만 형님, 참는 것도 한도가 있습니다."

짝귀는 더 이상 보고만 있을 수가 없다는 말투로 불컥거렸다.

"백산 싸움 후로 부안을 평정하고 다시 황토현(黃土峴)에서 관군을 함몰시켰다는데, 우리는 이러고만 있어요!"

역시 문치걸이었다.

"조정에선 청주 병사 홍계훈(洪啓薰)을 양호초토사(兩湖招討使)에 임명하여 동학군을 치라고 명했다 합니다."

김덕배는 걱정스러운 얼굴로 고달준을 바라보았다.

"그 홍계훈이라는 작자가 병정 일천 명을 이끌고 내려와서 전주성에 입성헌 지가 벌써 대엿새 전이라는디."

잠자코 있던 대불이도 한마디 하였다.

"일천 명의 경병은 모다 신식 양총을 가졌다는 소문도 들었겠구나."

"경군이 전주성에 입성헌 뒤로도 동학군은 흥덕, 무장을 거쳐 영광까지 내려왔다는데요."

"경군에 쫓겨내려온 것이 아닐까."

"무장을 떠나 영광으로 갈 때 무장 읍촌 백성들은 태반이나 동학군의 뒤를 따라나섰다 합니다."

"영광에서 다시 어디루 갈까?"

"나주로 왔으면 좋겠구먼!"

그들은 문치걸의 말대로 정말 동학군이 나주까지 와주었으면 싶었다.

"그나저나 경군의 기세에 쫓겨 남으로 내려오기만 허면 어쩔 거여!"

대불이는 마음이 달아 이렇게 말하고 나서 "형님, 누가 영광에 좀 댕겨왔으면 싶구먼유" 하고 고달준에게 말했다. 고달준이 아무 말 없자 대불이는 다시 "앞으로 동학이 어디서 경군과 일전을 벌일 것인지, 아니면 무작정 남으로 쫓겨 내려갈 것인지 알어봐야 헐 것 아니겠어유?" 하고 따지듯 물었다.

"그렇구나. 대불이 말이 옳다. 누가 영광에 좀 핑 댕겨와야겠다."

고달준은 김덕배를 보며 말했다.

"제가 댕겨오지요."

김덕배였다.

"그래라. 발이 빠른 덕배 네가 댕겨오너라."

"지금 곧 갔다올께요."

김덕배는 노자를 받아 고의춤 주머니에 넣은 다음 미투리 한 켤레만을 허리춤에 꿰어 차고 길을 떠났다.

"우리도 행동을 같이하고 싶다고 그려!"

덕배가 집을 나서자 문치걸이 배웅 차 따라나서며 말했다.

어슴어슴 날이 어둡기 시작했다. 해가 설핏하게 기울자 선창거리에 몰려들었던 점촌과 새끼내 사람들은 뿔뿔이 흩어져 집으로 돌아갔다.

마을사람들이 집으로 돌아간 뒤로도 웅보와 염주근은 걱정이 되어 선창가에 서 있었다. 일단 나룻배를 강 건너로 보내 마을사람들을 막은 것까지는 잘한 일로 생각하였으나, 박 초시네 집안을 직신거리고 창고의 곡식을 들어낸 일이며, 선창거리의 순포막을 박살낸 일들이 아무래도 개운하지가 않았다. 필시 무슨 일이 일어날 것만 같았다. 순포막을 박살내놓았으니 관가에서 그대로 가만히 있을 것 같지가 않았다.

"너무 걱정 말어! 죽기 아니면 살기로 생각해!"

염주근이 되레 웅보를 위로해주었다.

"이번 일은 조용히 끝날 것 같지가 않구만."

"한 번 엎질러진 물인디 어쩔 거여!" 하며 염주근은 웅보의 손을 잡아끌었다. 집으로 가자는 거였다.

동학군이 고부, 흥덕을 거쳐 무장, 영광에 이르자 전라도 곳곳의 인심은 이를 데 없이 흉흉하였다. 갖가지 유언들이 떠돌았다. 전봉준 대장은 영웅이니 이인(異人)이니 하며, 신출귀몰의 재주가 있고 바람을 타고 구름을 타는 묘술을 갖고 있으며 총검을 맞아도 죽지를 않는다고 하였다. 또 계룡산이 도읍이 된다고들 하였고, 진인이 바닷섬 가운데서 나온다고 하였으며, 이(利)가 궁궁(弓弓)에 있다 하여 피난의 십승지라고 하였다.

새끼내 사람들이 박 초시네 곡식 창고를 털고 난 이튿날 아침, 박 초시 집 안에서는 난데없이 곡성이 울려나왔다. 박 초시가 죽었다고 하였다. 간밤에 난민들이 집안으로 들이닥쳐 잠든 박 초시를 끌어내어 몽둥이질을 하여 죽게 만들었다는 거였다.

박 초시가 죽었다는 소문에 점촌과 새끼내 사람들은 십 년 묵은 체증이 쑥 내려간 것같이 시원하긴 하면서도 마음 한구석 어딘가엔 장차 닥쳐올 일들이 걱정되었다.

"너 누구 소행인지 눈치 못 채겠냐?"

박 초시가 죽었다는 소문을 들은 웅보는 아침 일찍이 염주근을 찾았다.

"클메, 나도 시방 막 그 소문을 들었는디, 참말로 박 초시가 죽은 거라냐?"

"나도 박 초시 집에서 곡성을 들었다니께!"

"그라면 죽긴 죽었는갑구먼! 어쨌든 선헌 일이여!"

"주근이 너 통 눈치를 못 채겠어?"

웅보는 걱정이 된 얼굴로 다그쳐 물었다.

"그걸 내가 어치기 알어?"

"누가 그랬을까?"

"누가 그랬으면 뭣혀? 어차피 어저께 만났드라도 뉘 손에 맞어죽을지 몰랐을 건디―"

"아녀. 그렇게 간단헌 일이 아니라니께."

"걱정도 팔자구먼!"

"두고 봐라. 틀림없이 관가에서 이 일을 듣고 나서서 새끼내 사람들을 들볶을 테니께!"

"누가 한 일인지 어뜨케 알아서?"

"그러니께 더 큰 문제여. 누가 헌 일인지 안다면 그 사람 하나만 다 치면 그만이지만, 그렇지 못허니께 애잔헌 사람들이 부지기수로 당헐 거여!"

웅보의 말을 듣고 보니 염주근도 걱정이 되는 모양이었다. 주근깨 많은 그의 얼굴에 어두운 그림자가 흘렀다.

"도대체 누굴까?"

"한두 사람이 하인 놈들을 당해내기나 허간디?"

"암튼 닥쳐올 일들이 걱정이구만."

"혹시 거 구진포 배나무집에 사람들 소행이 아닐까 몰라?"

염주근의 말에 웅보는 두 눈을 크게 떴다. 웅보는 염주근한테만은 구진포 배나무집에 대불이를 위시한 동학도들이 숨어 있다는 말을 했었다.

"배나무집?"

웅보의 생각에도 무엇인가 순간적으로 스치는 게 있었다. 그는 그 길로 강을 건너 배나무집으로 달려갔다. 웅보는 배나무집 앞에 이르러 집안엔 들어가지 않고 사립짝문 밖에 서서 큰 소리로 대불이를 불렀다. 이윽고 대불이와 짝귀가 나왔다.

"어쩌자고 그런 일을 저질러?" 하고 화가 치받는 목소리로 말했다.

대불이는 뜨악해하는 얼굴로 웅보를 쳐다볼 뿐이었다.

"너들 땜시 시방 발칵 뒤집혔단 말이여. 워쩌자고 앞뒤 가리지 않고 그런 일을 저질러!"

"아니 형님, 무신 말씀들이여유. 무신 속인지 통 모르겠네유!"

대불이도 답답한 얼굴이었다.

"간밤에 박 초시를 쥑이고도 모른 척이냐?"

웅보가 큰 소리를 내질렀다.

"아니, 그기 무신 소리유? 박 초시를 우리가 쥑였다구유?"

"동학패 짓이 아니고 누구 짓이란 말이냐? 관가에서 마을사람들을 그냥 놔둘 것 같으냐?"

"형님, 잘못 알으셨어유. 간밤에 우리는 꿈쩍 않고 집에 있었어유."

"맞어유. 지가 잘 알어유."

짝귀도 대불이 말을 거들어주었다.

구진포 사람들의 소행도 아니라니 도대체 알 수 없는 일이었다. 웅보가 대불이의 말을 듣고 보니 괜히 의심했던 게 되레 미안할 따름이었다.

박 초시는 삼일장으로 앞당겨 장례를 치렀다. 조문객들조차 뜸했다. 소문에는 박 초시가 난민들에게 맞아죽었다고도 하고, 동학패의 소행이라고도 하였다. 박 초시가 죽기 전날에 떼 지어 몰려가서 창고를 털어냈던 점촌과 새끼내 사람들은 괜히들 마음이 저려 초상집엔 얼씬도 하지 않았다. 웅보와 염주근이도 초상집에 조문이라도 가서 하인들을 만나 누구의 소행인지 파악하고 싶었으나 성큼 발길이 그쪽으로 향하질 못했다.

박 초시 장례를 치른 다음날 아침, 아니나 다를까 관가에서 나졸들이 새끼내에 들이닥쳤다. 드디어 관가의 손이 뻗치기 시작한 것이다.

나졸들은 박 초시네 하인들을 앞세우고 마을마다 돌아다니며 박 초시가 죽기 전날 떼 지어 몰려가서 창고를 털어낸 사람들을 모조리 붙잡아 갔다. 웅보의 집에도 네댓 명의 나졸들이 사립짝을 박차고 들이닥쳐서는 막 밥상을 받고 있는 웅보를 끌어냈다.

"아니 이것 보슈. 웬일로 함부로 사람을 붙잡아가는 거요?"

웅보는 마음속으로 드디어 올 것이 온 게로구나 생각은 하면서도 네댓 명씩이나 한꺼번에 달려들어 팔을 비틀고 끌어내 가는 나졸들을 향해 큰 소리를 쳐보았다.

"쥐둥아리 닥치지 못해? 난을 일으켜 양반을 쥑인 놈들이 무슨 할 말이 있다는 게냐?"

나졸들은 두 팔을 비틀고 마구 발길질을 하며 웅보를 끌고 나갔다. 순식간에 집안이 난리속이 되었다.

비단 웅보의 집만이 난리판을 겪은 게 아니었다. 새끼내 마을 젊은 장정들이 있는 집안은 매한가지였다.

선창거리 나룻목에는 수많은 사람들이 붙잡혀와 있었다. 얼추 헤아려도 일백 명은 넘는 듯싶었다. 나졸들은 다섯 사람씩 짝을 지어 한 줄로 조기두름처럼 엮어 묶었다. 두 척의 나룻배가 붙들려온 사람들을 강 건너로 꼬박 한나절을 실어 날랐다.

"쳇! 워쩌자는 게여!"

묶인 채 나룻배 오기를 기다리고 있던 그들은 저마다 한마디씩 혼잣말처럼 내쏘았다.

"두고봐야재!"

"이 많은 사람덜을 워쩌자는 건지 모르겠네유!"

"이번엔 순순히 그냥 되돌려 보낼 것 같지가 않구먼!"

"그렇다고 우리가 무슨 역적질이라도 헛간듸 이르케 오랏줄로 꽁꽁 묶어간단 말여!"

"박 초시를 죽인 사람을 찾아낼랴고 눈에 불을 쓰고 발광헐근디."

"고걸 워치기 찾아내?"

"그랑께 잡혀가는 사람들이 큰 곤욕을 치를 것이라니께."

그들이 웅보와 함께 잠시 이야기를 하고 있을 때 키가 땅딸막한 나졸 하나가 가까이 오더니 두 눈을 왕방울 굴리듯 무섭게 부릅떴다.

"입 봉허지 않고 무얼 속짝거려?"

나졸이 꽥 소리를 질렀다.

"대관절 우리가 무신 잘못이 있다고 이러시우?"

염주근이가 나졸을 쳐다보며 입을 열자 "네놈들은 모조리 동학군이란 말엿!" 하고 흰자위가 가득한 눈으로 염주근이를 노려보았다.

"뭐유? 동학군이라굽쇼?"

잠자코 있던 판쇠가 펄쩍 뛰었다.

"그려! 동학군이란 말엿!"

"이봅쇼, 벼락 맞을 소리 그만허쇼!"

"요즘 세상에 난리를 일으키고 양반을 때려쥑인 놈들이 동학군이 아니고 뭐란 말여!"

나졸은 이내 그들을 일으켜 나룻배에 타도록 하였다. 새끼내에서 붙들려온 그들은 해가 설핏해서야 나주 관아 동헌 뜨락에 꿇어 엎디었다.

동헌마루 중앙에선 사또가 몽당빗자루 같은 팔자수염을 쓰다듬고 좌우에 육방 이속들이 주욱 늘어서 있었다.

"주동자가 어느 놈이냐?"

사또의 노기 띤 소리에 이어 카랑카랑한 목소리의 통인이 다시 한 번 되뇌었다.

뜨락에 꿇어 엎드린 사람들은 아무도 고개를 들지 못했다.

"어느 놈이 주동을 했느냐?"

사또가 계하를 노려보며 버럭 소리를 지르자 "사또께서 어느 놈이 주동을 했느냐고 묻고 계신다!" 하고 다시 통인이 받았다. 뜨락에선 숨소리도 들리지 않는다. 관아에 끌려오기 전까지만 해도 모두들 당당하고 두려움 없는 얼굴들이었으나 막상 동헌 뜨락에 꿇어 엎드린 몸이 되자 고개조차 바로 들지 못하는 것이었다.

"여봐라, 무엇들을 하고 있는 게냐!"

노기가 머리끝까지 치달은 사또는 좌우를 둘러보며 마구 손을 휘젓는다.

"내 기어코 입을 열게 하고야 말겠다. 여봐라, 저자들 중에서 나이가 제일 많은 놈을 끌어내어 형틀에 묶도록 하라!"

사또의 명이 떨어지자 사령나졸들은 우르르 점촌과 새끼내 사람들이 엎드려 있는 사이로 쏟아져 내려와서 고개를 쳐들게 하였다. 붙들려온 새끼내 사람들 중에서는 칠복이 영감이 나이가 가장 많았다. 환갑을 일 년 앞두고 있었다.

"일어서!"

나졸 하나가 칠복이 영감 가까이 오더니 방망이 끝으로 그의 턱을 들어 올리고 나서 쏘아댔다.

"이놈에 영감태기, 어서 일어서라니께!"

나졸이 꽥 고함을 질러서야 칠복이 영감은 고개를 빳빳하게 쳐들어 동헌마루를 쏘아보며 천천히 일어섰다. 나졸은 칠복이 영감의 오라를 풀어 동헌 계단 앞으로 끌고 갔다.

"나이를 몇이나 처먹었느냐?"

사또가 물었다.

"사또께서 나이를 묻고 계신다!"

통인의 말이 떨어져서야 칠복이 영감은 허리를 쭉 펴고 다시 고개를 쳐들었다.

"내년이 갑년이오."

"그 영감태기 쥐둥아리를 한 번 벌려봐라!"

그러자 나졸이 끝이 뭉뚝한 방망이 끝을 칠복이 영감의 입에 가져다 대며 입을 벌리라고 하였다. 마지못해 입을 쩍 벌렸다. 입속으로 석양이 가득 괴어 들었다.

"아직은 이가 성하구나. 아무나 실토를 할 때까지 곤장을 쳐라."

사또의 명이 떨어지자 나졸들은 칠복이 영감을 형틀에 묶었다.

그는 얼굴빛 하나 흩트리지 않고 나졸들이 하는 대로 따랐다.

계하에 엎딘 새끼내 사람들은 모두 고개들 들어 형틀에 묶인 칠복이 영감 쪽을 보았다.

철부덕, 곤장질하는 소리가 웅보의 가슴을 쳤다. 철부덕철부덕 곤장질 소리가 들릴 때마다 웅보는 마치 자기 자신이 맞고 있기라도 하는 것처럼 온몸을 비비 틀었다.

"주모자가 나설 때까지 매우 쳐라!"

사또의 목소리가 동헌 앞뜨락을 쥐흔들었다. 처음 얼마간은 조용히 입을 다물고 있던 칠복이 영감도 이젠 아픔을 참지 못해 신음을 연발하였다.

"안 되겠다, 주근아! 내가 나서야겠어!"

웅보가 낮은 목소리로 말하자 "안 되야! 눈 질끈 감고 참어!" 하고 대답했다.

다시 신음 소리가 가슴을 파고들었을 때 웅보는 벌떡 일어섰다.

"그 노인은 그만 치시오. 자고로 노인을 공대하는 동방예의지국에서 이런 무지막지한 법은 없소."

웅보는 어깨를 펴고 사또를 노려보며 당당하게 말했다. 사또는 매질을 멈추게 하고 찬찬히 웅보를 내려다보았다.

"네눔이 주동자냐?"

사또가 물었다.

"네눔이 주동을 했음이 분명하구나."

웅보가 대답이 없자 사또는 다시 고함을 쳤다.

"네눔이 박 초시를 죽였겠구나."

그 말에 웅보는 "아닙니다. 박 초시를 죽이지 않았습니다" 하고 울부짖듯 말하였다.

"안 죽였다고?"

"하늘을 두고 맹세합니다."

"그렇다면 농사꾼들을 몰고 박 초시집으로 쳐들어간 것은 사실이냐?"

"네, 그렇습니다."

웅보는 분명하게 대답했다.

"그렇다면 박 초시도 네놈이 죽인 것이 분명하다."

"죽이지는 않았습니다."

"네놈이 농사꾼들을 끌고 박 초시집으로 쳐들어갔다면서?"

"그건 그렇습니다."

"그러니께, 네가 주모자가 분명하렸다."

"네."

웅보는 힘없이 대답하였다.

"여봐라. 저 놈을 형틀에 묶고 나머지는 모두 옥에 처넣어라!"

사또의 호령이 떨어졌다. 그 순간 염주근이 벌떡 일어섰다.

"사또나으리, 주모자는 접니다요. 제가 주모잡니다요."

염주근은 똑바로 고개를 들어 동헌마루를 올려다보며 말했다. 웅보가 힐끗 염주근을 돌아다보았다.

"네놈이 주동자라고……."

"그렇습니다요. 제가 주동잡니다요."

사또는 염주근을 쏘아보더니 "여봐라, 저 놈도 형틀에 묶어라!" 하고 호령하였다. 그러자 뜨락 맨 뒤에서 덕칠이가 "지도 주동잡니다유" 하는 우럭우럭한 목소리가 튀어나왔다. 이윽고 여기저기서 같은 말들이 연달았다.

"저도 주모잡니다유."

"지도 깁니다."

순식간에 뜨락에 엎드려 있던 모든 점촌과 새끼내 사람들이 저마다 자기가 주동자라면서 우우 일어섰다. 그 바람에 사또의 얼굴이 붉으락푸르락하며 앉았다 일어섰다 걷잡을 수 없이 서성거렸다. 저마다 자기가 주동자라고 일어선 그들에게서 섬뜩함을 느꼈다.

"여봐라, 저놈들을 모두 옥에 처넣어라!"

사또는 미친 듯 소리쳤다.

사또의 호령이 떨어지자 나졸들이 우르르 달려들어 그들을 발길로 걷어차고 방망이를 휘두르며 끌고 갔다. 조그마한 옥은 발을 들여놓을 틈이 없이 빼곡하게 겹겹이 들어찼다. 혹한이 몰아치는 추운 겨울이었으나 사람들의 훈김으로 땀이 흘렀다.

새끼내 사람들이 관가에 붙들려가자 구진포의 동학도들도 착잡한 분위기였다. 대불이는 웅보 형님이 나졸들한테 붙들려가는 것을 보고만 있었다. 생각 같아서는 당장 나졸들을 때려눕히고 끌려가는 형님을 구해주고 싶었으나 나졸들 수도 많으려니와 고달준이가 그를 꼭 붙들고 있었기 때문에 움쭉달싹할 수가 없었다.

"형님, 이러고만 있을 거유?"

대불이는 잔뜩 심통이 난 얼굴로 고달준을 쏘아보았다. 그러나 고달준은 대불이의 말엔 대꾸조차 해주지 않았다. 그는 동학군의 거동을 알아보기 위해 영광으로 간 덕배를 기다리고 있는 중이었다. 풍문에 동학군이 경군에 쫓겨 계속 남으로 퇴각해 오고 있다고 하였기에 고달준은 은근히 걱정되었던 거였다.

"아니 형님, 내 말이 안 들리우?"

"말 안 해도 다 알고 있다. 허나 계란으로 바위를 치기재, 우린들 어쩌자는 게냐!"

고달준은 답답한 얼굴로 대불이를 마주보았다.

"나주성은 방비가 이만저만 튼튼허잖고, 관속들 숫자도 엄청난디, 우리 몇 사람으로서는 당해낼 수가 없다는 것을 너도 잘 알면서 그러냐!"

"정 그러시면 저 혼자서라도 야음에 관아를 덮쳐 형님을 구해오겠시유."

"네 명대로 살려거든 좀 참고 있어! 그래, 끌려간 그 많은 사람들은 죽든 살든 네 형 구해올 생각만 허느냐?"

고달준의 따끔한 나무람에 대불이는 풀이 죽어 고개를 떨구어버렸다.

"영광에 온 동학군이래두 이쪽으로 몰려왔으면 좋겄는디—"

짝귀의 이 같은 말에 대불이는 버쩍 고개를 들어 고달준을 쳐다보았다.

"형님, 좋은 수가 있네유. 동학군들을 이리루 오라고 허지유. 지가 당장 영광으로 뛰어가 기 교장님을 만나 뵙고 말씀드리겠어유."

대불이는 당장 영광으로 달려가기라도 할 기세였다. 그러나 "조용히 있지 못해!" 하는 고달준의 화난 목소리에 쩔금 고개를 꿍겨박아 버렸다.

영광에 갔던 덕배가 돌아왔다.

"어째, 우리도 합세를 허기루 했어?"

문치걸이 다급하게 묻는 말에 김덕배는 심통 사나운 눈으로 문치걸을 쏘아보더니 "아뭇 소리 말고 엎뎌 있으라고 허드라!" 하였다.

덕배가 돌아오기만을 기다리던 배나무집 도인들은 맥이 빠진 얼굴들이었다. 동학군과 합세하여 보국안민의 펄럭이는 깃발 아래 신나게 싸울 날이 오기만을 기다리고 있었는데, 그것마저 틀리고 보니 맥이 빠질 수밖에 없었다.

"지길, 나주로 몰려와서 한 번 질탕을 칠 것이재!"

대불이는 옥에 갇힌 형님 걱정을 하며 투덜거렸다.

그 무렵 동학군이 영암을 거쳐 강진으로 퇴각을 하였다는 소문이 나돌았다. 홍계훈이 이끌고 내려온 장위병(壯衛兵) 일천 명을 당해내지 못하고 파죽지세에 밀려 일시에 산산조각이 났다는 거였다.

동학군이 고부, 흥덕, 무장을 함락하고 영광까지 쳐내려왔을 때까지만 해도 백성들은 새 세상이 오는가 싶어 들뜬 마음을 걷잡지 못하였는데, 동학군이 경군을 당해내지 못하고 산산조각이 나고 말았다는 풍문이 나돌자 당장 심드렁해졌다.

가족이 옥에 갇힌 새끼내 사람들도 은근히 동학이 물밀듯 쳐 올라와 나주성을 함락시켜주기만을 바라고 있던 터에, 홍계훈의 장위병을 맞아 패주를 거듭하고 있다니 크게 낙담하지 않을 수 없었다.

"우리 복에 무신 난리여!"

"옥에 갇힌 사람들만 불쌍흐게 됐당께!"

"신출귀몰헌다는 전봉준도 양총 앞에서는 꼼짝 못하누먼—"

동학군이 경군에 쫓겨 패주를 거듭하고 있다는 소문이 짜하게 퍼질 무렵, 영산포에서는 이상한 소문이 나돌았다. 얼마 전 난민들에 맞아 죽어 장례까지 치른 박 초시가 나타났다는 거였다.

맨 처음 박 초시를 본 사람은 광나루 사공 장팔쇠였다. 그는 꼭두새벽에 박 초시를 강 건너까지 나룻배로 태워다 주었다고 하였다. 장팔쇠는 처음엔 박 초시를 알아보지 못했다. 나룻배가 나루를 떠날 때까지만 해도 어슴어슴 안개 같은 어둠이 강물 위에 엷게 깔려 있었고, 또 점잖게 차려입은 어느 늙은이가 고개를 깊숙이 숙이고 있었기 때문에 전혀 누구인가를 알아볼 수가 없었다.

그러나 강을 다 건너 배에서 내릴 때 얼핏 그를 스쳐본 장팔쇠는 뒤로 벌렁 나자빠질 뻔했다. 강을 건넜을 때는 어둠도 완연히 걷힌 뒤라서 손님의 얼굴을 똑똑히 분별할 수가 있었던 거였다.

"틀림없는 박 초시라니께. 그건 박 초시 혼일 거여!"

그러면서 장 사공은 강을 건너간 박 초시가 건너올 것이 뻔한데 그때 다시 그가 나룻배를 타게 되면 큰일이라면서 새벽이나 해가 진 뒤에는 아예 배를 묶어두겠다고까지 하였다.

허나, 박 초시를 보았다는 사람은 장 사공만은 아니었다. 같은 광나루의 이 사공도 박 초시를 강 건너서 태워왔다고 하였다.

"어슴어슴 어둠이 내릴 때라 잘 몰랐는디 말여, 배에서 내릴 때 보니께 틀림없는 박 초시드랑께!"

나룻목 사공들은 그 뒤부터 해가 벌겋게 떠올라야 배를 저었고, 저녁에도 석양이 깔리기 전에 나룻배를 묶어 버렸다.

사공들이 아닌 새끼내와 점촌, 부르뫼 개태 마을사람들도 박 초시를 보았다는 사람이 여럿이었다. 그들도 장 사공이나 이 사공처럼 새벽이나 어스름 초저녁에 박 초시를 보았다고 하였다.

박 초시가 분명히 대문을 밀치고 그의 집안으로 들어서는 것을 보았다고도 하였다.

죽은 박 초시가 다시 나타났다는 소문이 나돌자 사람들은 밤에는 문밖 출입하는 것을 무서워하였다.

"그놈의 영감태기가 뒈져서까지 우리를 귀찮게 허구만!"

"악독헌 사람은 귀신이 되어서도 매한가진가보구먼."

새끼내 사람들은 모이기만 하면 박 초시 이야기였다.

9

영산강에 배들이 다시 들락거리기 시작했다. 추위와 굶주림에 움츠러들었던 새끼내에도 봄이 완연하게 무르익었다. 영산강에 큰 당도리배들이 바람을 몰고 들어와서 세곡을 실어내가고 있었다.

새끼내 사람들은 봄이 오자 한시름 놓은 듯싶었다. 긴긴 겨울, 굶기를 밥 먹듯 하며 우거짓국으로 가까스로 연명을 해온 그들이었다. 이젠 다시 나무껍질, 풀잎이라도 뜯어 먹게 되었으니 다행한 일이 아닐 수 없었다.

한겨울 굶어죽지 않고 누렇게 뜬 얼굴로 봄을 맞은 새끼내 사람들은 농사를 서둘렀다. 허나, 어처구니없게 조세독촉관 전성창에게 토지를 빼앗겨버린 농부들은 삽을 들고 들에 나가서도 핏기없는 얼굴로 하염없이 하늘 끝만 쳐다보았다.

웅보 아버지 장쇠는 삽을 든 채 논둑에 덥석 주저앉았다.

지난달 나졸들한테 붙들려간 아들이 아직 돌아오질 않았다. 붙들려간 그 많은 사람들 중에서도 주모자라고 하여 내주지 않고 있는 것이었다. 여태껏 나주옥에 갇힌 새끼내 사람들은 웅보와 염주근을 위시하여 열두 명이나 되었다. 그들 열두 명은 우매한 농민들을 이끌고 민란을 일으키고 박 초시를 죽였다고 하여 엄한 벌이 내려질 것이라고들 하였다.

장쇠는 논바닥의 흙을 한 움큼 집어 들고 킁킁 코를 벌름거리며 냄새를 맡아보았다. 상큼했다. 꿀처럼 단 냄새가 나는 것도 같았다. 그 상큼하고 달착지근한 흙냄새를 뱃속 깊숙이 들이마셔 보았다. 울컥 눈물이 치솟을 것 같았다. 웅보가 눈에 밟혀온 것이다. 아들 웅보가 땀 흘려 만든 논이었다. 그 논이 도깨비에 홀린 듯 궁토가 되어 버린 데다가 죄 없이 옥에 갇힌 몸이 된 아들을 생각하면 눈에서 피가 쏟아질 것만 같았다.

"세상에 무지막지헌 놈들!"

장쇠는 상큼한 흙을 마구 볼에 문질러댔다.

"하납씨― 하납씨―"

손녀가 맨발로 논둑을 뛰어 오며 장쇠를 불러댔다. 저만큼서 며느리가 뒤따르고 있었다. 여섯 살 난 오동네가 두 손을 휘저으며 뛰어와선 장쇠의 품에 안겼다.

"엄니도 온다."

"이 녀석아, 집에서 놀지 않구스리 왜 또 들엔 나오느냐!"

"엄니 따라 왔당께!"

오동녜는 장쇠의 품에 안겨 두 손으로 흰 수염을 쓰다듬으며 싱긋싱긋 웃었다. 장쇠는 며느리가 가까이 오자 삽을 짚고 일어섰다.

"왜 혼자 오느냐!"

장쇠는 며느리의 등에 업힌 둘째손녀를 보며 물었다.

"안 기시데유. 어즈께 밤에 장성 건다고 나갔다느먼유. 온다고 혀도 걱정이어라우. 집에 왔다가 잡혀가면 어쩔거요."

쌀분이는 자꾸만 등에 업은 아기를 추석거렸다. 그녀는 시아버지의 심부름으로 구진포 배나무집에 갔다 오는 길이다. 대불이를 데려오라는 것이었는데 주막에 없었다. 그 사이 대불이는 관가의 눈을 피해 서너 차례나 새끼내에 왔다 갔었다.

"빌어묵을 자석!"

"내일은 돌아오신다느먼유."

쌀분이는 마치 큰 죄라도 지은 것 같은 얼굴로 시아버지를 바라보았다.

"그것도 자석이라고 믿는 이 애비가 멍청이재."

장쇠는 서둘러 애갈이(初耕)를 해야겠기에 대불이를 부르러 보냈는데, 주막에 없다니 울화가 치밀었다. 비록 땅은 궁토가 되었다고는 하지만 엎치락거리며 또 한 해를 살아남으려면 논을 갈고 씨를 뿌리는 수밖에 별도리가 없는 것이었다.

"압씨 한 사람 없어지니께 이러코롬 탁탁허다니!"

장쇠는 다시 하늘 끝을 쳐다보며 긴 한숨을 토해냈다. 그 말에 쌀분이는 갑자기 코끝이 찡해왔다. 그녀는 문득문득 옥에 갇힌 남편 생각에 왈칵 울음을 쏟을 것만 같았다.

요 몇 년 사이 쌀분이는 몰라보게 쭈그렁이가 된 듯싶었다. 포실한 몸매가 빗자루처럼 볼품없이 말라 버렸으며, 복슬복슬하던 두 뺨이 머루껍질처럼 오그라들었고 얼굴은 주근깨투성이였다.

"어서 들어가거라!"

"아부님도 들어가시지유."

"내 걱정 말고 들어가!"

장쇠는 삽을 들고 논둑을 따라 걸어갔다. 그는 집안일은 거들떠보지도 않는 대불이가 괘씸하게 생각되었다.

장쇠는 삽자루를 든 채 논둑을 밟고 한없이 걸었다. 예년 같으면 벌써 애갈이들을 하느라고 여기저기 쟁기질을 하는 모습이 한창일 터인데, 농사 준비에 바빠야 할 들판이 쓰렁하게만 느껴졌다.

장쇠는 뒤를 돌아다보았다. 손녀를 앞세운 며느리가 집 돈단으로 올라가는 모습이 보였다.

"빌어묵을 자석……."

그는 그저 둘째 아들 대불이가 야속한 생각뿐이었다.

"몹쓸 놈……."

장쇠는 몇 번이고 아들 대불이를 원망하는 소리를 되뇌었다. 어릴 때부터 마음씀씀이가 괴팍하고 부모 속을 썩이더니 다 커서도 말썽인 것이었다. 그런 대불이 녀석에 비해 큰아들 웅보는 매사에 차분하고 여태껏 부모 속상하게 한 적이 한 번도 없었는지라, 장쇠는 옥에 갇힌 큰아들 생각에 연연하고 있는 것이리라.

웅보는 새끼내 사람들과 같이 벌써 여러 날째 옥에 갇힌 몸이 되었다. 그 동안 몇 차례 사또 앞에 끌려 나가 숱한 고통을 당했다. 사또 앞에 끌려 나갈 때마다 초주검이 되었으며, 그때마다 사또는 똑같은 말로 그들을 다그쳤다. 결국 웅보와 염주근을 비롯한 새끼내 젊은이들은 난을 일으킨 죄와 박 초시를 죽인 죄를 한꺼번에 둘러쓰게 되었다.

머지않아 망나니들의 손에 죽음을 당하게 될 거라는 소문이었다. 웅보는 죽는 것이 두렵지 않았다. 그러나 남은 식구들 걱정 때문에 밤에도 눈이 감기지 않았다.

토지를 빼앗기지 않았더라면 남은 식구들은 땅이라도 파먹고 살수 있을 터인데, 도지를 주고 남은 것으로 어찌 살아야 할 것인지 눈앞이 캄캄했다.

웅보는 또 문득 막음례 생각이 났다. 목포로 떠난 그녀는 여태껏 소식이 없었다. 여자 몸으로 어린 새끼를 이끌고 어찌 살아가는지, 그녀가 영산포에서 배를 타고 떠날 무렵 잠깐 안아보았던, 한 핏줄인 아들 녀석의 체온이 아직도 가슴 언저리 어딘가에 남아 있는 듯싶었다.

"웅보, 뭘 생각혀!"

염주근은 뼈만 남은 얼굴에 송곳으로 후벼 판 것 같이 퀭한 눈으로 웅보를 보았다.

"그냥, 이 생각 저 생각……."

"생각을 허면 뭘헐 거여!"

"그래도 이 머릿속에는 생각만 가득허다니께!"

"다 잊어뿌러! 우리는 죽은 목숨이여!"

염주근은 형졸들한테 얻어맞은 몸이 성한 곳이 없어, 몸을 움직일 때마다 고통을 참느라고 얼굴을 찡등그렸다.

"나 죽는 것은 무섭지 않은디……."

"누구는 죽는 것이 무섭단가? 사람이 한 번 죽재 두 번 죽남?"

"원통해서……."

웅보는 깊은 한숨을 토해냈다. 생각들을 털어버리려고 고개를 살래살래 가로저었지만 소용이 없었다. 눈을 뜨고도 식구들의 얼굴이 번히 떠오르곤 하였다.

"원통헌 것은 말헐 것도 없재."

누구인가 똑같은 말을 하며 한숨을 토했다.

"뺏긴 땅만 되돌려준다면 이대로 죽어도 좋겠구만."

"참말로 우릴 쥐이는 대신 땅이나 돌려줬으면 좋겄어."

"말이라고 허는가!"

"논 뺏기고, 목숨 잃고, 원통해서 못 참겠구만."

웅보는 두 눈을 부릅뜨고 고개를 처들어보았다.

"다 잊어뿌러. 죽으면 다 잊는거!"

염주근은 다친 엉덩이뼈의 통증 때문에 다시 얼굴을 일그러뜨렸다.

"그나저나 애갈이도 허고 못자리판을 만들어야 헐긴디."

옥에 갇힌 새끼내 사람들은 꼼짝할 수 없는 몸이 되어서도 마냥 농사 걱정이었다. 그들이 할 수 있는 일이란 흙을 파고 씨를 뿌리고 다시 결실을 거두어들이며, 관가에서 시키는 대로 수걱수걱 따르는 것뿐이었다.

"어뜨케 씨나락은 담궜는지!"

언제 죽을지도 모르면서, 또 그들 자신도 이미 죽음을 각오한 몸이면서도 집안 걱정이 태산 같았다.

옥문을 지키는 옥졸이 나타나자 그들은 팔꿈치로 옆 사람의 옆구리를 찔러 입을 다물었다.

"웅보인지 곰보인지 어서 나와!"

옥졸이 웅보의 이름을 부르자 섬칫 놀란 웅보가 염주근을 돌아다보았다. 염주근을 돌아보는 웅보의 눈엔 마치 죽으러 가는 사람처럼 처절함이 가득 괴어 있었다.

"어서 나오지 못해!"

옥졸이 버럭 고함을 지르자 웅보는 무거운 몸을 일으켜 세웠다.

동헌 뜨락에 꿇어 엎딘 웅보는 잠자코 고개를 무겁게 내리박았다.

"너 이놈, 아직도 살고 싶은 생각이 없단 말이냐!"

창자를 뒤트는 것 같은 딱딱하고 날카로운 목소리가 찌렁찌렁 동헌을 흔들었다. 웅보는 고개조차 쳐들지 않았다.

"그래, 네놈들 중에서 동학군이 어느 놈이며 어떤 놈이 동학군과 내통을 했느냐!"

그래도 웅보의 입에서 아무런 말도 없자 옥졸이 방망이로 그의 머리를 쿡 찔렀다.

"사또께서 어느 놈이 동학군이냐고 묻고 계신다!"

통인의 카랑카랑한 목소리에 "택도 없는 말이오. 우리들 중에는 동학군도 없으려니와, 동학군과 내통한 자도 없소!" 하고 야무지게 잘라 말했다.

"저놈이 아직도 영금을 못 봤구나. 무지렁이 농투성이들이 어뜨케 난을 일으켜 함부로 양반을 쥑인다는 게냐!"

"날탕 무식허고 애잔한 농투성이라고 해서 쓸개도 없는 것은 아닙니다. 지렁이도 밟으면 꿈틀하는 법인디 박 초시헌테 그렇게 모진 설움을 받고 어찌 참는단 말이오!"

웅보의 사또를 향해 말하는 본새는 무엇인가 이미 각오를 하고 있는 듯싶었다. 말이나 바로 하고 죽자는 그런 심산이었다.

"그래, 무지렁이 농투성이들이 함부로 양반집을 질탕하고 사람까지 죽인 일이 잘했다는 게냐?"

사또의 언성이 높아졌다.

"박 초시가 죽은 일에 대해서 우리는 모르오!"

"이놈이, 쥐둥아리만 살았구나."

이때쯤이면 사또는 으레 매우 치라는 호령을 고래고래 내질렀을 터인데, 그날만은 어찌된 일인지 웅보가 거침없이 목울대를 빳빳하게 세워 말을 되받고 있는데도 아직 매우 치라는 호령만은 연발 하지 않았다.

"바른 대로 대지 않으면 당장 목을 칠 것이며, 동학군이 누군가 이름을 대면 곧 방면을 해주겠다!"

사또는 왼손으로 수염을 쓰다듬으며 능청을 부렸다.

"이미 죽음을 각오하고 있는 몸이오. 허나 우리들 중에서 동학군은 없소. 지금 당장 내 목에 칼이 들어와도 다른 할 말이 없으니 죽이든 살리든 알아서 하시오."

그 말에 사또는 벌떡 일어서서는 웅보를 쏘아보았다.

"아니, 저놈이…… 저놈을 당장 밖으로 끌어내라!"

하나 사또의 호령이 떨어졌어도 옥졸들과 웅보는 어찌할 바를 몰랐다.

"뭣들 하는 게냐, 그놈 꼴도 보기 싫다. 어서 밖으로 끌어내라는데도!"

"하오나 사또, 어디로 끌어내라는 분부이시온지……."

웅보를 끌고나온 옥졸은 여싯여싯 사또를 곁눈질해보며 멈칫거리기만 하였다.

"꼴도 보기 싫으니 제 집으로 돌려보내라!"

사또의 말에 웅보와 옥졸들은 함께 놀랐다. 웅보는 말똥말똥 동헌 마루 끝의 사또를 올려다보고만 있었다.

"뭣들 하는 게냐. 어서 끌어내라는데도!"

사또는 꽥 소릴 지르며 어기뚱거리는 걸음으로 별당 쪽으로 사라져 버렸다.

"옥에 갇힌 친구들은 어찌되나요."

웅보는 사또가 동헌에서 사라지자 옥졸에게 물었다.

"그걸 내가 어찌 아누? 자, 어서 나가!"

옥졸은 거의 강제로 웅보를 동헌 문밖으로 끌어냈다. 웅보는 어리둥절했다. 아무래도 알 수 없는 일이었다. 사또가 왜 그 혼자만 방면을 해주는 것인지 이해가 가지 않았다.

동헌 문밖으로 떠밀려나온 웅보는 한동안 어리둥절한 생각에 우두커니 서 있었다. 그러자 웬 처자가 그의 가까이로 왔다. 어디서 많이 본 얼굴인데 생각이 가물가물할 뿐 누구인지 확연히 알 수가 없었다.

"안방마님께서 좀 다녀가시라고 허드만유."

처자는 부끄러움 때문인지 고개를 숙인 채 말했다.

"처자는 누구요."

"노루목 양 진사 댁에서 왔구먼유."

그제야 웅보는 그 처자가 양 진사 댁 안방마님의 몸종 끝례라는 것을 알 수가 있었다. 그런데 궁금한 것은 웅보가 방면되리라는 것을 어떻게 알고 미리 와서 기다리고 있는 것인가 하는 거였다.

"어떻게 내가 방면될 것을 미리 알고 있었소?"

"네, 마님께서 나가보라기에……."

처자는 말끝을 흐리면서 몸을 돌렸다.

몸을 돌려 몇 발짝 걸음을 옮기던 그녀는 그때까지도 우두커니 동헌 쪽을 바라보고 있는 웅보를 돌아다보았다. 눈으로 어서 가기를 재촉하고 있는 것이었다.

웅보는 친구들을 그대로 옥에 놔둔 채 혼자만 집에 돌아가기가 싫었다. 발걸음이 떨어지지 않는 것이었다.

"안방마님께서 지체 말고 곧 오시라고 허셨어유!"

웅보가 좀처럼 몸을 움직일 것 같지 않자, 끝례가 다시 가까이 다가와서는 낮은 목소리로 재촉을 하였다. 그제야 웅보는 무겁게 걸음을 떼어 옮겼다.

그는 끝례의 뒤를 따랐다. 사 년 전인가 양 진사 댁에 들러 그녀를 보았을 땐 아직 애티를 벗지 못한 것 같았었는데 이젠 얼굴에 윤기가 흐르고 엉덩판이 쩍 벌어진 게 과년한 처자의 모습이었다.

웅보는 오금이 저리고, 등짝이며 옆구리가 쑤시는 바람에 빨리 걸을 수가 없어 쉬엄쉬엄 끝례의 뒤를 따랐다.

그런 웅보를 기다리느라고 그녀는 혼자 앞서 걷다가도 잠깐잠깐 걸음을 멈추어 기다려주곤 하였다.

양 진사 댁 대문 가까이 올 때까지 웅보는 줄곧 옥에 갇힌 친구들 생각만 하였다. 생각 같아서는 다시 옥으로 뛰어 들어가고만 싶었다. 죽어도 그들과 같이 죽고 살아도 같이 살고 싶었던 것이다. 그런데 궁금한 것은 안방마님이 어떻게 그가 방면될 것을 미리 알았으며, 또 왜 그를 만나자고 한 것인지 알 수 없는 일이었다.

"참, 진사 나리께선 집에 계신가?"

웅보는 절룩거리며 대문을 들어서며 물었다.

"안 계셔유. 나리께선 요새 통 집에 안 계셔우" 하고 힐끗 뒤를 돌아다보더니 "잠시만 사랑채에 계셔유" 하면서 안채 쪽으로 쪼르르 내달아버렸다.

양 진사 댁 대문에 들어선 웅보는 옛날 그의 식구들이 살았던 행랑방을 열어보기도 하고 사랑채 여기저기를 두리번두리번 살펴보았다.

행랑방엔 아무도 기거하는 사람이 없는 듯 문을 열자 쾨쾨한 곰팡이냄새가 확 풍겼으며, 너덜너덜 거미줄이 쳐져 있었다. 사랑채는 오랫동안 비워둔 집처럼 쓰렁쓰렁하게 느껴졌다.

잠시 감회에 젖은 눈으로 주위를 살피고 있는데, 안채 쪽에서 예닐곱 살 가량 되어 보이는 잘 차려입은 사내아이가 뛰어나오다가 웅보를 발견하더니 섬칫 멈추어 섰다.

"너는 뉘 집 비자인데 남의 집을 기웃거리느냐!"

아이가 야무진 목소리로 물었다.

"네, 옛날 이 댁 비자였습죠. 헌데 도련님 이름이 뭡니까?"

"나? 양만석이다."

"아, 양 진사 나리의 외아드님이시군요?"

아이는 묻는 말에 대답은 하지 않고 뒷짐을 진 채 한 바퀴 빙 돌며 웅보의 위아래를 뜯어보았다.

"그놈 등짝 한 번 실하게 생겼구나. 내 말이 되어주지 않겠느냐?"

양만석은 호령조로 말하였다. 잠시 후 웅보는 넓죽 땅바닥에 엎디었다.

"자, 등에 올라타십시오. 되련님의 말이 되어드리겠습니다."

웅보는 옆구리와 오금이 쑤셔오는 것을 이를 응등물고 참으며 땅을 짚은 두 팔을 낮게 굽히고 양만석이 등에 오르기를 재촉했다.

"이랴, 이놈의 망생아!"

양만석은 웅보의 등 뒤에 올라타서는 털푸덕 소리가 나게 손바닥으로 그의 등을 툭 쳤다.

웅보는 무릎 뼈가 뼈개지는 것 같고 등짝이 무너져 내리는 것 같은 아픔을 참으면서 네 발로 맨땅을 기었다.

"참 되련님, 글공부를 하시지요?"

웅보는 사랑채 앞뜨락을 한 바퀴 돌고 나서 그대로 엎딘 채 물었다.

"하아, 망아지가 말을 한다?"

"되련님, 시방 무슨 책을 읽고 계십니까?"

"논어를 읽고 있다!"

"아, 벌써 논어를 읽고 계시느만요. 그러면 논어 어디까지 배웠습니까."

"망아지가 별걸 다 묻네. 위정편여!"

"그러시면 되련님, 쇤네가 하나 물어볼까요?"

"뭣이든지!"

"되련님은 영특하시니까 다 이시겠지만, 계강자(季康子)가 백성들이 공경스러워지고 충성스러워지고 선행에 힘쓰게 만들려면 어떻게 하면 되느냐고 물었을 때 선생님께서는 무어라 말씀하셨나요?"

웅보는 손과 무릎을 멈추고 고개를 돌려 등 뒤의 만석이를 돌아보았다.

"헤헤, 그까짓 걸 다 묻느냐?"

"알고 있습니까? 알고 있으면 말해 봐요!"

"선생께서 가라사대, 백성에게 장중한 태도로 임하면 공경스러워지고, 효성이 있고 자애스럽게 굴면 충성스러워지고, 선한 사람을 등

용하여 몸가짐을 바로 하지 못하는 사람을 가르치면 선행에 힘쓰게 된다고 말씀하셨지!"

"참말로 우리 되련님 영특하시네요."

정말이지 웅보는 순간 뿌듯한 기분을 느꼈다. 영특한 만석을 덥석 안아주고 싶었다. 그의 눈에는 자기도 모르는 사이에 눈물이 촉촉히 젖어 있었다.

"이놈에 망생이야, 어서 뛰어라!"

등에 올라탄 만석이 다시 웅보의 등을 쳤다.

"네네, 되련님!"

웅보는 질퍽하게 두 눈이 젖은 채 아픈 것도 잊고 정신없이 네 발로 땅바닥을 마구 기었다. 그는 껑충거리기도 하고 히히힝 말 울음소리까지도 흉내 냈다.

"망생이야, 안마당으로 가자!"

"허지만 되련님, 안마당에는 안 됩니다."

웅보는 숨을 헐떡거렸다.

"왜 안 된다는 게냐!"

"안채에는 안방마님이 계십니다."

"잔소리 말고 안마당으로 뛰어라! 어머님께 내 망생이를 보여 줘야겠다."

"되련님 제발 안 됩니다요."

웅보는 가슴팍을 땅바닥에 대고 납작하게 엎드리며 사정을 해보았다. 그러나 만석의 고집은 대단했다.

"이놈에 망생이가 떼를 쓰는구나."

"정히 안마당으로 가자고 하면 쇤네 도망을 칠겁니다요."

"도망? 내가 네깐 놈 하나 못 잡을 줄 알고?"

"쇤네가 어디 사는 누구인지도 모르면서요?"

"실은 그렇구나. 허나 네놈이 내 말을 듣지 않고 도망을 친다면 목숨을 걸고 기어코 잡아오고야 말겠다."

그 말에 웅보는 오른손을 들어 등 뒤를 더듬어 만석의 손을 꼭 쥐었다. 온몸의 피가 다섯 손가락 끝으로 쏠리는 것 같았다.

웅보는 오랫동안 납작하게 맨땅에 엎드린 채 손을 어깨 너머로 올려 만석의 손을 잡고만 있었다. 그는 마치 핏줄이 손가락 끝을 통해 등에 올라타 있는 만석의 몸속으로 이어지고 있는 것 같은 것을 느꼈다.

"이놈에 망생이 꿈쩍도 않는구나!"

만석은 등에 올라앉은 채 두 발로 웅보의 옆구리를 힘껏 걷어찼다.

"그럼 되련님, 안마당만 갔다가 그냥 돌아오기로 약속을 합시다."

"좋아. 이랴, 망생아!"

웅보는 허리를 들어 올려 안마당 쪽으로 향했다. 석류나무 뒤에서 얼핏 살펴본 안마당은 텅 비어 있었다. 웅보는 아무도 없는 사이에 안마당까지 기어갔다 올 요량으로 빠른 동작으로 기어 나갔다.

그가 고개를 숙인 채 힘껏 네 발로 여남은 발짝이나 기어 나갔을 때, 그는 마님의 목소리에 깜짝 놀라 무릎을 멈췄다.

"아니, 만석아!"

고개를 들자 눈앞에는 안방마님이 마루 끝에 서서는 큰 소리로 만석을 나무라고 있지 않는가.

"냉큼 내려서지 않고 뭘 하는 게냐!"

안방마님의 불똥 같은 호통에 만석은 웅보의 등에서 머무적거리다가 비실비실 땅으로 내려섰다. 내려서면서도 만석은 옛날 종놈의 등말타기를 좀 했기로서니 그것이 무슨 잘못이냐 싶은 뚱한 얼굴로 마루 끝에 선 어머니를 처다보았다.

웅보도 무릎을 툭툭 털고 일어서서 허리를 구부렸다.

"마님, 강녕하셨습니까요."

"이 사람 그간에 고생이 많았다면서? 얼굴을 보니 산송장 같구만……."

안방마님 유 씨 부인은 조용하고 다정한 목소리로 말을 했다.

"그래, 몸은 많이 상하지 않았는가?"

"네, 괜찮습니다요."

안방마님의 물음에 대답을 하고 난 웅보는 조금 전 안방마님이 하게로 말을 높여준 것을 생각해내고 얼핏 고개를 들었다.

"자네가 옥에 갇혔다는 소식을 며칠 전에야 알았다네. 부랴부랴 친정오라버니를 찾아가서 청을 넣었더니……."

그리고 보니 웅보가 방면된 것은 안방마님 때문인 것이었다. 순간 웅보는 목구멍이 확 달아오름을 느낄 수가 있었다. 옛날에 느끼던 표독스럽고 욕심 많은 여자가 아니었다.

"감사하옵니다. 쇤네는 그것도 모르고……."

"감사할 것 없네. 내가 좀 더 일찍 몰랐던 것이 불찰이재!"

"쇤네가 큰 폐를 끼쳐드렸구만요."

"자, 몸도 성하지 않을 텐데 마루로 올라와 앉게나!"

"아닙니다요."

"이 사람아, 그러지 말고 어서 올라와 앉으라니까!"

안방마님은 토마루 아래 허리를 굽히고 서 있는 웅보를 나무람 하였다.

"바깥 나리께서는 어디 출타하셨나요?"

웅보는 고개를 들어 집안을 두릿두릿 살피면서 물었다.

"그 양반 요새 집에 안 계시네. 장성 현감 자리에서 물러난 후 화병이 나서 석 달째 누워 계시더니 소식도 없이 집을 나가셨네."

웅보는 처음 들어설 때부터 집안에 훈기가 없이 마치 나간 집구석처럼 쓰렁쓰렁함을 느꼈다. 쓰렁하게 느껴진 크나큰 집안에는 하인놈 하나 보이지 않았으며, 안방마님의 몸종 끝례만이 덤벙대고 있는 것이었다.

"만석아, 그 사람 마루에 앉도록 하여라!"

안방마님은 웅보가 꿈쩍 않고 토마루 아래 서 있기만 하자, 만석을 시켜 마루에 앉도록 하였다.

"이놈아, 어서 올라앉지 않고 무얼 꾸물대는 게냐!"

만석이 웅보를 향해 소리쳤다.

"아니, 만석이 이놈, 무슨 말버르장머리가 그러느냐!"

"어머님도 참, 이놈은 옛날 우리 집 종놈이었다는데 좀 함부로 하면 어떤다고 역정을 내십니까?"

"그렇습니다. 되련님 말이 옳습니다요."

웅보는 몸 둘 바를 몰라 하면서 비실비실 토마루 위로 올라서서 마루 끝에 걸터앉았다.

"이 사람이 옛날엔 우리집 비자였다만 지금은 속량을 한 몸이다. 우리 집 종이 아니란 말이다. 만석이 너도 이리 와서 앉거라!"

잘못한 일도 없이 어머니에게서 꾸중을 들은 만석은 심통이 난 얼굴로 마루 위로 올라앉았다.

"되련님이 아주 많이 컸습니다요. 총각 티가 나는구만요."

웅보는 만석을 보며 말했다.

"갈수록 성질이 사나와진다네!"

"사내가 성질이 순하고 인정이 너무 많으면 큰일을 못하는 법입니다요."

"글쎄一"

안방마님 유 씨 부인도 심통이 나 있는 만석을 향해 대견해하는 웃음을 떠올렸다.

"참 어머니. 이놈이, 아니 이 사람이 글쎄 논어를 다 알데요."

만석은 갑자기 호들갑을 떨었다.

"이 사람도 옛날에 논어 맹자를 다 읽었단다!"

"종놈이 논어 맹자를요?"

"또 그 말버릇을……."

안방마님이 걸핏하면 만석을 나무람 하는 바람에 웅보는 안절부절못했다.

"쉰넨 이만 집에 건너가볼랍니다요."

웅보는 거북스러운 자리를 빨리 피하고 싶었다.

"아닐세! 오랜만인데 좀 쉬었다가 가게!"

안방마님은 그러면서 끝례를 불러 빨리 점심을 차려오도록 하였다.

웅보는 안방마님이 한사코 점심을 먹고 가라고 붙잡는 것을 뿌리치고 새끼내를 향해 나섰다. 안방마님은 그런 웅보를 원망하는 눈빛으로 쏘아보았다.

아들 만석이와 함께 대문 밖까지 배웅해주며 몸이 좀 나아지면 꼭 한 번 다시 들러달라고 당부를 하였다. 옛날의 성깔 사나운 안방마님이 아니었다.

그 사이 몰라보게 딴사람이 된 듯싶었다. 몇 년 전 웅보에게 쌀쌀맞게 대하던 것과는 딴판이었다.

"만석아, 다시 또 오시라고 인사를 해야지!"

만석은 대문 밖까지 어머니를 따라 나왔다가 웅보한테 인사를 하라는 말에 "또 오시게!" 하고 의젓하게 말했다.

돌아서면서 웅보는 만석을 생각하며 싱긋이 웃었다. 모든 것이 딴 세상에 온 것 같은 느낌이었다.

그가 서둘러 양 진사 댁에서 나온 것은 안방마님과 같이 앉아 있기가 스스럽고, 더욱이 안방마님이 만석의 언행을 일일이 신경쓰는 것이 마음에 불편한 점도 있었으나 그보다는 빨리 스승 홍 거사를 만나고 싶었기 때문이었다.

양 진사 댁 고샅을 빠져나오면서 그는 새끼내 가족들을 보고 싶은 것 대신에, 훈기가 없이 휑하게 느껴진 양 진사 댁과 사람이 달라진 안방마님에 대한 생각으로 가득하였다. 얼핏 보기에도 양 진사 집안은 가세가 기울어져 가고 있는 것을 알 수가 있었다.

웅보는 양 진사 댁 생각을 하다가 남문께에 당도하자 발걸음을 멈추고 뒤를 돌아다보았다. 친구들을 옥에 남겨둔 채 혼자만 새끼내로 돌아가기가 민망하고 부끄러웠다.

웅보는 곧 강을 건너지 않고 구진포 쪽으로 내려갔다. 구진포 배나무집에 잠시 들러 대불이를 만날 심산이었다.

나룻목에서 구진포까지 오는 동안 아무도 아는 사람을 만나지 않았다. 기실 그는 친구들을 옥에 남겨둔 채 혼자만 방면되어 오는 것이 부끄러웠기 때문에 남들이 그를 알아보지 못하게 고개를 푹 숙이고 걸었다.

배나무집에는 네댓 명의 낯선 술꾼들이 평상 위에 두 패로 둘러앉아 술상을 벌이고 있었으며, 반백이 다 된 주파가 술심부름을 하고 있었고, 얼핏 보아 뱃사람들을 상대하는 얼짜인 듯싶은 몸매가 포동포동한 여자가 술꾼들 틈새에 끼어 시시덕거리고 있었다.

"어서 오셔유! 이쪽으로 걸터앉으시구레!"

술심부름을 하던 주파가 웅보를 보더니 턱 끝으로 평상 쪽을 가리켰다.

예전에 보았던 과부 주모도, 난초의 얼굴도 보이지 않았다. 주모뿐만 아니라 대불이도 다른 동학도들도 눈에 띄지 않았다.

"약주상을 내올깝쇼?"

낯선 주파가 채근을 하는 바람에 웅보는 그냥 되돌아 나가려다가 "주모는 집에 없수?" 하고 낮게 물었다. 평상 위 술꾼들 틈새에 낀 젊은 여자가 사내들 말끝에 까르르 웃어 제쳤다.

"주모라니우?"

"이집 안쥔 말이우!"

"왜 그러시우?"

주파는 웅보의 위아래를 찬찬히 되작거려 뜯어보며 물었다.

주파와 웅보가 주고받는 말소리를 들었는지 술꾼들 사이의 젊은 여자가 이쪽을 홱 돌아보았다. 어디서 본 듯한 얼굴이었다. 그녀는 걸인난리 때 광주댁과 함께 째보네 주막에 있었던 논다니였다.

웅보는 우선 평상모서리에 걸터앉았다. 주파가 잠시 안으로 들어갔으며 이내 난초가 방에서 나오다가 웅보를 보더니 맨발로 뛰쳐나왔다.

"오매오매, 누구시단가요 잉?"

난초가 큰 소리를 치며 반가워하는 바람에 술상을 벌이고 있던 술꾼들의 눈이 한꺼번에 홱 쏠려왔다.

"시방 나오시는 길인 게라우?"

난초는 물 머금은 목소리로 거듭 물으며 어쩔 줄 몰라 했다.

"대불이는 어디 갔느냐?"

"그나저나 안으로 들어가십시다."

난초는 평상모서리에 엉거주춤 허리를 구부리고 앉은 웅보를 잡아끌다시피 하였다.

"없으면 그냥 집으로 가봐야겠다."

웅보는 두 팔에 힘을 주어 무릎을 짚고 일어섰다.

"우선 안으로 들어가셔유. 을매나 곤욕을 치르셨는지 얼굴이 말이
아니네유."

웅보는 하는 수 없이 난초를 따라 안방으로 들어갔다. 기실 그는
단 한 발짝도 걸음을 떼어 옮기기가 힘들었다.

"대불이 오빠는 눈만 뜨면 큰오빠 걱정이더니 이르케 살아 나오시
니 월매나 다행인가유."

난초는 주파를 불러 술상을 시키고 나서 웅보와 마주앉았다.

"대불이는 어디 갔느냐?"

"집을 떠난 지가 벌써 한 보름 되얐구만유."

"보름씩이나? 어디를 갔는데."

"모르겠어유. 무슨 말을 흐고 가야 알지유. 가면 간갑다 오면 온갑
다 헐 뿐여유."

난초는 고개를 푹 숙였다.

"같이 있던 사람들도?"

"말짱 함꾸네 갔어유. 그나저나 집에 가시면 아매 기절해서 뒤로
벌떡 나자빠질 게로구면."

그 사이에 주파가 술상을 들여왔으며, 웅보는 허출한 김에 염치불
구하고 술국 한 사발을 단숨에 둘러 마시고 나서 난초가 따라주는 대
로 술잔을 기울였다.

"부족허시다면 더 가져올게유."

그녀는 잠시 후 방에서 나갔다. 빈속에 술이 들어가자 온몸이 솜뭉치처럼 나른하게 가라앉았다.

웅보는 이내 잠이 들고 말았다. 그는 벽에 등을 기댄 채 잠시 눈을 감고 있다가 스르르 잠이 든 것이었다.

얼마나 시간이 흘렀을까. 그는 두런거리는 소리에 퍼뜩 눈을 뜨고 일어나 앉았다.

"살어돌아오셨구만 잉!"

머리맡에 웅보의 처 쌀분이가 갓난아기를 보듬고 앉아서 훌쩍이고 있는 게 아닌가.

"아니, 언제 왔어?"

"시상에 이 얼굴 좀 봐. 을매나 고초를 겪었기에 산송장이 되었구마!"

쌀분이는 남편을 만나 반가우면서도 갈댓잎처럼 바짝 여윈 얼굴을 보자 마음이 아파 자꾸만 훌쩍거렸다.

"난초가 사람을 보내서 한달음에 뛰어왔어유."

쌀분이는 품속의 아이가 낑낑대자 두 손으로 거칠게 까불어대면서도 눈은 줄곧 웅보의 얼굴에만 매달려 있었다.

"그새 깜박 잠이 들었나벼."

"그래, 을매나 고상을 혔어유!"

쌀분이는 저고리 섶으로 물커진 눈언저리를 꾹꾹 찍어 눈물을 닦아냈다.

"나야 무신 고생, 집안 식구들이 고생했재?"

"집안에는 아무 탈 없이유."

"부모님들 기다리신다는디 가보드라고!"

"고단허신디 쬠만 더 눠 계셔유."

"아따, 이놈 많이 컸구나!"

웅보는 술상을 밀치고 나서 쌀분이의 품에서 아기를 받아 안았다.

"배냇짓을 허니라고 싱긋싱긋 웃어유."

"오동네도 별 탈 없고?"

"점심 묵고 낮잠 들었기에 냅두고 왔구만유."

웅보는 순간 문득 눈앞에 밟혀오는 양만석을 생각했다. 야무진 놈이었다. 또랑또랑 말하는 것하며 어린 아이답지 않았다. 그는 아직도 등짝이 뻐근하도록 만석이 놈의 체취를 느낄 수가 있었다.

웅보는 아기를 다시 쌀분이에게 넘겨주고 서둘러 나루터로 나갔다. 강을 건너 새끼내에 닿자 마을사람들이 마중 나와 있었다.

순간 웅보는 가슴이 철렁 내려앉았다. 친구들의 가족들을 만날 용기가 나지 않았다. 그들을 만나 무슨 말을 한단 말인가. 왜 혼자만 방면되었느냐고 묻는다면 무어라고 대답한단 말인가. 양 진사 댁 안방마님이 청을 넣어 꺼내주었다고 말할 수는 없지 않겠는가.

"워치기 된 거유!"

"우리 압씨는 왜 안 나온디유?"

웅보를 본 그들은 궁금하고 걱정되는 얼굴로 한마디씩 물었다.

"나도 잘 모르겠당께요. 그냥 나 혼자만 나오게 됐네요."

웅보는 힘없는 목소리로 말했다.

"우리 압씨는 어찌되남요?"

"살아 있긴 허남요?"

"죄가 없으니 곧 나오게 될 거로구만요."

친구 가족들이 거듭 묻는 말에 웅보는 그렇게밖엔 대답할 수가 없었다.

"걱정들 마셔요."

웅보는 똑같은 말만을 되풀이하다 자기 혼자만을 방면시켜준 안방마님이 원망스럽기까지 하였다.

10

모내기가 한창일 무렵에 대불이가 왔다.

논을 빼앗긴 새끼내 사람들은 우선 모판을 만들고 논에 물을 방방하게 채운 다음 장써레 곰써레질을 하여 시름도 잊고 모를 내었다. 날씨도 무던했다. 보릿가을을 하여 먹을 것도 있었다.

배고픈 설움을 잊게 되자 다시 옥에 갇힌 가족들 걱정에 얼굴이 펴지질 않았다.

웅보네도 서둘러 모를 냈다. 웅보는 혼자만 옥에서 풀려나온 죄로 자기 논에 모를 내는 것은 가족들한테 맡겨두고 옥에 갇혀 있는 친구네들의 일손을 도와주었다. 그렇게 해서라도 죄스러움을 덜고 싶었던 거였다.

그날도 웅보는 염주근의 논에서 못짐을 져 나르고 있는데, 헐레벌떡 손칠만이가 뛰어와서 대불이가 왔다고 알려주었다.

"대불이가 동학군과 함께 왔당께유!"

"동학군?"

그제야 웅보는 못짐을 던지던 손을 멎고 칠만이를 돌아다보았다.

"수도 없이 떼죽이 몰려왔당께유!"

"수도 없이?"

"수천 명 되겠어유."

"그래, 그 동학군들이 어디에 와 있다는 게냐?"

"강 건너에유. 강 건너에 진을 치고 있는데유, 대불이랑 또 배나무집에 같이 있던 사람들이랑은 선창거리에 와 있고유."

칠만이의 말에 웅보는 잠시 고개를 들어 선창거리 쪽을 바라보았다.

소나기라도 한 줄기 퍼부으려는지 후덥지근한 날씨에 구름이 우쭐우쭐 쏠리고 있었다. 동학군이 수천 명 몰려와서 강 건너에 진을 치고 있다니, 필시 또 무슨 일이 벌어질 것이 분명하다.

"그래, 대불이는 시방 어디 있더냐?"

"쫌 전에 영산포 때죽나무집으로 들어갔어유. 모다덜 총을 들쳐멨등만유. 동학군들이 떼 지어 나타나자 오까모도상도 배를 타고 목포로 내려가베렸어유."

오까모도는 선창거리 왜싸전 주인이다. 독촉관 전성창으로부터 세곡을 사들여 짭짤하게 재미를 본 그는 아예 선창거리에 창고를 짓고 봉구네 미곡전까지 사들여 영산포 선창에서는 제일가는 싸전을 경영하고 있는 터였다.

칠만이는 오까모도 싸전에서 일을 보고 있었다. 칠만이는 같은 또래에서는 힘깨나 쓰는 편이었고 또 그동안 착실하게 일을 해와 오까모도의 신임을 받고 있었다.

"총을 멘 대불이를 보니께 겁이 덜컥 나드만유. 오까모도상도 싸전을 나헌티 맡기고 잠시 피신을 갔다오겠담서 배를 탔어유."

칠만이는 다급한 목소리였다. 행여 동학군들이 왜싸전을 어찌하지나 않을까 걱정인 듯싶었다.

"그래서 나더러 어쩌란 말이냐!"

그 말에 칠만이도 할 말이 없는 듯 뒤통수를 긁적거리더니 "그냥 놀래서 뛰어왔구먼유" 할 뿐이었다.

"칠만이 너 우리 대불이를 만나보기는 했디야?"

"보기만 했구만유. 총을 든 대불이를 보니께 무섬증이 들어서 아는 체도 못했당께유. 총을 든 대불이가 생판 딴사람으로 보이드만유. 그나저나 세상이 왜 이런디유. 오까모도 싸전에 피해가 없어야 쓰거신듸 걱정이구만유. 요새 한창 장사가 잘 되는 판인듸……."

칠만이로부터 대불이 소식을 들은 웅보는 선창거리로 가서 아우를 만나볼까 했으나 그만두었다. 그는 칠만이에게 다시 대불이를 만나면 집에 한 번 왔다가라고 전해달라는 말만 하였다.

그 무렵 영산포 선창거리에는 동학군들로 벅신거렸다. 객줏집을 함께 시작했던 고달준과 김덕배, 송기화, 문치걸 외에도 그들과 한 패거리가 된 수십 명의 동학군들이 몰려와 있었다. 그들은 최경선의 부하였다. 최경선이 동학군들을 이끌고 나주성을 치러 온 것이었다.

허나, 나주성은 서북은 지세가 높아 가파른 고래로 둘러져 있고 동남으로는 영산강이 성첩(城堞)을 안고 돌아 쉽게 공략할 수가 없었다. 더구나 나주 목사는 성내의 백성들을 모아 방비를 튼튼히 하고 있었다.

최경선이 이끄는 동학군 삼천은 나주에 당도한 다음날 두 패로 나뉘어 동남에서 공략해 들어갔으나 나주 목사는 응전을 하지 않았다.

나주는 호남에서 가장 크고 인심 또한 강악하여 백성의 폐막이 심해, 동학의 혐의를 받아 옥에 갇혀 있는 백성이 수백이 넘었다. 그때문에 최경선은 어떻게 하든지 성을 함락시킬 작정이었으나 마음과 같이 되지 않자 초조하기까지 하였다.

첫 번째 침공에서 실패한 최경선은 두 번 세 번 계속해서 싸움을 걸었으나 역시 성안에서는 꼼짝하질 않았다. 지세가 완만하다면 일시에 성을 넘어 쳐들어가겠지만 서북은 지세가 가파르고 동남은 강물이어서 쉽사리 가까이 갈 수조차 없었다.

성안에서 응전이 없자 최경선은 장기전을 펴기로 하였다.

대불이는 배나무집 동료들과 함께 남문 쪽에 배치되었으며 그때문에 자주 나룻배를 타고 강을 건너 영산포에 오곤 하였다.

대불이는 영산포에 와 있으면서도 새끼내에는 가지 않았다. 그는 동학군으로 나주 남문을 공략하는 일 외에도 배를 타고 강을 건너 영산포에 들랑거리면서 선창 사람들을 만났다. 대불이가 문치걸, 김한봉, 김덕배, 송기화 등 나주 출신의 동학군들과 어울려 영산포에 들랑거리는 데에는 그만한 이유가 있었다. 그것은 선창 사람들이 평소에 세곡을 검수 간색할 때마다 그들을 들볶아댔던 관속들이며 조운창의 창감리, 그리고 걸핏하면 죄를 뒤집어씌우며 눈꼴사납게 처신해온 순검막의 따끔나리들을 붙잡아놓고는, 동학군들이 이들에게 벌을 줄 것을 고변해왔기 때문이었다. 누구보다도 선창의 등짐꾼들을 못살게 들볶았던 것은 조운창의 창감리였다.

어느 날 대불이가 선창 사람들의 기별을 받고 강을 건너가 보았더니 조운창의 창감리를 오까모도 왜싸전 앞 미루나무에 꽁꽁 묶어놓고 있었다. 땅딸막한 키에 성질이 왁살스러워 등짐꾼들을 개돼지 다루듯 하였으며, 인정(벼슬아치들에게 은근히 주던 선물)을 쓰지 않으면 등짐꾼들의 목을 함부로 자르곤 하였던 창감리는 대불이를 보자 살려달라고 비대발괄하였다. 대불이는 그를 잘 알고 있었다. 대불이가 처음 양 진사의 부름을 받고 조운창의 등짐꾼들을 감독하는 목대잡이가 되었을 때, 그가 했던 말을 잊지 않고 있었다. 그때 창감리 조진서는 대불이에게 등짐꾼들을 정으로 다스리지 말고 몽둥이찜으로 닦달하라고 했었다. 조진서는 더구나 양 진사가 배에 실은 세곡을 밤에 빼돌린 다음 배에 불을 지르고 인근 농민들이 한 짓이라고 덤터기 씌웠던 일을 주동했던 사람이었다.

대불이는 창감리를 보자 양 진사가 떠올랐다. 비록 양 진사가 한때 그의 상전이기는 했지만, 마땅히 그때의 일을 응징해야 할 것이라고 생각했다. 그는 나주성을 공략하면 제일 먼저 양 진사부터 잡아 족칠 요량이었다.

"이 작자는 양 진사의 하수인에 불과하오. 나주 양 진사를 붙잡아

올 때까지 이 작자를 조운창 창고에 가둬두씨오. 양 진사와 대질하여
세곡선에 불을 질렀던 일을 밝혀내서 벌을 내리겠소."

대불이는 선창 사람들에게 말하고 난초를 만나러 갔다. 그는 난초
에게서 웅보 형이 옥에서 나왔다는 소식을 들었다. 웅보 형 한 사람만
방면되었을 뿐 나머지 새끼내 사람들은 아직 그대로 갇혀 있다고 하
였다. 대불이는 마음이 다급해졌다. 어떻게 해서든지 나주성을 공략
하여 옥에 갇힌 새끼내 사람들을 꺼내어주어야겠다고 생각했다. 그
러지 않고서는 새끼내 사람들의 얼굴을 볼 낯이 없었던 것이었다. 대
불이가 동학군이 되어 나주에 오자마자 집에 소식 주지 않은 것도 기
실은 그 자신의 손으로 옥에 갇힌 고향 사람들을 풀어주고 나서 자랑
스러운 모습으로 새끼내에 가고 싶었기 때문이다.

동학군 삼천 명이 나주를 치기 위해 성을 둘러싸고 있다는 소문을
들은 인근 농군들은 다투어 동학군 진영으로 몰려왔다. 함께 싸우겠다
는 거였다. 괭이며 쇠스랑, 죽창을 깎아들고 온 농군들은 그동안 관가
로부터 억눌려 지내온 일들을 하나하나 까발려 토로하며 이를 갈았다.

새끼내에서도 가족이 옥에 갇힌 집 친지들이 모두 강을 건너 동학
진영으로 몰려갔다. 그들은 죽창을 깎아들고 웅보한테로 와서 함께
가서 싸우자고 하였다. 동학군들과 같이 옥을 부수고 그 속에 갇힌 사
람들을 꺼내오자고 하였다.

"기회가 왔네, 웅보. 어서 가서 옥문을 부셔버리세!"

아침 일찍이 집으로 몰려온 새끼내 사람들은 웅보가 앞장서주기
를 바랐다.

하나 웅보의 반응은 담담하기만 하였다. 동학군 삼천 명이 몰려와서 공략을 꾀했으나 여태껏 나졸 하나 붙잡지 못하지 않았는가. 하물며 괭이나 쇠스랑을 든 농군들이 총도 없이 무슨 수로 관아로 쳐들어가겠다는 것인지 어이가 없었다.

"아니, 웅보 자네 왜 그리 심드렁헌가? 옥에 갇힌 사람들을 빼내와야 헐 게 아닌감."

새끼내 사람들은 웅보의 미지근한 태도에 불만을 토로하였다.

"그래, 강 건너로 몰려가서 어쩌자는 게여?"

웅보는 역시 심드렁한 얼굴로 물었다.

"동학군들허고 한패가 되어 성안으로 쳐들어가는 겨!"

"죽창으로 성을 공략하겠다는 겨?"

"동학군들이 있지 않은감?"

"성안에서 웅전을 안 해오니 어찌하는 도리가 없다누먼. 벌써 오늘이 닷새째가 아닌가!"

"그래서 웅보 자네는 안 가겠다는 겨?"

그 말에 웅보는 할 말을 잃었다.

"웅보, 아조 딴 사람이 되얐구만. 그러고 보니께 워째서 혼자만 방면이 되어 나온 건지 알겠고마."

그 말을 들은 웅보는 가슴이 아팠다. 새끼내 사람들이 그의 심정을 몰라주는 것이 안타까울 뿐이었다.

"옛날에는 이런 일이라면 쌍지팽이 짚고 나서드니 웬일여?"

"죽을라고 변심헌 게 아니남!"

"그런기 아녀."

웅보는 자상한 말로 새끼내 사람들을 납득시켜보려고 하였으나 잔뜩 흥분해 있는 그들은 웅보의 그런 자잘한 설명을 들으려 하지 않았다.

"가기 싫으면 냅두어. 아매 혼자만 남아서 잘살고 싶은 거로구만."

마을사람들은 혀끝에 가시를 꽂아 찍는 소리로 말했다.

웅보는 말로는 도저히 그들을 납득시키기 어렵다는 것을 알았다. 삼천 명의 동학군이 몰려와서도 성을 공략하지 못하고 닷새째나 총 한방 쏘지 못하고 성 밖에서 허송세월하고 있는 터에, 죽창을 들고 가서 무얼 어찌하겠느냐고 따져보았으나, 되레 새끼내 사람들은 그런 웅보를 마음이 변했다느니, 혼자만 남아서 잘살고 싶은 거라느니 악담을 하지 않는가.

"좋네, 정 내 말을 듣지 않겠다면 하는 수 없지."

웅보는 토방에서 내려서면서 결연한 빛을 띠고 말했다.

"같이 가겠다는 겐가?"

"안 가면 나를 아주 형편없는 쫌보로 만들 텐디 안 가고 견디겠나?"

"잘 생각했네. 이런 일에는 당연히 웅보가 앞장을 서줘야 하잖겄남!"

"허나 이것만은 알어들 두게. 시방 우리가 강을 건너 몰려간다 해도, 우리는 싸움귀경도 못허고 돌아올 걸세!"

"또 그 무슨 소려!"

"이번에는 죽기 아니면 살기여. 관아를 엎지 못하면 집에 오지도 않고 영산강에 빠져죽어 베릴거여!"

"좋네. 그런 각오라면 성의 방비가 제아무리 튼튼허다 해도 무서울 것이 없네!"

결국 웅보는 이백 명이 넘는 새끼내와 근동 사람들을 이끌고 강을 건넜다. 대부분이 농군들이었으며, 더러는 선창 하역부들도 끼여 있었다.

그는 강을 건너자 마을사람들한테 잠시 기다리라고 해놓고, 쪽배를 타고 강 하류로 내려갔다. 그는 미암리에 정착해 있는 노비 출신 어부와 농사꾼들한테도, 동학군과 농군들이 합세하여 나주성을 치는 중이니 뜻이 있는 사람들은 나서달라고 당부하였다. 웅보의 말을 들은 미암리 사람들은 곧 장정을 모아 나주로 올라가겠다고들 하였다.

웅보가 미암리에서 돌아오자 새끼내와 점촌 사람들은 모두 떠나고 없었다.

모내기가 한창인데도 그들은 농사 따위는 안중에도 없이 성을 무너뜨리겠다는 한 가지 생각만으로 강을 건넌 것이었다. 강을 건너 동학군 진영에 가보니 이미 다른 마을에서 수많은 농군들이 죽창이며 괭이, 쇠스랑을 메고 몰려와 있었다.

인근 각처에서 몰려든 농군들의 숫자는 얼추 헤아려도 일천 명이 넘었다.

닷새째 총 한방 쏘지 못하고 성 밖에서만 빙빙 돌고 있던 동학군들은 각처에서 농군들이 죽창을 들고 몰려오자 힘을 얻었다.

그날 석양 무렵에는 미암리와, 미암리에서 목포 쪽으로 강변에 정착해서 마을을 이루고 사는 사당리와 부곡리의 노비 출신 장정들 일백여 명이 낫이며 쇠스랑을 들고 왔다.

최경선 대장은 다음날 새벽 날이 밝기를 기다려 동·남문 양쪽에서 일시에 성을 쳐들어갈 계책을 세웠다.

그는 부하들을 시켜 긴 사닥다리를 만들게 하고 짚을 모아 불둥치를 준비하도록 하였다. 불둥치에 불을 붙여 성안으로 쏘아대며 사닥다리를 기어오르게 하고 한편으로는 아름드리 소나무를 베어다가 여럿이 엉켜 성문을 들이칠 작전이었다.

부하들에게 저녁밥을 배불리 먹여 잠을 자게 한 최경선 대장은 날이 밝자 일시에 성을 공격하도록 명령하였다.

삼천 명의 동학군들과 일천 명의 농군들은 함성을 지르며 성으로 돌진해갔다. 사천 명이 일시에 내지르는 함성은 마치 땅이 흔들리는 듯싶었다.

계획대로 농군들은 불둥치를 수없이 성안에 던지고 성문 쪽에서는 으이샤으이샤 힘을 모아 아름드리나무로 성문을 들이쳤다. 동학군 역시 함성을 지르며 사닥다리를 성벽에 놓고 개미떼처럼 기어올랐다.

허나 쉽사리 성은 무너지지 않았다. 성문은 꿈쩍도 하지 않았으며, 던진 불둥치는 되넘어 오곤 하였다. 성벽 위에서는 나졸들이 몸을 숨기고 있다가 사닥다리를 밀어 넘기는 바람에 수없이 많은 동학군들이 떨어져죽었다. 동학군과 농군들은 잠시 숨 돌릴 겨를도 없이 계속 사닥다리를 기어오르고, 불둥치를 넘기고, 또 성문을 들이쳤다.

쉽사리 결판이 나지 않았다. 한동안 기세 좋게 함성을 지르며 성을 쳐들어갔던 동학군과 농군들은 이쪽의 피해만 늘어가고 성은 꿈쩍하지도 않자 차츰 전의가 꺾이는 듯싶었다.

꼬박 한나절을 그렇게 실랑이질을 하였으나 아무런 결판이 나지 않았다. 드디어 최경선 대장은 공격을 중지시켰다. 철벽같은 성의 방비에 완전히 기세가 꺾여버린 것이었다. 한나절 동안 사닥다리에서 떨어져 죽은 동학군 숫자가 사오십 명에 가까웠다.

공격을 중지시킨 최경선 대장은 다시 읍성을 공략할 기력을 잃고 말았다. 다음날부터 동학군들은 전날과 같이 성 밖을 맴돌며 하루하루를 보냈다.

당장 성을 뒤엎을 것 같은 기세로 농사일도 팽개치고 몰려온 인근 마을 농군들도 차츰 시들해지기 시작하였다.

하루하루 성벽만을 올려다보고 시간을 보내고 있는 동학군들과 당장 읍성을 뒤엎지 못해 맥이 풀린 농군들은 초조한 마음에 안절부절못해할 뿐이었다.

그제야 새끼내 사람들도 웅보의 말이 옳았다는 것을 알고 잠시나마 웅보를 오해했던 일을 부끄러워들 하였다.

허나, 동학군들과 합세하여 성을 공략하기 위해 인근 여러 마을에서 몰려온 농군들은 당초의 뜻을 작파하고 되돌아갈 수도 없는 노릇이었다.

"차라리 돌아가서 농사일이나 매조짐하는기 좋겠구만. 몇 날을 이러고 있어도 성문이 열릴 리 없으니께, 돌아가면 어쩌겠어!"

웅보는 넌지시 마을사람들의 마음을 떠보았다. 그러나 그들의 생각은 웅보와는 달랐다.

"동학군이 아직 버티고 있는디 워치기 우리만 돌아간당가? 기왕지사 죽을 각오를 허고 왔는디 농사는 무슨 농사 걱정이여. 그까짓 뻬가 오그라지게 농사 지어봤댔자, 관속들 존 일만 시킬 것인디 말여!"

그러면서 새끼내 사람들은 끝장을 보기 전에는 절대로 마을로 돌아가지 않겠다고 하였다.

그로부터 사흘 후에 나주 농군들은 동학군들을 따라 다시 한 번 대대적인 공략을 취했으나 결과는 이쪽의 피해만 내고 말았다. 그러던 어느 날 최경선 대장이 동학군을 이끌고 나주를 떠난다고 하자, 농군들은 크게 실망하였다. 새끼내 사람들은 집으로 돌아가자고 하였다.

"우선 집으로 돌아갑시다. 동학군들이 돌아간다는디 우리만 여기 남아 있을 수는 없지 않겄능감요. 가서 농사일이나 합시다."

최경선 대장이 동학군을 몽땅 이끌고 되돌아간다는 말에, 농군들은 대표를 뽑아 최 대장을 만났다. 나주성을 공략한 다음에 철군을 하라고 부탁을 하기 위해서다.

"대장님, 동학군이 모주리 떠나면 우리는 어쩝니까요."

농군대표들은 최 대장을 만나서 제발 떠나지 않기를 바랐다.

"전 대장님의 명령이니 어찌하는 도리가 없겠소!"

최 대장은 차마 그대로 철군을 하기가 아쉬운 얼굴이었다.

"그렇다면 일부만이라도 우리와 함께 남게 해주십시오."

"그렇게 해주십시오, 대장님. 만일 동학군 삼천이 모주리 떠나게 되면 우리는 죽은 목숨이나 매한가집니다."

농군들은 동학군들이 떠나고 난 다음에는 필시 성을 굳게 지키고 있던 관군들이 자기네들을 그냥두지 않을 것이라는 것을 잘 알고 있는 터였다.

"대장님, 우리는 죽기를 각오하고 집을 나왔습니다."

"오직 대장님만 믿고 농사를 팽개치고 나왔는디 우리만 냉겨두고 떠나시면 큰일입니다."

최경선 대장은 농군들의 이야기를 듣고 나자, 정말 그대로 떠나기가 미안한지 "우선 명령을 받았으니 잠시 갔다가 다시 오겠소" 하고 사정을 하였다.

"정히 떠나신다면 저희들도 함께 데리고 가주십시오."

"함께 가는 것은 어렵지 않소만 집에 있는 부모 처자식들은 어찌하시고요."

"여기 온 대장님이나 동학군들도 모두 부모 처자식을 버린 사람들이 아니옵니까!"

"그건 그렇소."

"우리도 대장님을 따라가겠습니다. 갔다가 대장님이랑 다시 오겠습니다."

허나 동학군을 도와 성을 공략하려고 몰려온 농군들이 최경선 대장을 따라 전주까지 가는 것은 그리 쉬운 일이 아니었다.

말로는 당장 최 대장을 따라나서겠다고 하였으나 그것이 그리 간단한 일이 아니었다.

대표들이 최경선 대장을 만나고 돌아와서 경위를 설명하자 농군들의 입장도 최 대장을 따라나서자는 축과 집으로 돌아가자는 축으로 갈라져 의견이 일치되지 않았다.

"농사일이며 부모처자는 워쩌고 최 대장을 따라나선단 말여."

"우리가 죽창 들고 싸우러 올 때에는 언제 농사일 걱정했남?"

"그래도 최 대장을 따라나선다는 것은 동학군이 되자는 건디ㅡ"

"이대로 집으로 돌아가면 목숨을 부지헐 것 같여? 관군들이 우릴 내비러둘 것 같여? 어차피 마을로 돌아간다고 해도 집에는 못 붙어 있을 껴. 밤낮으로 피신을 해야 헐 건디 그럴 바에야 차라리 동학군이 되는 기 안 낫겠는개벼!"

농군들은 의견의 일치를 보지 못하고 저마다 다른 생각을 품고 있었다.

동학군을 따라나서자는 쪽과 집으로 돌아가자는 쪽이 반반이었다. 웅보는 말할 것도 없이 집으로 돌아가자는 쪽이었다.

"우리가 동학군을 따라간다고 해도 집에 남은 식구들이 걱정일세. 관가에서 동학군이 된 우리 가족들을 그냥 둘 것 같은가?"

웅보는 새끼내 사람들에게 집으로 돌아갈 것을 설득하였다.

"죽어도 식구들과 함께 죽자는 걸세."

딴은 웅보의 말이 옳았다. 관군들이 그들 가족을 그냥 둘 것 같지가 않았다.

그들은 이러지도 저러지도 못하고 우왕좌왕 마음의 갈피를 잡을 수가 없었다. 동학군이 원망스럽기까지 하였다. 당장 성을 함락시킬 것 같은 기세로 몰려와서는 벌집만 쑤셔놓고 가버리겠다는 최경선 대장이 야속하기만 하였다.

새끼내 사람들은 웅보 말대로 다시 집으로 돌아가기로 하였다. 그들은 처음부터 웅보 말을 듣지 않았던 것이 후회막급이었다.

다음날 해거름에 최경선 대장이 이끄는 동학군 삼천 명과 농군 오백 명은 나주를 떠나고 말았다. 대불이도 함께 떠났다.

동학군이 나주를 떠나버리자 남은 농군들은 부쩍 두려운 마음이 앞섰다.

새끼내 사람들도 더 이상 오래 남문 밖에 웅성거리고 있을 수가 없어 강기슭의 상수리나무 숲속에 잠시 은신을 하였다.

동학군들이 돌아가자 나주 성문이 활짝 열렸다. 보름 동안 꼼짝 하지도 않았던 문이 열리자 성내의 농사꾼들이 서둘러 들로 몰려나왔다. 그동안 성안에 갇혀 모내기를 못하다가 성문이 열리자 한꺼번에 들로 쏟아져 나온 거였다.

강기슭 상수리나무 숲속에 은신을 한 새끼내, 점촌, 미암리, 사당리, 부곡리와 선창 마을사람들 삼백여 명은 웅보를 중심으로 빙 둘러섰다. 그들의 손에는 아직도 죽창이며 농기구들이 들려 있었다.

"집에 돌아가기 전에 무신 대책을 세웁시다."

선창거리에서 하역부 노릇을 하는, 얼굴이 양푼처럼 너부데데하게 생긴 젊은이가 먼저 입을 열었다.

"대책이라니!"

"곧 관군들이 마을에 들이닥쳐 우리를 잡으려고 헐 건디, 이대로

304 타오르는 강

돌아갔다가는 영락없이 붙잽히고 말 것이 아니겠소?"

그들은 저마다 생각나는 대로 한마디씩 중구난방으로 뱉어냈으나 별 뾰족한 수가 없는 그렇고 그런 이야기들이었다.

"기왕 죽기로 각오허고 나왔으니께 한바탕 맞붙어보기나 했으면 속이 풀리겠구만."

"그렇다면 우리끼리라도 성으로 쳐들어가세. 동학군이 갔으니 방비도 한결 느슨해졌을 것이 아닌가벼!"

"그 말 한 번 구미가 댕기누만."

"앞으로 닥칠 곤욕 다 받고 살기도 몸서리가 나니 차라리 한바탕 맞싸우고나 죽었으면 원이 없겠어!"

"기왕에 말이 나왔으니 이 기회에 옥에 갇힌 사람들이나 구해내드라고!"

누구인가 제안을 하자 모두들 찬동을 했다.

"웅보 자네 생각은 워쩐가?"

부르되 사는 오팔손이가 물었다. 옥에 갇힌 염주근의 얼굴이 떠올랐다. 지금쯤 죽었을지도 모른다.

"어쩔터! 어서 결단을 내려!"

오팔손의 채근에 웅보는 더 이상 생각해볼 겨를도 없이 "다들 좋도록 허드라고!" 하고 대답을 하고 말았다. 웅보 대답이 떨어지자 그를 빙 둘러선 새끼내 사람들은 와아 함성까지 질렀다.

"헌데 이 적은 수로 어떻게 성을 쳐들어간다?"

선창거리 박출도가 걱정을 했다.

"웅보의 말부텀 듣기로 허세!"

그러면서 그들은 웅보의 계책을 물었다.

웅보도 그럴싸한 생각이 떠오르지 않았다. 양총을 가진 삼천 동학 군도 관군 한 명 붙잡지 못했는데, 죽창을 든 오합지졸의 농군들이 어찌 성을 쳐들어갈 수가 있겠는가 싶어 헛웃음만 나왔다.

"동학군이 물러갔으니 방비가 허술헐 것이 아닌가. 그 틈을 타서 성안으로 기어 들어가면 쉽게 뜻을 이룰 수가 있지 않겠는감."

선창 사는 박출도의 말에 웅보는 마음속으로 바로 그것이다 하고 소리쳤다.

"암턴 해가 지고 어두워지기를 기다립시다."

웅보는 큰 소리로 말하고 그동안에 모두들 앉아서 쉬도록 하였다. 그들이 강기슭 상수리나무숲에서 쉬고 있는 사이 저녁이라도 배불리 먹어야겠기에 장정 여남은 명을 골라 강 건너 영산포로 보내어 그들이 먹을 주먹밥을 만들어오도록 하였다.

"날이 어두워지면 쳐들어갈 건가?"

궁금한 듯이 박출도가 웅보에게 물었다.

"새벽까지 기다립시다. 첫닭이 울 무렵에 일제히 성을 넘어가기루 헙시다."

웅보의 말에 모두들 고개를 끄덕여 찬동을 표시했다.

"성을 넘어가서 무사히 옥에 갇힌 사람들을 구출해낸 담에는 워쩔 거여!"

박출도가 다시 힘없이 물었다. 그 물음에는 웅보도 할 말이 없었다. 기실 그 자신도 그 다음부터는 어찌해야 좋을지 막연했다.

"영산강에서 떠야재!"

누구인가 한숨 섞인 소리로 힘없이 말했다.

자시가 넘자 그들은 일제히 상수리나무숲에서 기어 나와 나주성으로 향했다. 사닥다리를 메고 죽창이며 괭이, 쇠스랑을 든 농군들은 남문 밖 후미진 기슭에서 한참 동안이나 쉬었다.

전세를 가다듬은 그들은 지세가 험한 남문 밖 위쪽 가파른 언덕바지로 올라갔다.

사위는 쥐죽은 듯 조용했다. 쏴쏴쏴 강바람에 흔들리는 나뭇잎 소리만이 들려올 뿐이었다.

남문 밖 위쪽 언덕바지에 다다른 그들은 우선 몸이 날랜 다섯 사람을 뽑아 성벽 가까이 가서 동정을 살피고 오도록 하였다. 성안 동정을 살피러 간 사람들이 돌아올 때까지 농군들은 한곳에 둥그렇게 앉아서 쉬었다.

이따금 들짐승 우는 소리가 들려왔다. 성안에서 컹컹 개 짖는 소리도 들려왔다. 동정을 살피러 간 사람들이 돌아올 때까지 아무도 먼저 입을 열지 않았다.

죽을 각오가 되어 있는 그들의 마음은 진흙덩이처럼 무겁기만 했다. 막상 성을 뛰어넘어 옥에 갇힌 한마을 사람들을 구해오기로 마음을 모아 결행하게 되었으나, 장차 그들이 겪어야 할 험한 고난을 어떻게 이겨내야 좋을지 눈앞이 깜깜하기만 하였다.

그들은 저마다 집에서 애타게 기다리고 있을 가족들을 생각하였다. 살아난다 해도 늙은 부모와 어린 자식들을 이끌고 어디로 떠돌음하며 목숨 부지해야 좋을지 한숨만 나올 뿐이었다.

성안 동정을 살피러 간 사람들은 이내 돌아왔다.

"성안이 쥐 죽은 듯헌 걸 보니 방비가 허술헌 게 분명혀!"

팔손이가 죽창을 짚고 서서 주위를 둘러보며 말했다.

"성문 쪽은 어쩌던가?"

"사다리를 타고 살금살금 기어 올라가서 눈여겨 보았는디, 성문을 지키는 나졸들도 네댓 명 안팎인 것 같드구만!"

선창거리에서 하역인부 노릇을 하는 얼굴이 넓은 이성도가 웅보를 향해 말했다.

"좋소. 지체하지 말고 갑시다. 몸이 날쌔고 힘깨나 쓰는 여남은 명만 일어나보시오."

웅보가 어둠속의 면면들을 둘러보며 입을 열자 "건 또 왜?" 하고 누구인가 물어왔다.

"우선 남문 문지기 나졸들부터 처치하고 나서 성문을 훨쩍 열어야 헙니다. 성문이 열릴 때꺼정 남은 사람들은 성 밖에 대기허고 있어야 헙니다."

웅보의 말이 끝나자 일시에 스무 남은 명이나 일어섰다.

"너무 지원자가 많은 것 같소. 자, 이중에서 절반만 나를 따러오시오. 나머지는 성문 밖에서 문이 열릴 때꺼정 기다리시오. 만일 우리가 성벽을 넘어 성문을 열지 못하고 실패하면 성 밖에 기다리고 있는 남은 사람들은 서둘러 강을 건너 피신을 하시오."

웅보는 간략하게 말하고 앞서 성벽 쪽으로 향했다. 그 뒤로 사다리를 들쳐 메고 죽창을 든 여남은 명이 따랐다.

성벽에 당도한 웅보 일행은 조심스럽게 사다리를 걸치고 살금살금 기어 올라갔다. 성벽 위로 올라간 웅보는 사다리 끝에 밧줄을 매어 성안으로 늘어뜨렸다. 그는 미리 한 사람에게 성 밖에서 사다리를 붙들게 하고 한 사람씩 밧줄을 타고 성안으로 내려갔다. 순식간에 여남은 명이 성안에 내려 바짝 엎드렸다. 사위가 조용해 숨도 크게 쉴 수가 없었다.

동헌 쪽과 성문 쪽에 불이 환하게 밝혀져 있었다. 그들은 살금살금 도둑고양이처럼 성문 쪽으로 기어갔다. 희끄무레한 불빛 속에 성문을 지키고 있는 나졸들 모습이 보였다.

성문으로부터 이십여 보 가까이까지 기어간 웅보 일행은 잠시 땅바닥에 찰싹 엎디어 성문의 동정을 살폈다. 얼핏 보기에 여남은 명에 가까운 나졸들이 서성거리고 있었다. 뜻밖에 성문을 지키는 나졸들의 숫자가 많은 것 같자 선뜻 덮칠 용기가 나지 않았다.

"대여섯 명밖에 없다더니 말이 다르지 않은가벼!"

누구인가 숨을 죽이고 속삭였다. 그러자 그 순간 성문 쪽에서 서너 명의 나졸들이 이쪽으로 걸어왔다. 그걸 본 농군들은 간이 철렁 내려앉았다. 맞붙어 싸우자니 기습이 탄로가 날 것 같아 마음만 바짝 죄어들었다.

웅보 일행은 성벽 밑으로 기어가서 납작 엎드렸다. 나졸들은 그들을 발견하지 못한 듯 그냥 지나쳐 사라졌다.

"덮쳐베리드라고!"

누구인가 웅보에게 귓속말을 하였다. 그러나 웅보는 성문 쪽에 시선을 못 박은 채 엎드려 있기만 하였다.

"양편으로 갈라져서 눈치 채지 않게 가까이 기어가세."

웅보는 일행들에게 말하고 나서 "내 쪽에서 덮치기 전에 먼저 서둘지 말어! 수건을 흔드는 것을 신호로 허세" 하고 당부를 하였다.

두 패로 나뉜 일행은 숨을 죽이고 살금살금 성문 쪽으로 기어갔다. 성문 쪽엔 나졸들 예닐곱 명이 서성대고 있었기 때문에 자칫하다간 발각이 되고 말 지경이었다.

웅보는 입속에 침이 바싹 마르고 목이 탔다. 성문을 지키는 나졸들을 단숨에 처치하지 못하는 날에는 영락없이 이쪽이 죽음을 당하게 될 판국이었다. 죽음을 각오한 일이긴 하지만 목이 타고 심장이 뛰었다.

땅강아지처럼 바싹 배를 깔고 슬금슬금 기어가던 웅보 일행은 성문과 십여 보 가까이 다가가는 데 성공했다. 숨만 크게 쉬어도 발각될 것만 같았다.

다행히 성문을 지키는 나졸들은 이쪽으로 등을 향하고 있었다.

웅보는 성벽 그늘로 바싹 달라붙어 성문의 동정을 살폈다. 맞은편의 일행들도 웅보들처럼 그늘에 찰싹 달라붙어서는 이쪽의 행동만을 기다리고 있는 듯싶었다.

웅보는 머리에 질끈 동여맨 수건을 풀어 손에 들었다. 그리고 잠시 후에 그것을 흔들면서 바람처럼 앞으로 내달았다. 그들은 닥치는 대로 쥐어박아 쓰러뜨렸다. 순식간의 일이었다. 웅보의 신호와 함께 바람처럼 내달은 그들은 저마다 성문을 지키고 있는 나졸들을 덮쳤다.

순식간에 기습을 당한 나졸들은 미처 방어를 할 여유도 갖지 못했다. 뒤통수를 얻어맞은 나졸들은 그 자리에 외마디 비명과 함께 넘어지고 말았다.

성문을 굳게 지키고 있던 나졸들을 일시에 때려눕힌 웅보 일행은 서둘러 성문을 열고 초주검이 되어 쓰러진 나졸들을 밖으로 끄집어냈다.

"쥑이진 말고, 입에 재갈을 물려 나무에 묶어놓게!"

웅보는 일행들에 이르고 성문 밖에 기다리고 있던 새끼내 농군들을 불러들였다.

"나를 따라오시오."

웅보는 농군들 앞장을 서서 동헌 뜨락을 가로질러 그의 친구들이 갇혀 있는 옥 쪽으로 갔다. 그들은 옥 가까이 갈 때까지 나졸들을 만나지 않았다.

옥 가까이 이른 웅보는 농군들의 발을 멈추게 하고 혼자서 살금살금 옥문 쪽으로 기어가서 동정을 살폈다. 형졸 네 사람이 꾸벅꾸벅 졸고 있었다.

그는 다시 농군들이 숨어 있는 곳으로 돌아와서 몸이 날쌘 여섯 사람을 골라 함께 옥 안으로 들어섰다. 그들은 조금 전처럼 일시에 졸고 있는 형졸들을 덮쳤으며 형졸들을 때려눕히는 순간 웅보는 그가 옛날에 옥에 갇혔을 때 눈여겨 살펴두었던 열쇠꾸러미를 꺼내 옥문을 열었다.

옥문을 훨쩍 열어젖힌 웅보는 안으로 뛰어들어 그의 친구들을 찾았다. 그는 나직하게 염주근의 이름을 불렀다.

"주근아, 덕칠아, 판쇠야, 어디 있어!"

그러자 한쪽 구석에서 신음에 가까운 대답이 들렸다. 웅보는 대답이 나는 쪽으로 가서 반송장이 되어 누워 있는 판쇠를 찾아냈다.

"내가 왔다. 웅보가 너를 구하려고 왔어. 주근이는 어디 있냐."

판쇠는 말도 못하고 웅보의 손을 꽉 쥘 뿐이었다.

웅보는 더 이상 지체하지 않고 판쇠를 들쳐 업고 옥을 나왔다. 다른 농군들도 옥으로 뛰어들어 저마다 산송장이 되다시피 늘비하게 지쳐 누운 사람들을 등에 업고 나왔다. 곧 염주근과 덕칠이도 새끼내의 다른 사람들이 꺼내왔다.

그들은 서둘러 성문 밖으로 나왔다. 얼핏 헤아려도 옥에서 나온 사람들은 사오십 명이 넘었다.

옥에 갇힌 사람들을 먼저 나루터로 안전하게 피신을 시킨 농군들은 나졸들한테 빼앗은 총을 쏘아대며 성안을 발칵 들쑤셨다. 마음 놓고 늦잠에 취해 있던 관군들은 농군들이 휘두르는 쇠스랑이며 대창에 풀잎처럼 무기력하게 쓰러졌다.

농군들은 불을 지르고 급히 광나루 쪽으로 물러섰다. 새끼내와 점촌, 선창 사람들은 강을 건너고, 미암리, 사당리, 부곡리 사람들은 구진포 쪽으로 강을 따라 내려갔다.

새끼내 사람들은 무사히 강을 건넜다. 옥에 갇혀 곤욕을 치른 병자들을 먼저 나룻배에 태워 강을 건너게 한 그들은 나졸들이 뒤쫓아 올 것을 염려하여 나주 쪽에 나룻배를 한 척도 남겨두지 않았다.

그나저나 옥에 갇힌 사람들을 무사히 구출해낸 것까지는 성공했으나 날이 밝으면 필시 나졸들이 마을로 들이닥칠 것이 빤한 일이라, 앞으로 어떻게 대책을 세워야 좋을지 걱정이 앞섰다.

일행이 모두 강을 건넜을 땐 희번하게 동편 하늘이 밝아왔다. 그들은 마을로 돌아가면서도 날이 밝아오는 것이 두려웠다.

"집으로 가지덜 말더라고!"

강을 건너 선창거리로 걸어 들어오면서 웅보가 큰 소리로 말하자 모두들 걸음을 멈추어 섰다.

"집으로 가지 말자니 무신 소려?"

모두들 웅보의 말에 의아해하는 눈빛이었다.

"집에 가 있다가는 몽땅 다시 붙잡혀갈 것이 빤한 일이니께!"

"웅보 말이 맞구먼."

"날이 밝기가 무섭게 관아에서 들이닥칠 것이니께 잠시 몸을 피허는기 좋을 듯허구먼."

"이 많은 수가 워디로 피신을 헐 거여!"

"한뎃잠을 자드라도 집보담은 나을 거니께 암디라도 가드라고!"

웅보의 등에 업힌 염주근이 오랜만에 나직하게 입을 열었다. 염주근의 목소리에 웅보는 고개를 돌렸다.

"인제 정신이 드냐?"

웅보가 묻자 "나는 네가 뒈졌는 줄 알았다" 하면서 콧물을 훌쩍였다.

"뼈다구만 남어서 허깨비만큼이나 개볍구나!"

웅보는 딴말을 해버렸다.

"웅보, 워디로 갈 것인지 말을 혀보게!"

맨 앞장을 서서 가던 오팔손이가 뒤를 돌아보며 다그치듯 물었다.

하나 웅보는 당장 그들이 어디에 가서 피신을 해야 할지 좋은 생각
이 떠오르지 않았다. 그때 그의 등 뒤에 업힌 염주근이가 웅보의 등을
가볍게 툭툭 치며 "치근이 있는디로 가자고 그려" 하고 역시 나직하
게 말했다. 김치근이가 있는 데라면 개산을 말하는 것이었다.

"개산으로 올라들 가세!"

웅보는 그제야 큰 소리로 말했다. 그러자 여기저기서 개산이 좋겠
다고 동조를 해주었다.

선창거리를 조용히 빠져나온 그들은 새끼내를 건너 웅보의 집 앞
을 지나 개산으로 올라갔다.

그들은 개산까지 가는 동안 마을사람들을 아무도 만나지 않은 것
이 다행으로 생각되었다. 일행이 개산의 상수리나무 숲속으로 들어
설 무렵 강 위에 뿌옇게 깔리는 안개가 보일 정도로 날이 밝았다.

웅보는 여러 사람들의 의견을 모아 몇 사람을 마을에 내려 보내 우
선 요기할 것을 마련해오도록 하였다.

오팔손이 먹을 것을 준비하기 위해 마을로 내려가자, 간밤에 한잠
도 눈을 붙이지 못했던 농군들은 저마다 나뭇가지를 꺾어 깔고 그 위
에 등을 대고 눈을 감았다.

웅보도 풀섶을 뜯어 깔고 염주근을 뉘었다.

"언제꺼정 피신만 허고 있을 거냐?"

염주근이 풀섶에 누운 채 웅보를 빤히 올려다보며 물었다.

"클씨, 하루 이틀 피신해갖고 해결될 것도 아니고 말여."

웅보도 별 뾰족한 계책이 생각나지 않았다. 그는 우선 옥에 갇힌 친구들을 무사히 구해낸 것만으로 만족해하였을 뿐이다.

"차라리 이 바닥을 떠나자."

염주근의 말에 웅보는 놀란 얼굴로 그를 내려다보았다. 어느덧 아침햇살이 나뭇가지 사이를 뚫고 얼굴에 꽂혀 내리고 있었다.

"새끼내를 떠나자고? 농토는 어쩌고."

"농토가 워디 우리 것이냠? 새끼내라면 인전 정내미가 떨어진다."

"갈 데가 있어?"

"갯가로 나가서 어부가 되는기 신간이 편헐 것 같어. 그 넓은 바다는 네 것 내 것이 없을 텐께!"

염주근의 말에 웅보는 잠시 고개를 들어 나뭇가지 사이로 부연 안개로 덮인 영산강을 내려다보았다.

"갯가라면?"

"목포로 가자."

"목포?"

웅보는 염주근의 입에서 목포라는 말이 나오자 펀듯 막음례 생각이 떠올랐다. 선창에서 그녀와 헤어지던 때의 일이 눈에 선하게 밟혀왔다. 그동안 어린아이들을 주렁주렁 꿰차고 얼마나 고생을 하고 사는지 궁금하기도 하고 걱정이 되기도 하였다.

막음례는 한 번 목포로 떠나 버린 뒤부턴 웅보한테 아무런 소식도 주지 않았다. 살기가 좀 느슨해지면 그녀가 어찌 살아가는지 한 번 소금배 편에 목포엘 다녀오고도 싶었었다.

그는 되도록이면 막음례 생각을 뇌리에서 떨쳐버리려고 애를 썼지만 그리 쉽게 되지 않았다. 그녀를 생각한다는 건 쌀분이에게도 미안한 일이려니와 잇따라 양 진사 댁 유 씨 부인 생각도 함께 머리를 들고 우럭우럭 피어올랐기 때문이다. 아마 웅보가 막음례 생각을 쉽사리 떨어뜨려버리지 못하고 있는 것은 그녀에게 남자로서의 동정을 바쳤기 때문인지도 모를 일이었다.

"워째, 목포로 안 가겠어?"

염주근이 다그치듯 말하자 "나는 네가 가자는 데로 따러갈 거로구만" 하고 말했을 뿐이었다.

오팔손과 다른 청년들이 마을에 내려가서 먹을 것을 준비해왔다.

소금을 묻혀온 보리밥덩이에 쿨럭쿨럭 냉수를 들이마시고 나니 배가 불룩해지면서 온몸이 솜뭉치처럼 나른하게 가라앉았다. 그들은 순번제로 망을 보게 하고 개산 상수리나무 숲속에서 늘비하게 드러누워 잠을 청했다.

일행들이 모두 잠든 뒤에도 웅보와 염주근은 참나무 등걸에 등을 기대고 비스듬히 앉아서는 강을 내려다보고 있었다. 나뭇가지들 사이 발부리 아래 영산강 물굽이가 가로누운 구렁이처럼 꿈틀거려 보였다.

강의 이 쪽 저 쪽엔 갓 모를 낸 들판이 진초록 치마를 펼쳐놓은 듯싶었다.

"떠나려면 하룻밤인들 지체헐 필요가 없다."

염주근의 말에 웅보는 나뭇가지 사이로 길게 던진 시선을 거두며 고개를 돌렸다.

"농사는 어쩌고."

"이 판국에 농사 걱정이냐? 우리가 다시 잡혀 들어가면 이참에는 영락없이 목을 자르고 말걸."

하기야 염주근의 말이 옳은 것이다. 다시 붙들려가는 날엔 살아나오지 못하게 될 것이 뻔한 이치다.

"오늘밤에라도 식솔들을 이끌고 떠났으면 좋겠는디."

"클씨―"

"하루 이틀 여기 눌러 있으면 그만큼 나졸들 손에 잡히기가 쉽게 될 거여."

"그렇겠지."

"더 생각할 거 없어."

"다른 사람들은 워쩌고."

"되도록이면 함께 가는 거이 좋겠재이."

"우리덜 마음과 같을라고?"

"우선 살고 봐야 헌다니께. 한 번 옥에 갇혀 곤욕을 당해본 사람은 무엇보담도 살고 싶은 생각이 꿀떡 같은 거여! 농토고 집이고, 한목숨 죽어 없어지면 말짱 헛거 아녀? 우리가 이대로 파리목숨마냥 쉽사리 죽을 수 없지 않남? 우리도 한세상 보란드끼 살아야재. 나는 옥에 갇혀 있음시로 쭈욱 그 생각만 했다. 어치게 허든지 어떤 수를 써서라도 살아나야 헌다고. 살아남아서 나도 한 번 두 다리 쭉 뻗고 어깨 펴고 살아야 허겠다고 말여. 우리가 뭣 땜시 이 세상에 나왔간디? 두더지 모냥 땅만 파묵다가 그냥 죽으라면 죽고 말거여? 우리가 워디 개돼지 같은 짐생이여? 마음이 아프면 눈물 흘리고 기분이 좋으면 껄껄 웃고, 부모 공경하고, 자식 귀여워헐 줄 아는 사람이 아녀?"

염주근은 열을 올리며 긴 이야기를 계속했다.

웅보는 그런 그가 대견스러웠다. 많이 변한 것 같았다. 옥에 갇힌 뒤로 딴사람이 된 듯싶었다. 옥에 갇혀서 많은 생각들을 한 것이 분명했다. 어떻게 보면 마음이 약해진 것도 같았고 달리 생각해보면 지혜로워진 듯싶기도 하였다.

"주근이 너 달라졌구나."

웅보는 염주근을 보며 씁쓸하게 웃었다.

그날 저녁나절에야 관가에서 나졸들이 마을마다 떼 지어 몰려와선 술 먹은 개처럼 온 마을을 발칵 뒤집어놓고 갔다는 이야기를 들었다.

그러니까 그때가 마을 쪽에서 개 짖는 소리가 요란하게 들려왔던 무렵이었던 것 같았다. 모두들 간밤의 고단함에 지쳐 잠에 곯아떨어져 있었으나 웅보와 염주근은 앞으로 살아갈 일들을 걱정하느라 머리를 짜고 있었는데, 마을 쪽에서 개 짖는 소리가 와자하게 들려왔던 거였다.

눈언저리가 물커질 만큼 늘어지게 한잠 푹 자고 일어난 오팔손이가 같은 마을 득보를 깨우더니 마을에 내려가 동정을 살피고 오라고 하였다.

득보는 좀생원처럼 생각이 꽉 막힌 젊은이였으나 오팔손이가 시키는 일이라면 절에 간 색시모양 고분고분하였다.

어슬렁어슬렁 손등으로 눈을 비비며 마을로 내려간 득보는 담배 서너 대 참이 되어 헐레벌떡 뛰어 올라와선 숨넘어가는 소리로 마을 동정을 이야기하였다.

"왼통 난리라니께. 관가에서 떼 지어 몰려와 집집마다 총을 들이대고 이 잡듯 뒤졌다여."

예기치 않은 일은 아니었으나, 막상 득보의 말을 듣고 보니 가슴이 철렁 내려앉지 않을 수가 없었다.

"그래서 놈들은 돌아갔드냐?"

"선창거리로 갔다고 허니께 언제 다시 되몰려올지 모르재 잉."

"그래서 놈들이 마을에 와서 뭐라고 허드래?"

"으디 숨었는지 대지 않으면 가족들을 모주리 잡다 가두겠다고 으름장을 놓았다누먼."

"지미럴 놈들!"

"새끼내 사람덜은 몽땅 동학패들이라고 허드라만."

"저런 죽일 놈들!"

득보의 이야기를 들은 그들은 일껏 욕지거리를 내뱉긴 하면서도 얼굴엔 걱정스런 그림자가 걷히질 않았다. 관가에선 날마다 나졸들이 몰려와 식구들을 들볶아댈 것이 뻔한 일인데, 장차 이 일을 어찌하면 좋을지 얼굴이 펴지지 않았다. 개산에서 숨어사는 것도 하루 이틀이지 몇 날 몇 달을 이러고 지낼 수도 없는 일이 아닌가.

웅보와 염주근은 그들의 그런 내심을 잘 알고 있는 터라 낮에 이야기했던 대로 마을을 떠나자고 제의했다.

"새끼내라면 정내미가 떨어지능만. 육신만 팽팽허면 워디 가서 입에 풀칠 못헐까?"

염주근은 상수리나무 가지 사이로 짙은 안개 같은 어둠이 내려 덮인 새끼내 사람들의 얼굴을 주욱 둘러보며 말했다.

"지난 돌림병 때나 흉년에는 잠시나마 떠났다가 다시 돌아오곤 했었는듸, 아조 고향을 등지자니 선뜻 맴이 안 떨어지누만."

"살기 좋은 세상이 오면 다시 돌아오재 머."

"우리 생전에 살기 좋은 세상이 돌아오겄남?"

"피땀 흘려 장만헌 농토를 베리고 어찌코롬 새끼내를 떠날 거여."

그들은 막상 고향을 떠나자는 말이 나오자 이렇듯 아쉬워하며 마음을 아퀴짓지 못하는 것이었다.

새끼내를 떠나자는 축들과, 그냥 죽으나 사나 고향에 뼈를 묻겠다는 쪽이 반반이었는데, 서둘러 떠나야 한다고 극성인 쪽은 오랫동안 옥에 갇혀 있었던 사람들로, 그들은 이제 또 나졸들에게 붙잡히는 날에는 다시 살아나올 수 없다는 것을 잘 알고 있었다.

"기왕지사 떠날티면 하루라도 서둘러야 혀!"

오랫동안 잠자코 있던 덕칠이가 큰 소리로 말하자 "오늘밤에 떠나도록 허세!" 하고 염주근이가 응보를 보며 입을 열었다.

"오늘밤?"

"정둘 것 없네. 남은 식량허고 솥 하나 걸머지고 처자식 앞세우고 떠나는겨."

"허갸 곧 더위가 닥칠 텐께 한뎃잠을 자도 될 거로구만."

개산이 완연하게 어둠에 묻히자 마을에서 가족들이 올라왔다. 옥에 갇혔다가 풀려난 사람들의 가족들이 대부분이었다. 먹을 것하며 갈아입을 옷들을 가져온 가족들은 오랜만에 만나 부둥켜안고 떨어질 줄을 몰랐다.

구진포 주막에 가 있었던 난초도 개산으로 올라왔다. 그녀는 동학군들이 나주를 떠나는 날 새끼내로 건너왔었다.

새끼내를 떠나기로 작정한 그들은 서둘러 짐을 꾸렸다. 그들은 언제 또 관가에서 들이닥쳐 집안을 이 잡듯 샅샅이 뒤질지도 모를 일이어서, 되도록 날이 새기 전에 떠나기로 하였다.

한 번 마음을 작정하자 고향 산천이 갑자기 낯설어 보이기까지 하였다. 지금 떠나면 언제 다시 돌아오게 될지도 모를 일이었다. 흉년 땐 타관에서 입벌이를 하다가 이듬해 농사철이 되면 꾸벅꾸벅 찾아와서 지난 배고픔의 설움이 뼈에 맺혀 모 한 포기라도 정성들여 심고 가꾸었었다. 다시 고향에 돌아와서 맡아보는 흙냄새가 그렇게 상큼하고 달짝지근할 수가 없었다. 하나 지금은 언제 돌아올지 기약이 없다. 어쩌면 다시는 돌아오지 못하게 될지도 모른다.

마을을 떠나기로 작정한 새끼내 사람들은 오팔손을 선창 나룻목에 보내 나졸들이 건너오는지 망을 보게 하고 제각기 집에서 짐을 꾸리기에 바빴다.

"삼 년 흉년에도 씨앗자루를 베고 죽는다고 허드끼, 남은 곡식은 한 알도 베리지 말고 잘 챙겨 넣읍시다."

쌀분이는 온 가족이 낯선 땅으로 떠나는 것이 착잡한지 한숨을 쉬어가며 이것저것 짐을 챙기기에 바빴다.

"귀찮게 무얼 그리 자잘헌 걸 다 챙기누?"

웅보는 바지게를 토마루에 받쳐놓고 이불보퉁이를 얹으며 퉁명스레 내쏘았다.

"그래도 땅 팔 괭이, 쇠스랑이며 호미, 낫은 챙겨야지유."

쌀분이는 헛간에 들어가서 농기구를 안고 나왔다.

"서두르셔요, 아버지."

웅보는 아버지 쪽을 바라보았다.

관솔불을 밝혀든 아버지는 새끼내를 떠나기가 싫은지 아까부터 꽁한 얼굴로 우두커니 서 있기만 하였다. 그 옆에 어머니가 젖먹이 아기를 보듬고 덜푸덕 흙바닥에 앉아있었다.

"어머니, 걱정 말아요. 어디 가서나 한 삼 년 고생하면 자리를 잡을 거요."

웅보는 이런 말로나마 어머니를 위로해 주고 싶었다.

"나는 안 갈란다."

관솔불을 밝혀든 아버지가 어머니 옆에 주저앉으며 내뱉는 말이었다.

"영감 안 가면 나도 안 갈라요."

"아니, 또 왜 그러세유. 누군 집을 떠나고 싶어서 가남유? 애압씨가 붙들려가믄 영락없이 살아서 못 돌아올 거라니께, 안 그러남유."

부엌에서 솥을 떼 들고 나오다 말고 쌀분이가 어머니 옆에 쪼그리고 앉아 아기를 받아 들쳐 업었다.

"뜬골로 타관에 가서 워치케 고생을 헌다냐. 우리야 한세상 다 살 았는디 여그 남아 있는다고 어쩔라디야?"

"나는 네 어무니하고 여그 눌러 있을란다. 뼈 빠지게 맨들아놓은 논에 모꺼정 심어놓고 정처 없이 떠나다니……."

그러면서 웅보 아버지는 땅이 꺼지도록 한숨을 내쉬었다.

장쇠는 웅보가 개산에서 내려와 목숨을 부지하기 위해서는 아무래도 새끼내를 떠날 수밖에 없다고 말했을 땐 아직 육신이 팽팽한데 어디 간들 굶어죽기야 하겠느냐며 언짢은 마음을 감추며 쾌히 승낙을 했던 것이었다.

그런데 그는 마지막 논에 물꼬라도 보고 오겠다며 집을 나갔다.

횃불을 밝혀들고 들에 나간 장쇠는 물이 방방한 논둑에 우두커니 서 있었다. 상큼한 벼잎 냄새가 코를 찔렀다. 벼가 자라는 소리까지도 들렸다. 웅보가 옥에 갇혀 있을 때 세 식구가 등골이 부러지도록 하여 모를 낸 논이었다. 자식 죽는 꼴은 보아도 농사 망치는 것은 못 본다는 푼수로 그는 옥에 갇힌 자식을 어떻게 해서든지 살려내야겠다는 일념으로 벼논을 가꾸었다.

장쇠는 논둑 네 귀퉁이에 말목을 박아놓고서야 집으로 돌아왔으나 어딘지 허전한 마음을 메울 수가 없었다.

땀 흘려 가꾼 새끼내 논을 버려두고 떠나기가 싫었다. 나이가 많아 그냥 새끼내에 눌러 있기로 한 바우 아범한테 물꼬 부탁을 해놓았으나 미덥지가 않았다. 자기 떠나버리면 초벌 만드리 호미질은 누가 할 것이며, 피사리는 누가 한단 말인가. 임자 없이 그대로 내버려두었다가는 묵정밭이 될 터인데, 생전 처음 웅보 덕택으로 가져본 땅을 어찌 버리고 간단 말인가.

"나는 안 갈 테니 느그들이나 떠나그라. 우리 늙은 것들 걱정을 말어!"

웅보는 갑자기 아버지가 떠나지 않겠다고 하는 말에 맥이 풀렸다. 늙은 부모를 그대로 남겨둔 채 떠날 수는 없는 노릇이었다.

"아니, 왜 이러서요? 쬠 전엔 떠나시겠다고 허시구선……."

"내 맴이 변했다."

"왜요?"

"포실포실 커가는 나락을 두고 워치기 떠난다냐? 농사꾼헌티 농사는 자식과 같은 뱁인디 워치기 눈 딱 감고 떠난단 말여. 네 어무니하고 나는 죽으나 사나 새끼내 땅 지킬 테니께 느그들이나 맴 편히 떠나그라."

"어무니도 안 떠나실 테유?"

웅보는 흙바닥에 털푸덕 앉아서 우두커니 어둠속을 바라보고 있는 어머니 옆에 쪼그리고 앉으며 물었다.

"내사 네 아부지 허시는 대로 따를 뿐이란다!"

"허허, 내 원 참, 답답해서 죽겄네 잉!"

"우리 늙은 것들 걱정 말고 느그들이나 떠나라니께 그려!"

웅보는 어머니마저 갑자기 떠나지 않겠다고 하는 마음을 알 수가 있었다.

어머니는 아버지처럼 땅을 못 잊어 떠나지 않겠다고 하는 것은 아니었다. 대불이 때문일 것이 분명했다. 대불이를 그냥 두고 떠나기가 싫어서 은근히 한자락 미련을 깔아보는 것이라고 생각했다.

"어무니는 대불이 땜시 그러시지요?"

웅보의 묻는 말에 어머니는 "그 자석은 내 아들이 아녀. 그런 불효막심헌 놈을 뭣 땜시 생각허겄냐?" 하면서 고개를 외로 꼬는 것이었다.

"아부지 어머니가 안 가신다면 우리도 안 갈라요."

웅보는 지게 위에 올려놓았던 이불보퉁이와 밥솥이며 자잘한 살림들을 내려놓았다.

"관가에서 들이닥치면 으짤라고!"

웅보가 떠나지 않겠다고 하자 그의 어머니는 걱정이 되는 모양이었다.

"다시 잽히면 죽기보다 더 헐라고요?"

"붙잽혀간단 말이냐!"

"헐 수 없지라우."

웅보 어머니는 어둠속에서 횃불에 비쳐 보이는 영감의 얼굴을 살핀다.

"으짤라요. 우리가 안 가믄 저거들도 가지 않겠다고 않소?"

그러나 웅보 아버지 장쇠는 말이 없다. 웅보 어머니는 팔꿈치로 영감의 옆구리를 쿡 찌른다.

"안 갈 테니께 살림살이 몽땅 내려놓아!"

웅보는 괜히 쌀분이를 향해 꽥 소릴 질렀다. 그러나 쌀분이는 부엌 앞에 말뚝처럼 꼿꼿하게 서 있기만 하였다. 잠시 침묵이 흘렀다. 누구이고 먼저 입을 열지 않았다. 아기들은 방에서 일찍 잠에 떨어졌다.

마을은 떠날 채비를 서두르느라 여기저기 횃불을 밝혀 든 사람들의 다급하게 오가는 발짝 소리와 함께 시끌시끌하였다. 컹컹 개 짖는 소리도 유난스러웠다.

웅보네 식구들이 떠나겠다거니 떠나지 않겠다거니 하고 있을 즈음, 이웃에 사는 칠복이 영감이 관솔불을 밝혀 들고 돈단 위로 올라오며, 다들 떠날 차비를 하고 마을 앞에 나와 기다리고 있는데 뭘 꾸물거리느냐고 다급하게 말했다.

"우리 아버님이 떠나시지 않겠다고 허시니께, 오동네 압씨도 안가겠다고 이런답니다."

쌀분이가 속이 바싹 타는 목소리로 칠복이 영감을 향해 도움을 청하듯 말했다.

"떠나지 않겠다니 무신 소려! 웅보 자네흐고 주근이가 맨 첨으루 떠나자고 했담시로?"

칠복이 영감이 큰 소리로 웅보를 나무라듯 내쏘았다.

"아버님이 안 가시겠다는디, 어찌 우리만 떠나겄어요."

"자네 여기 남아 있다가는 큰일 나네. 관가에서 자네를 그냥 살려둘 줄 아는가? 허기야 모르재. 지난 옥사에서도 자네만 나왔었으니께."

칠복이 영감이 찍는 소리로 말하자 웅보는 지난 일에 부끄러움을 삼켰다. 양 진사 댁 마님의 도움으로 혼자서만 빠져나왔던 일이 부끄러웠던 것이다. 그것 때문에 그는 죽기를 각오하고 앞장서서 옥에 간힌 새끼내 사람들을 구출해냈는지도 모를 일이었다.

"이보게 장쇠. 자식 살리고 싶으면 고집부리지 말고 떠나도록 허소. 이 사람아, 늙은 우리 내외도 떠나지 않는가."

칠복이 영감의 말에, 토마루에 두 다리를 쭉 뻗고 퍽신하게 앉아 있던 웅보 아버지 장쇠가 벌떡 일어섰다.

"피땀 흘려 장만헌 땅을 어찌 놔두고 떠난단 말인가. 관속들도 사람인듸 늙은것들을 설마 쥑이기야 헐라는가!"

웅보 아버지는 그러면서 어둠에 덮인 새끼내 들판을 내려다보았다. 논에서 벼 포기들이 숨 쉬는 소리가 들려오는 듯싶었다. 어둠속에서도 그는 그들의 논이 손에 잡힐 듯 훤히 보였다.

"땅이 중헌가? 목숨이 중허재! 그리고 그 땅은 이미 빼앗겨 버리지 않았는가."

"뺏기다니, 어림 반 푼어치도 없는 소리 허지도 말어!"

웅보 아버지가 칠복이 영감을 향해 버럭 고함을 내질렀다.

"암턴 눈 딱 감고 떠나세. 이러다가 관군이라도 밀어닥치면 어쩔라고 이렇게 한가허게 꾸물거려!"

"이 사람 칠복이, 지난번 오동네 압씨 옥에 갇혀 있을 때 우리 세 식구가 눈물 흘려감시로 모를 낸 논을 두고 어찌……."

"땅은 잊어뿌러!"

"호미질, 피사리는 어쩌고. 물꼬는 또 누가 봐줄 것이여!"

"걱정도 팔잘세 그려! 새끼내 농사는 박 초시네 하인덜이 잘 돌볼 테니 걱정 말어."

"박 초시 하인놈덜이 어째서 우리 논에 발을 들여놔?"

"죽었다가도 다시 살아난 박 초시여. 그런 사람이 새끼내 농사를 모른 척허겄는감. 호미질, 피사리뿐 아니라, 가을걷이꺼정 갼흐게 해 줄 것이여!"

그것은 칠복이 영감의 말이 옳은 것인지도 모를 일이다. 그들이 떠나면 새끼내의 농사는 박 초시가 맡을 것이 뻔한 일이었다.

박 초시가 죽었다는 것은 거짓말이었다. 박 초시는 근동의 농민들이 울분을 참지 못해 일어서자, 보복이 두려워 거짓으로 난민들한테 맞아죽었다고 하고 허장(虛葬)까지 치렀던 것이다. 그러다가 점촌과 새끼내 사람들이 관가에 붙들려가고 세상이 잠시 조용해지자 나돌아 다니다가 동학군이 밀어닥쳤을 때 다시 자취를 감춰버린 것이었다. 기실, 언제 그가 다시 힘없는 농사꾼덜 앞에 귀신처럼 나타날지 모를 일이었다.

"자식꺼정 빼앗기기 전에 냉큼 서둘러 새끼내를 떠나도록 허소. 고집부리다가 자식 잃으면 평생토록 생가슴에 불무덤을 안고 살 테니께 말여!"

칠복이 영감은 웅보 아버지 옆으로 가서 손을 잡았다.

"아버님, 그렇게 허세요."

부엌 앞에 꽁한 얼굴로 서 있던 쌀분이도 시아버지 곁으로 다가오며 애원하듯 말했다.

"영감, 그렇게 헙시다. 자식이 중허재 땅이 중허요? 괭이, 호맹이 다 갖고 가는디 워디 간들 파 묵고 살 땅이 없겄소."

칠복이 영감을 비롯해서 웅보 내외와 그의 어머니는 장쇠를 둘러서며 관솔불빛 속에 침통하게 가라앉은 그의 얼굴 표정을 짯짯이 들여다보았다. 웅보 아버지 장쇠는 그를 둘러선 식구들의 얼굴을 하나하나 번갈아 보더니 푸유 한숨을 내쉬었다.

"헛간에 곡괭이도 챙겼냐?"

장쇠가 웅보를 향해 묻자 그를 둘러선 식구들의 얼굴이 어둠속에서 활짝 펴졌다.

"다 챙겼구만요."

웅보가 말하자 그의 아버지는 "밭을 치는 디는 곡괭이가 젤이다" 하며, 헛간으로 들어가 지게를 지고 나와 토마루에 받쳤다.

"나한테도 짐을 얹어라!"

장쇠는 그러면서 기왕에 떠날 것 더 꾸물거리지 말고 어서 서두르라고 식구들을 다그쳤다. 그제야 칠복이 영감은 관솔불을 들고 돈단 아래로 내려갔다.

"영감태기가 떠날람시롱 괜스리 투정을 부렸구먼!"

웅보 어머니는 방에서 헌 고리짝을 들고 나와 영감의 지게에 올려놓으며 밉지 않게 투덜거렸다.

웅보네 식구들도 짐을 챙겨 돈단 아래로 내려갔다. 장쇠와 웅보는 바지게에 이불보퉁이며 밥솥, 농기구, 씨앗망태, 고리짝 등 꼭 필요한 것들만 골라졌고, 쌀분이는 갓난아기를 등에 업고 커다란 옷보따리를 머리에 이었다.

맨 나중에 아직 잠이 덜 깨 얼굴이 푸시시한 오동네의 손을 잡고 보퉁이를 이고 나온 웅보 어머니는 방문이며 부엌문을 꼭꼭 걸어 잠그고, 그래도 못 잊히는지, 횃불을 들고 집안을 한 바퀴 휘돌아 나왔다. 웅보 어머니는 새끼내를 떠나기가 싫었다. 웅보만 아니라면 영감하고 둘이 집을 지키고 남아 있었으면 싶었다.

그녀는 동학군을 따라간 대불이가 걱정이었다. 다행히 살아서 새끼내에 찾아왔다가 집이 비어 있는 것을 보면 얼마나 허망해할까 생각하니, 차마 발이 떨어지지가 않았다. 어쩌면 이제 다시는 대불이를 만나지 못하게 될 것만 같은 불길한 생각이 들기도 하였다.

웅보 어머니가 차마 돈단을 내려서지 못하고 횃불로 텅 빈 집안을 바라보며 서 있는데, 장쇠가 오뉴월 장마에 담벼락 허물어지는 듯한 소리로 냉큼 내려오지 못하고 뭘 꾸물거리느냐고 다그치는 바람에, 콧물을 훌쩍이며 발걸음을 돌렸다.

마을 앞 돌다리에서 떠날 채비를 한 새끼내 사람들이 옹기종기 모여 있었다. 남정네들은 바지게에 이불보퉁이며 농기구 등 필요한 살림들을 대강 짊어졌고, 아낙들은 등에 아기를 업은 채 목이 휘도록 큼직한 보퉁이들을 이었다. 아이들은 노인들의 등에 업히거나, 지게를 진 아버지 목 위에 무등타듯 올라앉기도 하였다. 잠이 덜 깬 아이들은 할머니의 등에서 코를 골았고, 여남은 살 이상만 되어도 어깨에 봇짐을 하나씩 지고 조용히 어른들이 시키는 대로 말을 잘 들었다.

아이들은 어른들을 믿고 있었기 때문에 낯선 고장으로 떠나는 것이 전혀 겁나지 않았다. 지난 돌림병 때와 흉년 때에도 그들은 어른들을 따라 떠돌음 하면서 신기하게 살아남지 않았는가. 아이들은 이제 어른들과 함께라면 어디든지 떠돌음 하며 살아도 겁나지 않을 것 같았다. 떠돌음 하면서 신기한 구경들을 하고, 다시 새끼내에 모여서 저마다 겪고 보았던 일들을 이야기하다 보면 하루하루 낮과 밤이 달음질치듯 하지 않았던가.

그러나 어른들은 그렇지가 않았다. 새끼내를 떠나는 것이 두려웠다. 어디를 가도 새끼내 만한 곳이 없었다. 어디를 가도 새끼내 사람들처럼 서로를 아끼고 돌봐주고 걱정해주는 사람이 없었다. 기쁠 때 같이 웃고 슬플 때 같이 울 사람들이 없었다. 어른들은 이웃들과 헤어지는 것이 무서울 정도로 마음이 아팠다. 그들은 새끼내를 떠나 있는 동안 밤마다 새끼내 사람들의 꿈을 꾸었었고, 그 꿈들은 악몽처럼 무서운 것들이었다.

그래서 이번에는 헤어지지 않고 모두 함께 떠나기로 한 것이었다. 죽어도 같이 죽고 살아도 같이 살기 위해 함께 떠나 한자리에 머물자고 한 것이었다. 자기 식구만 혼자서 떠나겠다는 사람은 아무도 없었다.

"얼추 다 나오셨는가요?"

칠복이 영감이 관솔불을 머리 위로 높이 올려 마을사람들을 둘러보았다.

"덕칠이네호고, 대추나무집 천 서방네 식구들이 안 뵈능만."

누구인가 말하자 "딸그만이네도 안 나왔는갑네" 하고 칼칼한 여자 목소리로 걱정스럽게 받았다.

"다덜 나올 때꺼정 쬐끔만 기다립시다."

웅보가 큰 소리로 말하고 지게를 받쳐둔 다음 어머니의 손에서 햇

불을 받아 높이 처들고 마을사람들의 틈새를 꿰고 다니며 아직 나오지 않은 집 식구들을 확인하였다.

한밤중 새끼내 돌다리가 북적거렸다. 여기저기서 잠에서 깬 아기들이 울어댔고, 묶어서 지게에 얹은 닭들이 꼬꼬댁거렸으며, 개들도 식구들 옆을 떠나지 않고 뱅뱅 돌다가 컹컹 짖어댔다.

잠시 후에 딸그만이네와 천 서방네, 덕칠이네가 한꺼번에 나왔다.

"자, 떠납시다."

누구인가 소리치자 웅보는 지게를 받쳐둔 채, 강변 둑길 쪽에 있는 칠복이 영감한테로 뛰어갔다.

"어르신이 앞을 서십시오."

웅보가 말하자 "그럼세. 자네헌테 뒤를 부탁험세" 하며 칠복이 영감이 관솔불을 높이 들어 흔들었다.

"자, 갑시다. 우선 개산을 넘어서 진포리 쪽으로 갑시다."

칠복이 영감이 큰 소리로 외치듯 말하고 개산 쪽으로 몸을 돌려 세웠다.

마을사람들이 서서히 움직이기 시작했다. 관솔불을 들고 앞을 선 칠복이 영감을 따라 식구들끼리 한 타래가 되어 줄을 지었다. 긴 행렬이었다. 행렬은 개산을 향해 어둠속으로 구불텅구불텅 올라갔다. 행렬의 중간 중간에 관솔불과 횃불이 길을 밝혔다.

고향을 떠나는 새끼내 사람들은 아무 말이 없었다. 말 대신 콧물을 훌쩍이며 몇 번이고 어둠 속에 묻힌 마을을 돌아보곤 하였다. 그런 주인들의 쓰린 마음을 달래주기라도 하려는 듯 개들이 컹컹 짖으며 이리 뛰고 저리 뛰었다.

"돌아보기는 뭘 그리 돌아봐쌓누."

뒤따라오는 사람이 물기에 젖은 목소리로 걸음을 재촉할라치면 "마지막이 될지도 모르니께 똑똑히 봐둬야재!" 하고 말하며 코를 팽 풀었다.

"왜 마지막여. 죽기 전에 다시 와야재. 기필코 다시 와서 땅을 찾어야재."

"클씨 마시. 그랬으면…… 그런 세상이 왔으면…….”

"고향에 다시 오기가 천당 가기만큼이나 힘들게 생겼어!"

"허갸, 언제 우리덜헌테 고향이 있었는가? 상전들 고향이 우리 고향이었재!"

"지미럴, 시방도 우리가 종놈이간듸 상전 상전 해쌓는가 원!"

"시끄럽소, 내가 노래나 한자리 할라요.”

몸이 성치가 못해 작대기를 짚고 어기적어기적 어둠을 털며 가던 판쇠가 쥐어박듯 말하고 나서 갑자기 목청을 뽑았다.

어화넘자 너하
북망산이 멀다 마소
건넛산이 북망일세
어화넘자 너하
이 세상에 나온 사람
장생불사 못하여서

이 길 한 번 당하지만

어화넘자 너하

새끼내 마을사람들

십 년도 못 살고서

오늘 이 길이 웬 말인가

어화넘자 너하

새벽닭이 재쳐우니

서산 명월 다 넘어갈까

영산강 춘풍 슬슬 분다

어화넘자 너하

소리를 하겠다던 판쇠는 난데없이 상여소리를 뽑았다.

그는 전에 김치근이가 죽었을 때처럼 슬픈 목소리로 혼자서 선소리와 받는소리까지 하였다. 그의 상여소리를 들은 새끼내 사람들도 김치근이가 죽었을 때처럼 슬픔이 목구멍에 가득 차올라 아무 말도 할 수가 없었다.

"판쇠 이 사람아, 누가 죽었는가? 뜬금없이 웬 상여소리여!"

판쇠 뒤를 절뚝거리며 따라가던 염주근이가 말하자 "죽은 것이나 마찬가지여. 우리덜 고향 새끼내가 십 년도 못 살고 죽어서, 치근이가 묻혀 있는 개산을 넘어가고 있는 거나 마찬가지가 아닌가" 하고 판쇠가 뒤를 돌아다보았다.

"죽지 않고 다시 살아날 거로구만. 우리가 다시 살릴 거여!"

염주근이가 혼잣말처럼 말하며 잠시 걸음을 멈추고 새끼내를 내려다보았다. 새끼내 마을에서 횃불 하나가 어둠 속에 우줄거리는 것이 보였다. 그러다가 갑자기 횃불이 폭죽 터지듯 일시에 커졌다. 폭죽처럼 확 번진 그 불빛은 횃불이 아니었다.

"덕칠이 먼저 가소. 나 여기서 웅보 기다렸다가 곧 따라감세."

염주근은 뒤따라오는 덕칠이를 먼저 보내고 작대기에 몸을 실은 채 서 있었다.

새끼내 사람들의 마지막 행렬이 개산을 넘어서고 있었다. 그들은 아무도 새끼내 마을에 번지고 있는 불길을 보지 못했다. 개산 고개 마루에 서서 웅보를 기다리고 있던 염주근만이, 횃불보다 몇 백 배 몇 천 배 무서운 불길이 번지고 있는 것을 보고 있었다.

새끼내가 온통 불바다를 이루어 하늘과 영산강변까지도 훤히 비추었다. 그 불빛으로 성벽처럼 겹겹이 둘러싼 단단한 어둠이 와르르 무너지는 듯싶었다.

새끼내를 불태운 그 불빛은 비수처럼 염주근의 가슴에 깊숙이 꽂혀왔다.

웅보가 횃불을 들고 고샅마다 뛰어다니며 새끼내 마을의 빈집 처마에 불을 놓고 나서, 휘주근하게 땀에 젖은 채 지게를 지고 서둘러 개산 쪽으로 마을사람들을 뒤따라가려고 나서는데, 난데없이 마을사람들과 함께 떠난 줄 알았던 난초가 그의 앞에 나타났다.

"난초 너 여태껏 뭣허고 있었냐!"

웅보가 지게를 진 채 화난 목소리로 난초를 찍어보며 쏘아붙였다.

웅보는 아무라도 두들겨 패고 싶고, 무엇이든 때려 부수고 싶을 정도로 괜히 울화가 부걱부걱 치밀어 올랐다.

"큰 오라버니, 나는 안 갈라요. 안 갈라고 미리서 숨어 있었그만이라우."

난초는 웅보 앞으로 바짝 다가서며 울먹이는 목소리로 말했다.

"안 가다니, 어째서?"

그러고 보니 식구들이 짐을 싸느라 덤벙대며 떠날 준비를 할 때부터 난초의 모습이 보이지 않았던 것 같았다.

"다 떠나베리면 대불이 오빠는 으짤 것이요. 나는 구진포 주막에 있음시로 대불이 오빠가 올 때꺼정 기다릴라요. 목포로 가신다니께, 대불이 오빠 오시면 뒤따라 갈께요."

"너 혼자 어찌케……."

"오라버니, 난초 걱정은 마셔요. 지는 대불이 오빠가 돌아올 날만 기다릴라요."

웅보는 할 말을 잃고 잠시 돌아서서 불길이 무섭게 치솟기 시작하는 그의 집을 바라보았다. 불티가 하늘로 솟았다가 그가 서 있는 곳까지 떨어졌다. 우지끈 뚝딱 서까래가 튀었다.

"오라버니, 그라믄 편히 가셔요. 대불이 오빠만 돌아오면 지도 곧 목포로 뒤따라 갈라요."

난초가 훌쩍훌쩍 울었다. 웅보는 난초의 손을 꼭 쥐었다. 그녀가 어깨를 들먹이며 지게를 지고 서 있는 웅보의 가슴으로 파고들었다.

"대불이가 안 오믄 으짤래!"

"대불이 오빠는 꼭 돌아오실 거로구만요. 지가 여그 남어서 새벽마다 영산강에 빌라요."

"대불이가 오지 않으면 너 혼자라도 우리를 찾아오거라."

"그런 말은 마셔요. 대불이 오빠가 왜 안 오신다요?"

난초는 그 말만을 남기고 사그라지기 시작하는 횃불을 웅보한테서 받아들고 영산강변 쪽으로 내려갔다.

웅보도 천천히 개산을 보며 발걸음을 옮겼다. 새끼내 마을 타는 불빛이 그의 앞을 훤히 비춰주었다. 처음으로 고향을 만들기 위해 새끼내에 터를 잡은 지 9년 만에 다시 떠나게 되는 웅보의 마음속에 아쉬움과 분노의 불길이 무섭게 솟구쳤다.

휘익 영산강을 훑어 내리는 강바람이 그를 붙잡기라도 하는 듯 앞쪽에서 불어왔다. 그때 웅보는 영산강이 우는 소리를 들었다. 오랜만에 들어본 영산강 울음소리였다. 어쩌면 그 소리는 웅보 자신의 마음속 가장 깊숙한 곳에서부터 흘러나오는 것인지도 모를 일이었다.

"할아버지, 죄송허구만요. 우리가 영산강으로 다시 돌아올 수 있게 도와주셔요 잉."

웅보는 어둠에 잠긴 영산강을 내려다보면서, 이마에 불도장이 찍혔던 할아버지와 영산강에서 죽은 수많은 종들의 혼령들에게 빌었다.

타오르는 강... 제3부 끝